越楚記

中

戰亂驪歌

是風不是你 著

目次

前言

西元前兩百七十八年，熊橫在位二十一年，那年的楚國國都郢，漫天的飛花飄揚在戰火與喧囂之間，城內抖瑟的春風泣血，街道上的殘肢斷臂遍布各處，令人不忍卒睹。

秦軍殘暴的鼓譟聲響吞噬了哭泣，殷紅的血腥述說著國君的背離，回首天際，誰能解救躲在暗處裡，那些無辜的百姓和生靈？

記得屈原被熊橫流放到江南的那一年，也是桃李盛開的仲春，他帶著滿懷的悲憤和對郢都不捨的依戀，被迫離開自己的祖國與故鄉。而就在屈原得知，郢都被秦國的白起攻破後，悲痛欲絕的他，寫下這首情感激越的〈哀郢〉，來悼念那再也回不去的家鄉。

「皇天之不純命兮，何百姓之震愆？民離散而相失兮，方仲春而東遷。去故鄉而就遠兮，遵江夏以流亡。出國門而軫懷兮，甲之鼂吾以行。發郢都而去閭兮，怊荒忽之焉極？楫齊揚以容與兮，哀見君而不再得。望長楸而太息兮，涕淫淫其若霰……」

天道為何如此無常，讓百姓遭受苦難？無依無靠的他們一路向東，沿著江水四處流亡。一早就要離開郢都的我，懷抱著萬分悲痛的心情前行，從此以後，恐怕再也見不到君王。

「當陵陽之焉至兮，淼南渡之焉如？曾不知夏之為丘兮，孰兩東門之可蕪？心不怡之長久兮，憂與愁其相接。惟郢路之遼遠兮，江與夏之不可涉。忽若不信兮，至今九年而不復。慘鬱鬱而不通兮，蹇侘傺而含慼。」

陵陽這滔滔大水，到底要流向何方？誰又會想到華麗的楚國宮殿，如今已成一片荒蕪丘陵？滿懷惆悵的我，實在不敢相信離開郢都已有九年了。

「外承歡之汋約兮，諶荏弱而難持，忠湛湛而願進兮，妒被離而鄣之。彼堯舜之抗行兮，瞭杳杳而薄天。眾讒人之嫉妒兮，被以不慈之偽名。憎慍惀之脩美兮，好夫人之慷慨。眾踥蹀而日進兮，美超遠而逾邁。」

那些奉承君王的小人，總是排擠忠心的臣子，縱使有堯舜般高尚的品德，也要遭受小人的嫉妒，致使君王離這些賢臣越來越遠。

「亂曰：曼余目以流觀兮，冀壹反之何時？鳥飛反故鄉兮，狐死必首丘。信非吾罪而棄逐兮，何日夜而忘之？」

唉……鳥飛得再遠也要返巢，狐狸就算死也要朝著狐穴而亡，而我什麼時候才能返回郢都，我的故鄉？

第二十五章

郢都淪陷

秦軍自占領了郢都後，白起命人殺光城內所有的楚國百姓，焚毀楚國的宗廟祭壇並發下狂語，「熊橫，既然你這個不肖子孫，敢丟下祖宗基業自個兒逃命，那我白起，也要讓你從此再無顏回郢都故地！」

白起因鄢郢這一役戰功赫赫，被秦王嬴稷拔擢為武安君，但幕後最大的功臣，卻是冒險深入楚軍陣營，為秦軍通風報信的阿靳。

原來，這個阿靳本名司馬靳，是曾攻下楚國黔中郡的秦國大將軍——司馬錯的孫子。司馬靳自幼便受祖父以及司馬家嚴格的軍事教育，從小就立志報效國家。他十五歲那年隨祖父出征，十六歲便跟著叔父司馬陽到處征戰，此番更是主動要求到楚軍裡充當奸細，好為勢弱的秦軍收集情報。

那日，白起率領的秦軍在攻破郢都之際，司馬靳正騎馬隻身趕往城東支援為數不多的秦軍，正巧遇到急著與宋玉會合的項江，還有女扮男裝，化名為牧童的雨桐。

雖然，早先司馬靳還打算將有點小聰明的牧童，納入自己麾下，但一想起牧童在楚營時的預言，說自己將受白起連累而跟著陪葬的一番話，又不禁怒從中來。

白起可是司馬靳自小就景仰的大將軍。雖然，司馬錯對白起濫殺百姓的行徑很不以為然，但司馬靳仍不顧祖父的反對，執意跟隨白起攻打鄢郢，為的就是希望得到白起這位秦國大將軍的重視。但來路不明的牧童卻敢對自己說：「白起將會因功高震主，而落得被秦王賜死的下場。」

連自己的弟弟都不曉得要怎麼救的人，哪有資格談論什麼軍政大事。而今，白將軍如願攻下楚國國都，司馬靳倒要看看，口出狂言的牧童還有何話可說。

所以此刻，見到有人要帶著牧童逃跑的司馬靳，當下長箭一搭，趁著被秦兵圍住的項江無力分心之時，將馬上的項江給射成重傷，並打算劫下牧童。

誰知心懷愧疚的項江，拚死也要護著雨桐回到宋玉身邊，結果，硬是從圍剿他的秦兵中脫逃。

不甘心牧童就這樣離開自己的司馬靳，一路尾隨重傷的項江，打算伺機再劫人，沒料想會遇到被白起視為眼中釘的宋玉。

司馬靳記得，這個牧童分明跟自己說過他不識得宋玉，而此刻兩個人竟然在眾目睽睽之下，毫無忌憚的眼波糾纏，情意綿綿的輾轉，根本就是熟識到……令人質疑他們倆的關係。

瞬時，司馬靳胸口的一把無名火直衝腦門。虧得自己如此信任這個牧童，還費了那麼大的心力幫他救弟弟，到頭來他卻還是處處提防著自己。

氣極敗壞的司馬靳驅馬向前狂奔，趁著眾人沒有防備之際，冷不防地從旁將牧童給擄走，留下錯愕不已的宋玉和一眾楚軍。

一路上，雨桐的掙扎和驚喊，幾番讓司馬靳差點從急馳的馬上落下。迫不得已司馬靳只好用劍柄朝雨桐的後頸一砍，這才安穩地將雨桐帶回秦國軍營。

白起命人殺光郢都百姓後，又派了探子四處尋找熊橫及其王公貴族的下落，但在得知熊橫往東北逃竄後，便放棄了追殺。

秦軍以寡擊眾本就十分凶險，郢都一役又經衛弘、衛馳叔姪二人死命阻擋，秦軍已是元氣大傷。此時的白起就算想乘勝追擊也已無餘力，只能靜待整軍休息之後，再作打算。

建下大功的司馬靳一回到城內，立即受到大將軍白起的召見。

將昔日輝煌的楚宮據為己有的白起，不但在多位戰功彪炳的將軍面前，對司馬靳這個後起之秀無畏的勇氣和饒富計謀的心智，大大讚賞，還正式升任司馬靳為校尉。

秦國的軍職向來以軍功論賞，一戰成名的司馬靳，因此得以統領數千鐵騎，成為整個秦軍之中，年紀最輕的校尉。

原本的春寒料峭，在一片火熱的喧騰裡杳無蹤跡，司馬靳的叔叔——司馬陽的屋裡，此刻正酒肉滿桌、杯觥交錯，在座的眾人無一不是來恭賀新任校尉司馬靳的。幾個魁偉大將你一大碗、我一大碗的，不住地往司馬靳的嘴裡灌，但見年紀輕輕的司馬靳不慌不亂，一碗接著一碗，喝得激昂的眾人不斷拍手叫好。

大伙鬧到夜半時分，不勝酒力的司馬陽才遣退了一眾將領，癱死在又軟又暖的榻上呼呼大睡。連日來的激烈亢奮以及嚴重的體力透支，讓這些殺人不眨眼的秦軍將領也難以負荷，於是杯酒歡歌之後都急著回到自己的房裡，好好睡上一覺。

向叔父告退的司馬靳也走出人潮漸退的屋內，微溼的南風，吹得那張滿是紅潮的臉上略略發涼，驅散了些許的醉意，也讓司馬靳那張挺拔俊俏、英氣又自信的臉，顯得更為奪目。傲然的司馬靳一路走來，守在廊下的眾士兵，無一不對這位秦軍的少年英雄，投以敬仰的目光。

只是一拐角，就見前方幾位意猶未盡的將領，不知道從哪個殿裡，拉出好幾個飽受驚嚇的美人和宮女，還恬不知恥地對她們又親又咬，不僅髮飾、紗衣扯掉了一地，粗暴的舉止，也令那些嬌弱的楚國女子尖聲連連。

司馬靳瞥了眼四下竟無人敢攔阻，想必是大將軍授意才敢如此妄為，他微蹙的劍眉不禁一擰，加快腳步回到自己的房裡。

因為剛升任為校尉，司馬靳還沒有獨自的居所，須和另一名年紀較長的軍侯——李季同住一室。李季的父親是長年跟隨司馬錯的一名將士，所以司馬靳自幼便與年長幾歲的李季玩在一起。長大後，李季礙於司馬家顯赫的家世與自己的身分有別，在外始終對司馬靳敬重三分。

匆匆進房的司馬靳脫下外衣，對楚宮內精緻奢華的裝飾視而不見，他一手掀開隔絕內外室的層層紗幔，直直向寢室裡走去，並對著裡頭的人問道：「現下如何？」

李季一聽是少主的聲音，旋即起身向前迎了幾步，回道：「人還未醒。」

走近床榻的司馬靳凝眼一瞧，怎麼這個經打理後的牧童像換了一個人似的。原本髒兮兮的黑臉變得又白又淨，還一臉嬌氣，厚厚被褥下的他衣著單薄，頭上的幾綹青絲還散亂至胸前，隱約有些起伏。

這讓司馬靳瞧著有些怪異，不禁問道：「大夫怎麼說？」

「大夫說……」

面露難色的李季撇開頭，不知該如何回答，但見少主越發質疑自己的眼光後，咬了咬牙，終於附在司馬靳的耳邊說了幾句。

「你說什麼？」

睜大眼的司馬靳，難以置信地瞪視著身邊的李季，就像李季說了什麼驚世駭俗的話似的。

鐵青著臉的司馬靳，馬上伸手掀被一看，果然……。

驚懼過了頭的雨桐，自從被司馬靳朝脖子砍了一記後始終昏迷不醒，大夫觀蒯禁不住司馬靳的幾番催促，只好拿出銀針往她的人中扎下。但見秀眉緊蹙的雨桐黑睫微顫，兩片乾裂的脣瓣輕啟，艱難地吐出一口呻吟後，才悠然轉醒。

黑白分明的雙眸，因為一時難以聚焦而視線模糊不清，雨桐將眼睛眨了眨，好適應屋內過亮的光線。

猶疑的她轉頭看向四處，但見跳躍的燭火在紅色的紗幔中若隱若現，而榻邊的三個黑色人影高大又陌生，不像是自己熟識的那個人。

「子……宋玉呢？」

雨桐好不容易才認出穿著便服的阿靳，卻不知道自己已身在秦營之中，她依稀記得下一刻就要撲進宋玉的懷裡，現下，怎麼會和阿靳在這裡？旁邊站著的其他人又是誰？

司馬靳斜睨，示意不相干的人出去，一旁的觀蒯很識相地收拾起藥箱，轉身出門。

「妳，是宋玉的什麼人？」靠近榻沿，擰著一張臉的司馬靳，嚴肅地問道。

眼前的這個女子，不但用「牧童」這個假名，欺騙了自己和楚國的士兵，甚至女扮男裝混進危險重重的兵營裡救人，如此的膽大行徑，絕不是一個普通女子敢做，也能做的事。再者，那日見她和宋玉兩人狀似親密的關係，更讓司馬靳亟欲弄清楚她的真實身分。

頭感到一陣劇痛的雨桐，勉力要將自己的身子撐起，但癱軟的四肢怎麼都使不上力。昏沉的她問向自己熟識的司馬靳道：「我是怎麼了？又怎麼會在這裡？」

這話問得司馬靳沉吟了會兒，才耐住性子回道：「沒事，妳只是受了點驚嚇。」

「驚嚇？」

斜倚在榻上的雨桐有些莫名，努力搖著頭的她，回想昏迷前的情景，直到過了許久，才對著阿靳喊道：「我想起來了，是秦兵，秦兵抓住了我！」

雨桐驚恐的眸光四處搜羅剛見到宋玉時的那一絲曙光，卻怎麼都看不到自己念茲在茲的那個人。

神智依舊有些恍惚的她，只好再問：「是你救了我嗎？那宋玉呢？他是否也安然無恙。」

「我再問一次，妳的真實姓名為何？是宋玉的什麼人？」

尖銳的眸子一閃，失去耐性的司馬靳用力扣住雨桐的手，讓她專注面對自己的問題。

「我……我是？」

扯著微痛的手腕，雨桐第一次見阿靳如此嚴肅地逼問自己的身分。

想當初她女扮男裝混進軍營，本就是死罪，倘若一心想要建功立業的阿靳知道她是個女的，肯定要拉她去認罪。再者，在巫山之時，宋玉就曾說過來歷不明的她可能被當成奸細，如今秦楚兩軍交戰，更不可能放過她這個穿越者。

現在唯一能救她的，只有宋玉，可雨桐也說不出自己和宋玉究竟是什麼關係。宋玉對她雖然有口頭上的承諾，但兩個人不管從哪方面來說，都真的是談不上什麼關係。

思及此，雨桐不禁為自己感到心傷。本來決定要把歷史的進程告訴宋玉，並和他一起對抗強秦的雨桐，在歷經項江差點因自己而死的危機後，好不容易和宋玉重逢，可沒想到卻落在阿靳的手裡，她到底，該不該告訴阿靳事實的真相呢？

「宋玉不過是可憐我無家可歸，收留我住在他城外的舊宅，僅此而已。」在心裡千迴百轉後，雨桐決定隱瞞。

「僅此而已？」瞇著眼的司馬靳，將雨桐的話又重複了一遍。

「對，可以讓我見他了嗎？」

乞憐的雨桐，看向眼前的阿靳。雖然自己因為一時口快惹惱了阿靳，但阿靳應該不至於為這種小事介懷，此刻的她真的好想趕快見到宋玉。

「他不在這裡。」

甩開雨桐的手，立身站起的司馬靳居高臨下地對著雨桐，冷冷說道：「堂堂的楚國議政大夫，風流倜儻的美男子宋大人，早就跟著那個昏庸無能的熊橫，丟下楚國的祖先宗廟，夾著尾巴逃往東北去了。」

「你是，什麼意思？」

呀然的雨桐，不解地看向阿靳，此刻的她感覺眼前的好友特別陌生。

「我是潛伏在楚軍裡的秦國人，祖父正是秦國的大將軍司馬錯，我是他的孫子司馬靳。」

見牧童秀氣的雙眉越揪越緊，司馬靳猜她也該有這種表情，心中不禁升起一股報復的得意，「所以，此刻妳的宋大人已經拋棄了郢都，也拋棄了妳，遠遠、遠遠地離開楚國國都了。」

沒想到，阿靳就是未來跟著白起打贏長平之戰的副將，也是因為白起，最後會白白賠上性命的那個司馬靳。那冷酷的眸光，毫不留情地射向全身凍結的雨桐，她不禁拉攏覆在自己身上的被子，將自己緊緊、緊緊地裹住。

「是你，是你把我抓到這裡來的？」

萬念俱灰的絕望，讓雨桐連呼吸都覺得困難，急劇起伏的胸口更是抖得厲害。

她想起郢都被攻破後，宋玉的確會跟著熊橫逃到陳城，然後，熊橫就定都在那裡不回來了。倘若自己沒有跟上宋玉的腳步逃到陳城，而是被阿靳帶去秦國的話，那他們這一輩子，豈不是再無相見的機會？

「為什麼？為什麼你要把我帶到這裡來？又要帶我去哪裡？」

兩行熱淚無法抑止地落下，雨桐不懂，阿靳怎麼就變成了秦國的奸細？他明明就是個好人，從頭到尾一直幫著她的大好人啊！

「因為妳的一句話。妳曾說，我會因白大將軍而受難。」

司馬靳斂起直視的眸光，斬釘截鐵地說：「我要證明，我不會因為妳的無知，而受到絲毫的影響。」

「我說的是真話，歷史確實是這麼記載的。」

不管阿靳是哪一國人，雨桐既不想傷害曾經的好友，也沒有時間因為阿靳的誤解被囚禁在此，「我並非是詛咒你，而是希望你不要和白起成為一丘之貉，免得受他牽連啊！」

「那我們就來看看誰說的是真，誰又是假。」

司馬靳轉頭向李季使了個眼色，雨桐只見那名高大的陌生男子，對著阿靳恭敬點頭後，又目送阿靳離開。

伸長手的雨桐亟欲喊住阿靳，她著急地想：「如果他走了，自己該怎麼辦？」

誰知，一旁的李季橫身阻擋了雨桐焦急的目光，並冷冷說道：「不管妳是不是楚國人，都好生待在這裡養病，少主不殺妳，不代表秦軍沒有人會動妳。妳若敢出房門一步，外頭的刀劍可都是不長眼的。」

說完話的李季，也跟著走出房外。

雨桐原以為，在經歷了那些生離死別後，老天爺還能讓她和宋玉在混亂的戰火中見上一面，是為了改變歷史，甚至扭轉宋玉的一生，可到頭來，命運還是捉弄了他們。

沒有宋玉的她該怎麼辦？在殺人如麻的秦軍裡，自己到底該何去何從呢？

盼著和心愛之人白頭偕老的雨桐，瞬間掉入無底的地獄，抖著雙臂的她再也忍不住心中的絕望，將臉埋進厚厚的被褥下嚎啕大哭。

秦軍占領郢都後，除了留下楚宮裡的那些美人和宮僕，對外均是放火、燒殺和擄掠，直到城內看不到一個楚國百姓為止。

面對白起消滅所有楚國人的命令，司馬靳無力反抗，而為了避免曝露雨桐是楚國人又是女子的身分，對外便聲稱她是自己的門客，因為被楚國士兵所傷，只能待在房裡養傷。此時的司馬靳風頭正盛，沒人敢質疑他說的話，送飯的宮僕也無法進入內室，所以知道雨桐身分的也唯有李季，和替她醫病的大夫觀蒯兩個人而已。

觀蒯是司馬氏的家醫，因為司馬靳的吩咐，每日都來替雨桐把脈，而沒什麼外傷的雨桐，身子卻每況愈下。

「還是不見起色嗎？」

李季站在榻前，看著床上臉上發白，身形越發消瘦的女子，劍眉微擰。

「鐵打的身子也禁不住米水不進，這都第五日了，她再這麼絕食下去，恐怕連仙丹也救不了。」

身為大夫最大的遺憾，就是空有一身的醫術卻救不了想死的人，搖著頭的觀蒯將藥箱收好，起身準備離開。

「我讓你來，不是聽你說這些廢話的。」大步走進內室的司馬靳揚聲，不以為然地睨了頹喪低頭的觀蒯一眼。

李季道了聲「少主」後，便主動向旁退開幾步。

「不管妳是何許人，在我還沒有戳破妳的無知前，不准死！」

司馬靳毫無預警地掀開被褥，讓只穿一件單衣的雨桐，因突降的寒冷而顫抖了身子。

「少主，這……」

觀蒯見屋裡站著三個男子，司馬靳就這麼大剌剌地去掀一個弱小女子的被子，完全不顧及女孩家的顏面，似乎太過分了些。

「如果妳不想惹惱我，就起來回話。」

近乎低吼的司馬靳欺身向前，用力掐住雨桐纖弱的臂膀，怒問：「妳不是想見宋玉嗎？死了還怎麼見？」

原本陷入昏睡，全身癱軟的雨桐，因為手臂這突然傳來的一陣劇痛，終於喚回了一點意識。只是，多日不曾說話的她才一開口，乾裂的嘴唇就冒出點點鮮紅的血漬，教人見了不勝憐愛。

面對司馬靳的盛怒，氣若游絲的雨桐回道：「見不到……還不如……一死。」

「好啊！那我即刻修書一封給宋玉，就說妳快死了，想見他一面，看宋玉是想苟且偷安，視而不見，還是快馬加鞭地趕來見妳。」

「不、不可以。」

全身顫抖的雨桐，用纖細的五指緊緊攀住司馬靳強健的手臂，脆弱的淚液又從眼角滑下，「求你……放了我。」

「放了妳，那我還如何引宋玉上鉤？」

司馬靳見牧童如此激烈的反應，可見兩個人的關係果然不單純，於是追問：「妳是宋玉的妻，還是妾？」

咬咬唇，身子微縮的雨桐試著拉攏身上僅有的一件單衣，才發現厚厚的被子，離自己已有一小段距離。

瞇眼瞧著牧童的司馬靳，看見她的目光從自己身上轉移，又不回話，便更加大膽地欺近，「還是，被宋玉包養在城外的女子？」

「請你，不要汙衊我，也不要……玷汙了宋玉。」

難得加重語氣的雨桐，因多日不食而顯得氣喘吁吁。

想到阿靳說要用自己引宋玉前來的話，憤憤的雨桐不禁咬牙。她太天真了，當初為何沒有看出，阿靳是一個心機如此重的人，而自己居然還一直把他當好友一般看待。如今，自己就這樣毫無防備地落入阿靳之手，還不知道他會如何利用自己去打擊宋玉。

「與其留在司馬靳這個秦國人的手裡，淪為威脅宋玉的一枚棋子，倒不如……」

勇敢抬頭與阿靳直視的雨桐，果斷道：「如果，你想用我威脅宋玉，我絕不會……讓你如願的。」

雨桐原本慘澹的眸光，瞬間轉移到司馬靳腰間上的配劍，可惜她才剛一伸手，司馬靳隨即就明白了她這一句話的意思。

怒不可遏的司馬靳，轉而揪住雨桐衣服的前襟，怒斥道：「是嗎？就妳現下這副要死不活的模樣，我只要扒去妳的衣服，吊在城門上吹個三日三夜的冷風，就不相信宋玉他不來。」

一向說到做到的司馬靳，也不管身旁兩個男子瞠目呀然的眼神，隨即就伸手去扯雨桐身上唯一的一件單衣。

沒想到司馬靳會真的出手的雨桐，惶恐大喊：「不！」

但雨桐的驚喊並未阻止司馬靳失控瘋狂的舉動，他粗暴地撕開雨桐因消瘦而鬆脫的衣襟，還將她整個人拉起，意圖扯下她腰上的衣帶。雨桐只覺得自己的肩上一涼，被撕開的前襟不但裸露出一大片雪白，連裹住胸部的束帶都快要被扯開。

又羞又急的雨桐只好拚了命似的按住自己的胸口，就怕司馬靳這個禽獸真會扒下她的衣服，將她掛在城門上示人。但是餓了五天的雨桐，哪還有力氣與在怒火上的司馬靳拚搏，他不僅輕易地扯下雨桐半邊的衣襟，就連那件單薄的衣料也幾乎被撕個粉碎。

驚恐至極的雨桐，哭求道：「求你，不要！」

雖說司馬靳並沒有真用上什麼力氣，但過度恐慌的雨桐不停地掙扎，手臂或肩膀在與司馬靳的拉扯和慌亂之中被劃出了不少傷痕，衣不蔽體的可憐模樣，讓司馬靳看得臉色為之一紅。

他別過頭卻見李季和覿蒯兩人早已轉身、撇開臉，不敢看向衣衫襤褸的雨桐。

高傲的司馬靳逕自鎮定，抬頭冷哼一聲：「要是有本事，就證明妳所言不假，否則，死了就只能任我擺布，妳是個聰明人，自個兒掂量掂量。」

飽受驚嚇又哭得面色發紫的雨桐，感覺到對方逐漸鬆開手，就趕緊爬到床角抓起厚厚的被子，緊緊裹住自己的身體。現在的她，終於認清阿靳是個多麼殘忍又無情的人，也明白他說到就一定做得到，脆弱的自己想用死和阿靳比狠，根本不可能。

司馬靳頓了頓，直覺還有些話想說出口，但一見到抽泣的雨桐已如驚弓之鳥，蜷著身子縮在榻邊瑟瑟發抖又不忍再說，於是「哼」的一聲，轉身離開。

長年跟隨司馬靳的李季，從未見過少主宛如失控一般發這麼大的脾氣，面色凝重的李季為了避免少主出什麼意外，只好加快腳步跟上他。跟在司馬靳身邊，李季當然聽過宋玉在楚國的響亮名聲，明白此人不僅深受熊橫的寵愛，還曾在他們攻打鄢城之前，派人斷過秦軍賴以為生的珍貴糧草。宋玉雖是個文官，但也擅長軍事謀略，因此，白大將軍才會亟欲拿下此人的人頭，來挫挫楚軍的銳氣。

少主若能用這位姑娘作為引宋玉上鉤的餌，不但得以不費一兵一卒，就讓逃離郢都的宋玉自投羅網，還能在白大將軍面前再立下一大功，的確是再好不過的事。但向來理智冷靜的少主，非但沒有這麼做，還如此無禮地對待這位姑娘，實在令李季不解。再者，那位姑娘似乎對少主未來的事知之甚詳，而少主卻對現下的她一無所知，這兩個人的關係究竟為何，讓李季越想越好奇。

獨留在房裡的大夫觀蒯，見無良的司馬靳這樣欺負一個小姑娘，早就在心底唾棄他好幾回。

醫者父母心，觀蒯也不忍心見這個病重的小姑娘失去求生意志，於是安慰雨桐道：「活著才有資格和敵人談籌碼，死了就沒價值了，既然妳不想連累宋大人，就要好生照顧自個兒。」

驚恐的雨桐雖然停止了抽泣，但裹著被的身子，還是不停顫抖。

觀蒯瞧這姑娘被嚇得不輕，便躡手躡腳地走到外室一看，發現司馬靳和李季都已不在，這才敢向雨桐輕聲說道：「不瞞姑娘，老夫也是楚國人。」

呀然的雨桐轉頭看向這名大夫，張口欲言卻又怕再次受騙。畢竟這裡已經淪為秦國的軍營，他又是司馬靳的人，搞不好就是司馬靳找來套她話的，如今更不能隨便對別人說出自己的真實身分。

觀蒯知道剛受司馬靳打擊的雨桐不會輕易信他，便嘆了口氣，「彼黍離離，彼稷之苗。行邁靡靡，中心搖搖。知我者謂我心憂；不知我者謂我何求……」

「這不是《詩三百》裡的〈黍離〉嗎？」雨桐記得宋玉曾跟她解釋過這首詩，是說當時周朝的一位士大夫，在路過自己的舊國都時見昔日輝煌的宮殿，不但被敵軍踐踏成了平地，還種上了莊稼，忍不住心中感慨而寫下的。

當時的宋玉憂心楚國被秦國蠶食鯨吞，故而跟雨桐提起這首詩，而現下，這位大夫是因為楚國的郢都已被秦軍所破，他身為楚國子民心中真正的悲愴嗎？國仇家恨，如果大夫真是楚國人，那恨秦國之心必然不亞於宋玉，也許，他能理解自己這種同是天涯淪落人的辛酸。

狼狽不堪的雨桐，將懷裡的被子又拉高了些，低頭怯怯地說：「可以麻煩大夫，幫我找一件完好的衣服嗎？」

「當然，當然。」

僅僅是一句話，就足以讓觀蒯以為尋到一個同伴，高興地為雨桐去辦事。離去前，觀蒯不忘叮囑雨桐，要如何提防司馬靳和李季的諸多事宜，而後才匆匆替她找衣服去。

肩上火辣辣的抓痕隱隱刺痛著雨桐的心，經歷這麼多磨難的她也想明白了，「留得青山在，不怕沒柴燒。」眼下宋玉已經遠離郢都，要想再見他比登天還難，但至少人還活著，自己此刻不能放棄希望，只要她努力活下去，就一定會有機會。

即使，雨桐不知道司馬靳以後將會利用她來做什麼事情，但是想要在這個視人命如草芥的戰國時代生存下去，就要為自己找一個安身立命的依靠。

如今雨桐能倚仗的，唯有眼前的這位楚國大夫了：「也只能走一步算一步吧……」

第二十六章

退守陳城

陳城——原本是陳國的國都，春秋末年楚國舉兵滅了陳國後，就在陳城設縣，作為楚國東北經濟發展的重要基地。

陳城距離郢都雖有一千多里，然而，當年陳國留下的建設仍多，百姓的生活也較為富裕。就地理位置而言，陳城不但遠離秦國，且靠近與楚國交好的韓、魏兩國，也與對楚國較無敵意的齊國相近，是頗為安全穩固的臨時指揮之所。

想當初，白起舉兵攻打楚國之時，雨桐就已經告知宋玉郢都城將會不保，未雨綢繆的宋玉，當然要找一個合適當臨時國都的地方。在幾經考量之下，宋玉便偕同莊辛說服熊橫，先逃離至陳城避難。

其實，當時的熊橫也曾想過郢都會失守於秦。只是楚國歷代先祖的基業都在郢都，就這麼葬送在他這個窩囊子孫的手中，教熊橫有何顏面到九泉之下去見楚國的列祖列宗？

身為一國之君的熊橫並非不想振作，但每每他想要奮發圖強時，就會有一股莫名的恐懼在腦海盤旋，彷若前世的烙印般，不時地侵蝕他的勇氣和決心。熊橫害怕再次淪為任人宰割的囚徒，害怕像他的父親楚懷王那樣客死異鄉，更害怕身邊所擁有的一切會蕩然無存。

而當郢都真的被秦軍所破時，驚恐萬分的熊橫，雙手持著楚國歷代相傳的赤霄寶劍，兩眼發直，像著了魔般披頭散髮在殿內揮舞亂砍。他一會兒哭著對巫山先祖的方向不斷跪拜，一會兒大喊西王母饒他性命，令身邊的眾人不知道該如何是好。幸好，最後在子蘭和景差的幾番安撫與勸慰之下，熊橫和他的王后、姬妾兒女，才得以坐上馬車，逃難而去。

失掉宗廟社稷的熊橫倉皇逃到陳城後，雖然得知攻城後的秦軍沒有繼續追擊，但被打得猶如喪家之犬的熊橫，日日夜夜不得安枕，總是擔心白起那個人屠會尾隨到陳城追殺他。於是，每每到了晚上，熊橫只要一闔眼，就惡夢不斷。

這日，熊橫又夢見自己站在一處雪峰之上，放眼望去皆是突兀嶙峋的冰丘和奇形怪狀的冰錐，山頂銀裝素裹、雲霧繚繞，皚皚白雪潔淨得有如仙境一般。他的正前方站著一個似人非人、似蛇又非蛇的妖物，火燒般的紅色頭髮披散在其臉上及肩上，讓人看不清面目。好奇的熊橫感覺自己好像識得這妖物，待走近定睛一瞧，卻差點兒沒把自己的魂魄給嚇掉。

那妖物長有一張猶如黑炭般的臉，狹長的丹鳳眼微微向上勾著，正對著熊橫目露凶光，身下扭動的是如蛇般的軀體，蛇尾還不時甩打在岩石與冰雪上，弄得雪塊碎石不斷啪啪作響。

手上舉著一把黃金長槍的妖物，見熊橫畏首畏尾地到來，不禁瞪眼怒斥道：「祝融，今日不是你死便是我亡，你休想再逃。」

熊橫不甚清楚那妖物為何要稱呼自己為先祖，但眼前妖物醜陋猙獰的樣態讓熊橫心生畏懼，再見他拿著長槍要與自己生死，更是怕得想逃。

二話不說的熊橫轉身狂奔，欲尋著下山的路求救，誰知那妖物不由分說拿著長槍就朝他背後刺來。慌亂的熊橫在雪地裡不斷奔跑，凜冽的刺骨寒風颳得他腿腳生疼，舉步維艱，而那妖物張狂的吆喝聲，卻越逼越近。

熊橫別無他法，只好拔出腰上的赤霄寶劍，作勢要抵擋那妖物。沒想到，平時看似普通的赤霄劍，一經熊橫提氣便瞬時通體火紅，而與那妖物的黃金長槍碰撞後，竟如火焰般開始猛烈燃燒。沒見過如此異象的熊橫，嚇得差點把劍從手中丟棄，妖物見到熊橫還手抵抗後，更是使槍不斷向他刺來。

頭腦處在一陣混亂的熊橫，反射性舉劍格擋，兩把神器再次碰撞，頓時震耳欲聾的聲響直達天際，整座冰山也轟隆隆陣陣作響。而怯懦的熊橫，終於敵不過那妖物大聲一喝，一時腳軟的他，整個人跌進了雪堆裡，就連手上的赤霄劍也被震落在一旁。

見狀的妖物不齒地大笑三聲，舉槍說道：「祝融，一命還一命，想必就連天帝也不能不還給我一個公道，你——認輸吧！」

「哧！」的一聲，利器刺肉的恐懼，讓反射性閉上眼的熊橫連呼救都來不及，但過了好一會兒他才發現自己身上完好如初。狐疑的熊橫不禁睜大眼一瞧，才知那要命的長槍已經穿透了一個熟悉身影，殷紅的血漬，正從那個人身後露出的槍頭，汩汩而出。

驚懼的熊橫頓時四肢一軟，顫抖著身子，啞然喊道：「宋，宋……」

「祝融，別以為你投胎轉世成了凡人，我就奈何不了你，哪怕你逃到天涯海角，我共工也要殺光你身邊的所有人，直到你對我俯首稱臣為止，哈哈哈！」

妖物赤裸裸的威嚇慘白了熊橫的臉，隨著長槍拔出，那具血紅的身形一癱，便倒在熊橫的腳邊。

熟悉的俊美容顏依舊，高挺英氣的鼻梁精緻無瑕，緊閉的雙眼和抿成一條線的薄唇已經沒有了生氣。他身下的紅色血腥，在淨白的雪地裡漫開，像朵盛開的豔麗紅花。

「來……來人啊！」

惶恐至極的熊橫努力揮動雙手，想招來宮裡的侍者幫忙，但此時自己身旁除了成堆的白雪和冷冽寒風，哪裡還有人？

「快……來人，救命！救救宋愛卿。」

突如其來的劇痛穿過熊橫的胸口，更甚於被長槍刺入的撕心裂肺，讓他連忙伸手摀住，急喘著呼吸。難以抑止的悲切像道洪流，奔向他的四肢百骸，跪倒在地上的熊橫抱著宋玉，看著那原本耀眼奪目的仙姿神采，漸漸化成雪地上的鮮紅一片。

「不！寡人不准你死，寡人要你永遠活著，要活著。」

抖著雙手的熊橫抱著雪地上的眷戀，將宋玉埋進自己的懷裡，這才發現冰冷的他，有多麼渴望宋玉身上的溫暖。可惜，這令熊橫魂牽夢縈的眷戀，已成一具冰冷的遺憾，在夢裡悲痛欲絕的他，不禁仰頭失聲吶喊。

「天帝啊！懲罰我吧！讓宋玉活下去，活下去……」

宋玉自從目睹雨桐被秦兵抓走後，幾次央求衛馳派人潛入秦軍打探她的消息，但隨著離開郢都的日子一天天遠去，竟是丁點訊息也全無。這讓宋玉不禁為自己背信忘義的負心舉動，感到既悔又恨。

陳城雖然是宋玉百裡挑一的最佳選擇，但地方官吏的治理與風俗民情，都和原來的郢都有著極大不同。為了安頓好大王的姬妾兒女，還有諸多的王公貴族，宋玉和莊辛偕同陳城的縣尹討論了許久才找到合適的處所。接下來，又是大興土木蓋宮殿、造府邸，直忙了幾個月後，才讓挑剔的諸位王公，滿意地住了進去。

痛失國都的熊橫，沒有忘記他之所以能和兒女們苟活於世，完全是宋玉思慮周全的功勞，所以毫不吝惜地賜予宋玉和莊辛各一處大宅，並配發數名侍衛，好保護他們的人身安全。

正當熊橫再次安穩坐回他的御座時，剛攻下郢都不久的秦軍，又開始蠢蠢欲動。

「啟稟大王，白起那狂賊率兵沿著江水南下，直逼我巫郡及黔中郡二處，意欲阻斷我國水路。臣請大王，務必及早通知當地縣尹布署兵力，好防備秦軍的突擊。」

在朝堂上發言的人正是莊辛，秦國覬覦巫郡及黔中郡已久卻又屢攻不下，自然要趁著楚軍休養生息之際再次打來。

「稟大王，巫郡山勢陡峭，易守難攻，白起欲拿下巫郡，無非是要破壞我高媒始祖的祭壇聖地，意圖打擊我軍士氣。末將請旨，領軍十萬去將那白起小兒碎屍萬段，好報郢都數十萬軍臣和百姓的血海深仇。」

衛弘將軍雖從郢都一戰全身而退，但痛失國都的他仍不忘整頓兵力，等待機會好一雪前恥。

衛弘和他的姪子衛馳，在郢都奮力阻擋秦軍的追擊，才得以讓熊橫的車隊順利逃到陳城，因此，熊橫又主動恢復了衛馳將軍的職位。但此時的衛馳，不忍見年老的叔父負傷征戰，於是挺身而出。

「大王，衛弘將軍傷重至今未癒，還是讓末將領兵吧！」

「大王，末將的傷不打緊，守住巫郡才是當務之急啊！」

愧對死去郢都百姓的衛弘急著報仇，哪管得了自己身上的傷？

「大王……」衛馳還想再爭。

「好啦！」

不耐煩的熊橫，揮手止住叔姪兩人的爭議，懊惱這些激進的臣子們整日喊打喊殺的，難道就不能讓他這個國君，過上幾天安生的好日子嗎？

「莊愛卿，先說說你的意見吧！」

既是莊辛提議的事，想必他應該已經想好了對策，熊橫乾脆讓莊辛別再賣關子。

「臣啟大王，我軍目前的兵力餘下不到三十萬，守衛陳城至少須留下十萬精兵，若還要分散兵力給巫郡及黔中郡兩處，勢必會左支右絀，萬萬抵擋不了白起的攻擊。」肅著臉的莊辛分析。

「那……那該如何是好？」

聽到連莊辛都覺得這場仗沒法打，熊橫怕了，他好不容易才找到陳城這個安居之所，不想再讓秦國給逼退啊！

莊辛見御座上的大王慌亂，完全沒了主意，禁不住在心底嘆氣。

為了安撫熊橫，再次拱手的莊辛說道：「秦國的白起不僅殘酷無道，而且野心勃勃，就怕要的不僅止是江南二郡。但他們的兵力在鄢郢戰後損失不小，如果要進軍江南，兵力勢必會被分散，屆時就難以應付他國的侵犯。」

思忖了一番，莊辛再道：「因此臣以為，為今之計，我朝必須聯合鄰近的韓國，集中兩國兵力攻向秦國的漢水，才得以嚇阻白起南下的野心。」

「莊……莊愛卿，你這話從何說起？」

一心想逃離白起魔掌的熊橫嚇極，若說白起真打來了，為了守住陳城他或許還可以考慮放棄江南二郡，怎麼可能還主動發兵去挑釁秦國，這不明擺著找死嗎？

「據探子報，白起現今手上只有十萬兵馬，若真的攻打巫郡及黔中郡，就無法顧及秦國的東北疆域，我軍此刻若從陳城進攻秦國的漢水，遠比去救江南二郡要有利的多。」

「莊大人所言甚是。不管能不能說服韓國一起發兵，沒有白起的地方就是秦國兵力最薄弱之處，莊大人的這招聲東擊西，相信即使是號稱戰無不勝的白起，也難免要顧此失彼、分身乏術啊！」激動叫好的衛馳，忍不住出聲附議。

可是悶不吭聲、思忖再三的熊橫卻擰眉深思。無論莊辛和衛馳兩人的分析有多樂觀，總之，跟日漸強大的秦國再這麼打下去，難保陳城又會像郢都一樣，成為白起的眼中釘繼而成為他的俎上肉。

與其要和白起那個強敵硬碰硬，倒不如，先靜觀其變再說。

「諸位愛卿言之有理，不過礙於剛遷都到陳城不久，將士們還需要適應及休養，聯合韓國之事，就晚些日子再議吧！」

熊橫怕莊辛這老傢伙又要再提，趕緊朝一旁的司宮使個眼色。

長期跟在熊橫身邊服侍的司宮，當然明白大王亟欲離開的暗喻，於是，趁著眾人反應不及之際，大喊：「退朝——」

莊辛提的意見好不容易得到衛馳的認同，兩個人正熱烈討論著後續要如何與韓國共同舉兵之事，沒想到廷上的大王居然就叫人喊了退朝，頓時讓發怔的莊辛回不過神來。

「大王，邊關戰事緊急，怎麼能等？」

面色鐵青的莊辛急著拱手請示，但熊橫已經快步躲到殿後，不見蹤影。

鄢、郢兩城失守的慘痛教訓，至今還歷歷在目，而大王居然對這樣的狀況無動於衷，看著茫然的莊大人不知所措，就連衛馳也不曉得該說什麼。

「走，找宋玉去。」莊辛二話不說，拉著衛馳便往宋玉的府邸去。

尚未足月的麗姬因故動了胎氣，提早了近一個月生下孩子。

由於懷孕初期的麗姬在郢都時飽受秦兵攻城的驚嚇，逃往陳城的路途遙遠，坐的馬車又顛簸不斷，讓孕中不適的她作嘔難止，每每東西還沒下嚥，就吐得一口不剩，導致原本消瘦的身子更加孱弱。

當時看診的大夫直言，麗姬若再不勉強進點米湯，肚子裡的孩子恐怕很難保得住。初到陳城的宋玉因國事忙得焦頭爛額，又為雨桐的安危日夜不安，再聽大夫這麼一說，蠟燭兩頭燒的他都不知道該如何是好了。

幸好，陳城鹹辣的吃食剛好對上孕中麗姬的胃口，最後在蘭兒的細心照料之下，終於保住宋玉的第一個孩子。

但是沒想到，麗姬再怎麼千小心、萬小心，還是讓孩子提早臨盆。

因為出生時的孩子太小，大夫也說不準能不能活下去，加上麗姬產後極為虛弱，不僅沒有奶水餵養孩子，就連自己的身體都顧不上。

憂心至極的宋玉，幾乎是足不出戶地守著他們娘兒倆，就怕出了什麼差錯後悔莫及。只不過，宋玉才幾日沒上朝，莊辛就急匆匆地找來了。

「你說，這可怎麼辦才好？」

時節雖已入秋，但情急的莊辛仍是一頭汗。

聯合韓國、聲東擊西，讓白起取消攻打江南二郡，本就是宋玉的主意，這是他到陳城首先要做的事，卻一直被那些建宮殿，安撫王公貴族之事給拖住。

現下，因為麗姬生子需要人照顧，宋玉只好委由莊辛建言。而大王想要避開與秦國的正面衝突，也早在他的預料之中，莊辛這麼十萬火急找上門來，宋玉並不意外。

「郢都失守給大王的打擊太大，要說服大王主動對秦國出擊，恐怕很難。」

初為人父的喜悅，並沒有讓宋玉恢復過往的神采，連月來不眠不休的擔心和勞累，讓原本身形就輕瘦的他，更顯單薄。

道理莊辛當然懂，但他可不是來聽宋玉說喪氣話的，正想發話的莊辛，卻被一旁的衛馳暗扯衣袖給止住，只好耐著性子，等著宋玉的未盡之語。

「依下官看，大人可能須從令尹大人那裡下手了。」

宋玉見莊辛和衛馳兩人擰眉不解，於是進一步說明。

「韓國國土在七國之中屬最小，又屢屢遭受秦國的欺凌，他們對白起報仇雪恨之心並不亞於我朝，但礙於兩國軍力相差懸殊，韓國大王即使有心也使不上力。令尹大人早年與韓國大王交好，若能讓令尹大人說服韓國大王與我一起發兵抗秦，不但得以嚇阻白起進攻江南二郡的野心，亦能建立韓國大王在其朝中的聲望及地位，可謂一石二鳥。」

「如此甚好。只是令尹對你我的偏見至今仍深，要說服他可能不容易啊！」

自從來到陳城後，令尹子蘭和景差一反常態對政事不理不睬，在國家如此危難時刻，這兩個人的作為實在令莊辛感嘆。

「所以，還須請衛弘將軍出面周旋。」宋玉拱手對衛馳作揖道。

「請我叔父？」

有些不解的衛馳問道：「但令尹大人前些日子才奏請大王，說要對叔父沒能守住郢都之事，降罪責罰……」

令尹是個賞罰分明的人，雖然熊橫認為衛弘及衛馳叔姪兩人護駕有功，甚至還恢復了衛馳之前將軍的官職。但他們沒能守住楚國國都，還犧牲了郢都的百姓和軍士這也是事實，賞罰並不能相互抵銷。

「因此，衛弘將軍更須以此將功折罪。」

宋玉理性地講解其中關係，聞言的莊辛及衛馳兩人才豁然開朗，認同地點頭後紛紛離去。

第二十七章

暗藏玄機

陳城偏北，這會兒才剛入秋，象徵貴氣的桂花就已經開得院子裡滿是香氣。奴婢蘭兒趁機摘了許多新鮮的花朵，收集起來擠去苦水並用蜜糖醃漬，接著加上藕粉和成麵團，蒸熟後切塊裝盤。

蘭兒做的桂花糕入口芳香，久食不膩，還非常爽口，她端著滿滿一盤，就等著給夫人麗姬和剛出生的小公子，增添點貴氣。

「夫人，您快來嚐嚐蘭兒新做的桂花糕，可香著呢！」

輕手輕腳的蘭兒才剛走進房，就傳來桂花糕誘人的香氣，她迫不及待要給麗姬嘗鮮。

「大人呢？」

剛餵完孩子米湯的麗姬，放下已經熟睡的孩兒，並輕輕替孩子覆上一件薄被後問道。

麗姬知道宋玉也喜歡桂花糕，自然想同自己的夫君一起品嚐。

「方才與莊大人、衛大人在書房裡商議國事，剛送兩位大人離開，這會兒還在書房裡寫字呢！」

見體弱的麗姬扶著腰坐得辛苦，蘭兒便拿了個軟墊放在麗姬身後，讓她靠著舒適些。

「陳城即便再怎麼繁華熱鬧，但終究不如郢都，現下大王避禍於此，肯定有許多事急與大人商議，倒是我這不中用的身子，拖累了大人。」

產後的麗姬什麼湯藥都沒少吃，就怕日後落下病根，不能再懷孩子。

但宋玉除了幫麗姬照顧孩子外，即使在同一間屋裡，兩個人也沒多說過幾句話，宋玉待她依舊有如陌生人一般，始終教麗姬心痛難忍。

「還不都是秦軍那些殺千刀造的孽，要不是那個人屠白起，把我們的國都給占了，大人和夫人又何苦千里迢迢逃到這麼偏遠的陳城。」

仍不忘逃難時艱苦的蘭兒，恨恨地咬牙。

「多虧縣尹找來了當地的神醫大夫，讓夫人平安誕下小公子，如今大人日日守著您和小公子，夫人就儘管安心調養好自個兒的身子，不要多想了。」

蘭兒服侍麗姬一年多了，並非看不出宋玉對麗姬異於尋常夫妻的冷淡，幸好麗姬的肚皮爭氣，頭胎就替宋玉生了個兒子。如此一來，無論宋玉再怎麼不喜歡麗姬，她終歸是兒子的娘親，無法改變的正室地位。

麗姬也明白蘭兒是在安慰自己，但她和宋玉過往的曾經，並沒有因為逃到陳城而有所改變。麗姬清楚明白這個孩子是怎麼來的，倘若不是雨桐那個陌生女子，她對宋玉酒後失措的行為絕不會有絲毫埋怨，可是，宋玉竟是把麗姬錯當成別的女子才圓的房。

即便宋玉沒有將麗姬視為自己的妻室，然而，麗姬仍不忘對蘭兒細心叮囑，「大人日夜勞心傷神，記得多熬點補湯給大人喝。還有，秋涼了，大人帶來的衣物不多，還須再為大人多添幾件保暖的冬衣才是。」

「是，夫人。」

蘭兒輕聲應了，又幫麗姬添了些熱茶水，這才退下。

麗姬見蘭兒遠去後，低頭撫著榻上那白白嫩嫩的純真面容，喃喃道：「孩子，即使你父親心中沒有為娘，但因為你，為娘終也不用擔心他趕我走了。」

溫熱的淚液滑落麗姬瘦削的臉龐，她勾起唇角，望向屋外廊下的盡處，「大人，哪怕郢都城外還有你心尖兒上的牽掛，她都無法再留住你了，永遠都不能……」

熊橫怕莊辛那個老糊塗，又要奏請攻打秦國一事，乾脆稱病不上朝。但日日窩在宮殿裡的熊橫實在是悶壞了，想起多日不曾上朝的宋玉，不知道他還滿不滿意自己賜的府邸。於是，熊橫便趁著陳城人還不太熟識他的時候微服出宮，打算去看看宋玉並到城裡探一探新鮮。

雖然陳城距郢都甚遠，然而，自陳國被併吞後的這兩百年來楚化已深，再加上原本的陳國同楚國一樣也崇巫拜覡，因此，街道、坊間仍充斥著各式各樣的巫師面具和作法的道具。

熊橫早年在齊國為人質時受盡屈辱，回楚國後又遭逢父王客死秦國的慘劇，因此特別仰賴巫術的力量，讓他得以繼續安享楚國這個國君之位。尤其到了陳城後，連日來的惡夢讓熊橫的心底惴惴不安，好似在預告宋玉真會出什麼事一般，這讓關心宋玉安危的他更不能坐視不理了。

所以，當熊橫一看到陳城的巫術如此盛行後，便暗想：「應該去找個巫覡，來幫我解難排憂。」於是，剛出宮門的熊橫，打消了去看宋玉的念頭，連忙叫司宮問問陳城最有名的巫覡住在哪裡，便馬上趕了過去。

車夫駕著馬車，按著司宮問來的小路走去，熊橫因為是微服出訪，帶的御衛不多，車駕也不明顯。數十人出了城門後，從陌生的大道一路走到蜿蜒小徑，眼看著人潮店家在身後漸漸遠去，行事謹慎的司宮不禁擔心起來。

「大王，此處已偏離官道甚遠，老奴怕是有不懂事的愚民、村夫衝撞了大王，不如，擇日再來吧？」

司宮知道熊橫素來膽小，陳城也不是他所熟識的郢都，若是嚇著大王，身為隨護的他們可就有罪受了。

「就幾個愚民村夫趕了便是，寡人要辦的事有誰敢攔？」

一心想解夢的熊橫迫不及待，哪還聽得出司宮的話裡有話？

感覺到大王的語氣不耐，皺著眉的司宮堆起眼角的魚紋，胡亂咂了咂嘴，又在心底暗罵了幾句後，便退到馬車一旁不敢再說。

好不容易車駕平安來到城外的一處山腳，但見一平凡無奇的木屋蓋在那青青河畔旁，遠處的青山秀水倒映在清澈的綠波中央，像極了一幅寧靜幽美的圖畫。木屋外種了開滿粉色小花的蓍草，而屋子兩側還掛著畫有青蛇及紅蛇圖騰的條幅和帳幔，在河風的吹拂下彎曲舞動，呼呼作響。

一路上始終提著顆心的司宮見狀大喜，這不就是店家說的，全陳城最有名巫女的住處嗎？於是，他忙向車裡的熊橫說：「大王，到了，老奴先行問問。」

在聽得大王回道：「快去，快去！」後，司宮拉著衣角，搭著車夫的手下了馬車，急忙忙地找人去。

這趟微服出宮，熊橫沒多帶宮裡的侍者，所以找路和探路這等小事，自然就落在司宮一個人的身上。可憐司宮這把老骨頭，平日在宮裡養尊處優的他，這會兒還要跳上跳下當個跑腿的小廝，豈不是要折騰死他了。

雖說秋高氣爽，但頂上的日頭正焰，穿得一身寬大袍服的司宮，揮揮袖子替自己搧點涼，正欲舉手敲門之時……。

「貴人初到寒舍，令寒舍蓬蓽生輝，快請進吧！」

不料，屋裡頭已先傳來婦人蒼老的聲音，令站在門外的司宮微微一愣。

不明所以的他左右張望了一下，只見空蕩蕩的河邊，除了花草樹木與蕭蕭風聲，連個人影都沒有。謹慎小心的司宮，再轉頭看了眼身後站著的兩個御衛，正神情嚴肅地跟在他後頭，仿若無事。

這讓司宮直覺多壯了些膽子，他抬頭冷哼一聲，剛要伸手推開那道漆得大紅的木門時，門已經自動打開。沉重的木門「咿啞」的一聲，迎面而來的是濃郁過了頭的檀木香味，連在宮中習慣聞香的司宮都不禁要舉袖掩鼻，免得被嗆到。

瞇眼的司宮往裡頭仔細一瞧，但見木門旁立著兩個童子，正低著頭，面無表情地恭候著他。黑漆漆的屋裡，到處迷漫著灰濛濛的煙，屋裡遠處僅點著幾盞殘弱的燭光，隱約看見有一佝僂身影坐在其中。

瞧著這小屋無處不散發著讓人感到驚悚的氣氛，要是派那毛頭小子來，肯定要嚇得脊背發涼。但年紀不小的司宮，在宮裡什麼稀奇古怪的事沒見過，自是不會輕易被這樣的景象給嚇到。於是打頭陣的他站在屋外，不忘替熊橫觀察房子裡的狀況。

偌大的屋裡，有著各式高高低低的木架，木架上還放有諸多祭祀用的法器，鑼鼓、鉢、鐃、牛角和席子，屋的另一角堆著許多不知名的乾藥草，散發著與檀木極不相容的奇異味道。屋裡的濃煙，薰得司宮乾澀的眼睛都泛出了淚光，實在瞧不清楚的他，忍不住揉揉老花的雙目，再往前進了幾步，終於見到那發話的老婦。只是，那老婦戴著醜陋的面具，令司宮不喜地皺了眉頭。

「妳就是陳城頗負盛名的巫女——巫姑嗎？」不甚客氣的司宮尖聲發問，既然都知道有貴人到訪，為何不起身相迎，難道，是想擺架子？

「老身便是。」面具下的臉孔，因司宮的話而勾起滿是細紋的唇角，花白的頭髮也跟著精神了起來。老婦像料中了司宮心裡的不耐，嘶啞的嗓子緩緩道：「老身因為腿腳不便，恕不能到屋外相迎，可否請貴人入門來，讓老身為貴人解難排憂。」

本來不甚歡喜的司宮聞言，瞬時起了一身的雞皮疙瘩，凝眼再睨了下那面具裡的神祕，更覺得透著股陰森的詭異，司宮被嚇得兩腿有些發軟，於是朝老婦扁了扁嘴後，轉身跑回馬車。

「大王，老奴問了，那個人確實是巫姑，因為雙腿殘疾無法出迎，她請大王移駕至屋裡詳談。」

跑得有些微喘的司宮來到車前，隔著簾帳老老實實將巫姑的話，回給了熊橫。

在車裡等得有些心急的熊橫聞言，二話不說，舉手一掀簾帳便跨下馬車，朝著木屋方向大步而去。

進屋之後，巫姑和熊橫兩人面對面，相視而坐卻靜默不語，屋內迷漫的煙霧裊裊，濃郁的檀木香味令熊橫的喉嚨極為不適，忍不住掩口咳了兩聲。

「貴人近日是否經常被惡夢所困？」

見狀的巫姑，為熊橫倒了杯茶水給他潤潤喉，終於主動開口提問。

雖然清楚巫覡能觀人心智，但如此直白地講出熊橫的來意，還是讓瞠目的他啞口，一時回不出話來。熊橫本來想借喝水避開巫姑的提問，但大手才剛握住杯身，陶杯粗劣的手感就讓熊橫感到一陣作嘔，於是又忍住不喝。

坐在熊橫對面的巫姑，自是將他的嫌惡看在眼裡，但巫姑仍是一派自然繼續問道：「夢裡的蛇妖欲與貴人生死，令貴人不勝恐懼？」

嘶啞的蒼老不疾不徐地發問，彷彿無須得到熊橫的印證。

「正是。」驚為天人的熊橫猛點頭，急問：「此夢何解？」

淺笑的巫姑自桌案下，拿出五十根占卜用的蓍草，讓熊橫先從中抽出一根，是謂太極，放在桌案旁，而後將餘下的蓍草分成兩堆象徵天地、兩儀，再讓熊橫從中抽出一根，謂之人，又把剩下的蓍草按四根一組，是謂四時，依次放好後，便對著成堆的蓍草口中唸唸有詞。

「蓍草是遠古先民用來求卦的，喜好生長在乾淨且優美的環境之中，有蓍草的地方不會出現凶猛的動物，也不怕草叢裡有害人的毒物出沒。我這棵蓍草有百莖，受神龜守護，用來為貴人占卜最為合適。」

篤信巫術的熊橫見過用龜殼、獸骨以及銅錢來占卜，卻很少看到使用蓍草的巫覡，他半信半疑地按巫姑的指示抽出蓍草，卻忍不住將眸光探進那面具下的隱匿。

雖然巫姑的面具醜陋，一頭花白的長髮還披散在肩上，簡直不修邊幅，就連佝僂的身形在五彩的袍服下也顯得瘦骨嶙峋，但因為有司宮和御衛們的陪同，熊橫並不因此感到畏怯。

相反的，因為巫姑準確說出他夢裡的蛇妖，欲與自己一決生死的事，使熊橫更加堅信，巫姑就是陳城名副其實的巫覡之首。

禱唸一番的巫姑，雖然已經察覺到熊橫的窺視，但並不急於揭露，她默默在心中將六爻算畢，終於從中看出了卦象。

「看來貴人暫時並無性命之憂，因為，有人替貴人擋去了這場血光之災。」

巫姑凝眸看向熊橫，同時也看到了他眼中，更為深層的恐懼。

「寡……我知道我知道，但在下並不想因此連累他人，仙姑可否幫忙想想辦法，讓那個人也逃過妖物的殺害。」

經巫姑這麼一說，熊橫更是急了，巫姑說會有人替自己擋去血光之災，在夢裡的那個人不就是宋玉嗎？熊橫怎麼能眼睜睜看著自己心心念念的人兒，替他去死？——不，絕對不能！心急如焚的熊橫連仙姑都叫出口了，就希望巫姑能幫宋玉避開這場死劫。

「『禍兮福之所倚，福兮禍之所伏。』禍福既是互相依存，也是互相轉化的，貴人若要保住自個兒的性命，就需將此禍移轉給他人，否則貴人也將難逃此劫。再者，那個人之所以替貴人避禍，是他前世欠貴人的，今世不還，來世還要再遭一次罪，貴人忍心見他替貴人受兩世的災厄嗎？」

巫姑嘶啞的嗓音，一字一句糾結著熊橫的心。

自小出生在帝王之家的熊橫，本應擁有楚國太子無上的榮耀與富貴，可他非但沒享受過父王、母后一丁點的疼愛，還被自己的親生父親送到齊國去當人質，忍受齊國君臣，對他日復一日的嘲諷與譏笑。

即使因為父王被困於秦國無法還朝，才讓熊橫這個太子得以臨危受命坐上楚國國君之位。

然而，在弟弟子蘭和三姓王族的脅持下，楚國的所有朝政，依然是把持在他們的手裡，熊橫這個一國之君，不過是個虛有其表的頭銜。

就在熊橫決意放棄自己，放棄國君的權勢和地位，只想當個安逸享樂之人時，宋玉出現了。

原本只是貪圖宋玉美色的熊橫，是宋玉的苦心勸諫，讓他從奢靡的酒池肉林中清醒；

是宋玉用詩詞歌賦，教導他如何當一個體恤民意的君王；是宋玉不屈不撓的愛國之心，令頹喪的他一次次地從挫敗中，振作起來。

更不用說此次，在歷經殘酷殺戮的鄢郢一戰，喪失宗廟社稷的熊橫，還得忍受一路被秦軍追殺的恐懼，是臨危不亂的宋玉即時找到陳城這個避難之所，也是宋玉保住了他的國君之位，才使熊橫得以從白起那個人屠的手中，逃出生天。

倘若真有前世，那也是他欠宋玉的，否則上天怎麼會派這樣一個十全十美的完人，來輔佐自己這個無用的國君呢？

「既然禍福可以互相轉化，何不再轉給他人？要多少餅金都沒有關係，只要能救夢裡的那個人就可以。」甚至要犧牲多少人去頂替都行，只要能保住熊橫的宋愛卿。

聞言的巫姑再次勾起脣角，看來熊橫沒弄清楚所謂的因果循環，不知道所有的輪迴都自有定數，是任誰都躲不掉的啊！

「既然貴人如此執著，巫姑倒是有個辦法，可以讓那個人暫時避開這場劫數，不過，貴人須謹守三件事。」

見堂堂的楚國國君，居然如此輕易就落入自己的陷阱，巫姑不禁失笑。

「說，快說！」

一聽到他的宋愛卿有救，熊橫毫不猶豫地答應。

「那妖物是貴人前世的仇家，今生就是找貴人索命來的，貴人能避則避，離他越遠越好。」只是不知道逃得了今世，還逃得了來世嗎？

「可是，要如何得知那妖物現在何處？」

如果查得出那妖物在哪裡，即使發兵十萬，熊橫也要把他碎屍萬段，如何還能讓那妖物遺禍人間，有機會殺害自己和宋玉？

「貴人只須將夢裡的妖物讓人畫出來，自然有人會知道他是誰，在何處，但貴人不能去殺他，因為，自然有人能剋制他。」

似料中熊橫心裡的念頭後，巫姑不忘提醒。

見熊橫似懂非懂又不太情願地點頭，巫姑耐下性子，繼續說道：「第二件事，貴人欲保住夢裡那個人的性命，就不能讓他遠離貴人，一旦貴人離開了他，那個人必定會被流放異鄉，孤苦直到終老。」

「這有何難？有了仙姑的指示，在下絕不讓他離開陳城半步，還有什麼？快說！」

這第二件事正中熊橫下懷，他巴不得用各種理由和藉口，好把宋玉永遠留在身邊。

「第三件事，為了防止那妖物再接近貴人，打擾貴人清夢，巫姑想把小女留在貴人身邊服侍，可保貴人日夜平安。」

目露精光的巫姑，冷眼看著對面的熊橫，靜待他的反應。

一如巫姑所想，這點讓熊横為難。雖說熊横為人好色，然而這個巫姑滿頭白髮，沒有七老八十也超過半百年紀，她的女兒還能是妙齡年華嗎？

再說，巫姑戴著面具不敢以真面目示人，不是面貌醜陋就是有缺陷，這種人的女兒能好看到哪裡？如果熊横真把巫姑的女兒帶進宮裡去服侍，豈不馬上成了那些王公貴族們的笑柄？

巫姑見沉默的熊横不語，許久不敢應答，便失笑道：「貴人儘管放心，小女即使不是天姿國色，也絕非醜陋不堪的女子，倘若貴人仍然嫌棄，小女可戴著面紗在府中行走便是。」

聞言的熊横有些難堪，這個巫姑不僅料事如神，連話也說得直白，於是輕咳兩聲道：「既然仙姑都放心把女兒交給我了，在下也不推辭，只是在下並非尋常百姓，府裡妻妾眾多，就怕委屈了仙姑的愛女。」

「看來，他還是不願意啊！」在心中暗忖的巫姑，只微微一笑便不再多說。

她舉起嶙峋的兩手輕輕擊掌，發出骨節相撞的喀喀聲。不一會兒，熊横便見巫姑身旁那道又黑又暗的布簾後，走出一身材曼妙的娉婷女子。

那女子低頭斂眸，如綢緞般的黑髮披在前襟及肩後，步履款款的她向巫姑走近，因為臉上蒙著一層面紗，教人怎麼也看不清其面貌。只是那女子腰如細柳，走起路來婀娜又多姿，一身的白衣，襯著那個嫩白如雪的脖子更加誘人，讓熊横瞬時感到一陣心癢難耐。

心中輾轉反覆的熊横又清了清喉嚨，將目光重新移向面對他的巫姑。

「承蒙仙姑指教，不勝感激，既然仙姑割愛，那在下也只好領受了。」

熊横站起身，示意一旁的司宮打賞。

始終關注著屋裡動靜的司宮，見大王盯著那女子目不轉睛，便知可以回宮了。所以早將懷裡早早準備好的幾個餅金都賞給了巫姑，並恭敬地同那女子說道：「還請姑娘隨小的來吧！」

女子對司宮微微點頭，並轉身向巫姑盈盈一拜，而後不發一語，跟著熊横離開了木屋。

「熊横，是福不是禍，是禍躲不過。我巫氏一族在這裡等了你三百多年，終於等到你來的這一日。這一世，就算楚國的基業沒能敗在你的手裡，也要讓你把命留在陳城陪葬！」

陰鷙的冷酷閃過那對陰暗的眸光，令靜謐的空間變得更加詭異，看著熊横遠去的巫姑冷笑，隨著關起的木門消失在黑暗的深處。

一出木屋的司宮，沒料想會在巫姑那裡耽擱這麼久時間，見天色已晚，陳城外的路他又不熟，怕真遇上什麼不利於大王的人就麻煩了，於是吩咐車夫要儘快回宮。

而眼下明擺著多了個女子，不知道該讓她坐哪裡？司宮因與車夫同坐一側，再容不得第三人，隨行的御衛雖然有馬可騎，可那女子將來是要服侍大王的，一不小心可能就成了未來的美人、娘娘，司宮怎麼敢隨意安排女子與其他男子同坐？這讓急著回宮的司宮，站在馬車外頻頻撓頭發愁。

車裡的熊橫見馬車久久不動，掀開簾帳正打算罵人，只是一眼瞧見巫姑的女兒低頭立在一旁，正在等候司宮的安排，不由得欣賞起她的乖巧寧靜。

宮裡的鶯鶯燕燕雖然美麗，但每日的花枝招展、濃妝豔抹實在有些俗氣。她們不是在五顏六色的華服裡爭奇鬥豔，就是在珠寶髮飾上錙銖必較，一點兒新鮮感也無，令看膩的熊橫實在厭煩。

可惡的是，當初在逃離陳城之時，王后嬴樂趁著熊橫意識不清，把那些平日受寵的美人姬妾都留在了郢都，佳麗三千的後宮，到了陳城卻餘下不到百人，還都是些年老色衰，熊橫不喜歡的，更讓他覺得嘔氣。

因此，眼前這名女子，有如貴族女子般的高雅丰采，又似弱柳扶風，教人想將她攬入懷中好好憐愛的柔美，但凡是個男子都會欣賞的。即使蒙著面紗的女子，極可能長得醜陋不堪，但只要看著那嬌媚的身姿，就足以讓乾涸已久的熊橫感到熱血湧動。

熊橫滾了滾喉間的乾沫，對著巫姑的女兒嘶啞喊道：「妳，上車吧！」

一旁的司宮聞言，隨即奔了過來，額冒冷汗地對著熊橫說：「萬萬不可啊！大……那個，大人，萬一這女子出言不遜，衝撞了您……」

司宮擔心的是，這女子雖說是巫姑的女兒，但實則身分不明，萬一她對大王圖謀不軌，就算是武功高強的御衛，也攔不住在馬車裡對大王行凶的她啊！

「她到現在連句話都沒說過，哪來的出言不遜？」

凡事有人打點又養尊處優的熊橫，根本不懂什麼人間險惡，更何況，他現在整個人，都像極了黏在鮮肉上的蒼蠅，哪管得了那麼多？

於是，熊橫伸手將簾帳又拉高了些，對著那女子再次喊道：「上車！」

始終默然不語的女子終於緩緩地抬起頭，將目光迎向高高在上的熊橫。那黑墨般的眸子透著股沉靜的幽遠，深邃得令人看不清；黑扇似的羽睫輕掃，卻帶著幾分魅惑人的狡黠；兩道細眉彎如新月，更加撩人心弦。

河口處的晚風徐徐吹著，岸邊碧波萬頃如浪，揚起片片火紅的丹楓，也將那薄如蟬翼的面紗輕輕拂起，揭開那若隱若現，神祕的美麗。

雪白的肌膚似白玉般通透，隱隱泛著盛夏的紅光，身後的長衣隨風飛翻，讓整個人美得更加出塵飄逸，宛若太虛幻境裡的仙人下凡。

這樣的面容，即使不是天仙絕色，也要讓後宮的三千佳麗難以相比，因為那張熟悉不過的臉，讓坐在車裡的熊橫，身子不禁微微一震。

瞬時，熊橫原本嚴正的臉孔，也變得愕然萬分，支吾的他呀然道：「妳……妳是？」

那女子對著瞠目的熊橫躬身一鞠，輕啟脣瓣，頓時一陣清脆婉約，似鶯啼燕語的天籟之聲，令一旁的司宮以及周遭御衛十數人都側目看向她：「小女巫玉，願終生侍候大王左右，還望大王疼惜。」

第二十八章
巫氏之女

回宮當晚，興奮至極的熊橫，立即下召讓巫玉侍寢。

雖然未曾受封就侍寢的例子不少，但由於巫玉是從宮外帶進來的女子，父母既不是高官也不是貴族，因此，負責宮裡安全的御衛還須仔細盤問，做好身分調查後，才讓宮女們把巫玉帶下去沐浴更衣。

迫不及待要與美人溫存的熊橫，在殿裡焦急地來回走著，還頻頻問司宮：「人為什麼還沒到？」

司宮雖然被問得煩，但仍須耐住性子，請興奮過頭的大王稍安勿躁。

侍候多年的司宮，從未見大王對一個陌生女子如此性急，看來這個名叫巫玉的果然有幾分能耐，光憑那清脆的嗓音，就能讓閱女無數的大王為她神魂顛倒。

只是，那巫玉不知何故，即使進了宮仍舊蒙著面紗，更奇怪的是，大王也不勉強她拿下，似乎還頗為喜好巫玉這樣特別的裝扮。

也對，大王圖的不就是新鮮嗎？興許，就是看上了巫玉的這份神祕，才會如此急著召見，但不知，這樣的新鮮能維持多久呢？

巫玉被宮女們打理得高雅素淨，如墨的黑髮，僅以一條粉色的綢緞繫上，再穿上一件真絲織的白色單衣和粉色薄紗後，由數個宮女、侍者一路簇擁著，進入熊橫的寢殿。

終於盼到美人到來的熊橫，欣悅地向前迎了幾步，只是，蒙著面紗的巫玉想起了方才學的宮規，不敢踰矩，便對著熊橫盈盈跪拜：「小女巫玉，參見大王。」

「起身，快起身！」

熊橫大手一握，便將柔若無骨的她，急急地攬進懷裡。

有了溫香軟玉，色慾薰心的熊橫，就把宋玉平日念念叨叨的告誡，全都丟到九霄雲外。他不但不疑心巫姑把女兒送進宮的目的，也沒有對巫玉如何得知他是楚國國君一事感到懷疑，更毫無戒心地讓巫玉給他侍寢。

司宮見大王眼裡只有美人，便識相地朝後頭揮了揮袖子，示意不相干的人都出去，獨留下守護的御衛站在殿外。

看來，今晚美人承蒙君恩，自是兩情繾綣，情意綿綿，只是，明日又不曉得要換上哪位新人出頭，徒留舊人空惆悵。

當然，這都是看盡後宮辛酸的司宮自己多想的，為了賭那一夜恩寵，就算要那些女子死守在宮裡一輩子，也心甘情願。

身穿一席白色雲紋曳地長裙的巫玉，赤裸著雙足，讓熊橫扶著她的腰，緩緩踏過地上又柔又軟的紅毯。向來視美色如命的熊橫，從未見過像巫玉這樣貌美如仙的女子，而且含蓄內斂，性情又柔順，更重要的是，她長得很像一個人，像極了熊橫朝思暮想的「那個人」。

過度的興奮讓熊橫的手止不住顫抖，他急著將巫玉臉上的面紗扯下，好證實自己不是在作夢，沒錯！真的是你。

「大王。」抬起頭，仰躺在榻上的巫玉，正視這個即將被自己虜獲的男子。

「噓……」

熊橫伸手止住巫玉，自顧自地唸道：「玉，可知寡人有多想你。」

巫姑既然算準了熊橫會去找她卜卦，也預謀將自己的女兒送進熊橫的懷裡，就是要巫玉用美色魅惑熊橫的心。

但芳齡才一十六的巫玉，是懷抱著浪漫的綺麗入宮來的，就算熊橫的年歲大上巫玉許多，但她以為閱歷豐富的大王，應當更懂得疼惜自己喜歡的女子才對，誰知，竟對她說出這些莫名其妙的話。

初入宮的巫玉又怎知，熊橫多年來的苦悶、壓抑，思念及忍耐，終於能在此刻得到解脫，所以無視巫玉感受的他情不自禁道：「玉，寡人的好愛卿……寡人，終於得到你了。」

翌日，熊橫在早朝上公布一張畫像，就是他夢裡常見到的妖物，不過，只畫了頭沒畫身軀，並要求朝臣們動員所有人力，務必要找到畫像中的人。

朝臣們本還以為是什麼不得了的大事，一聽熊橫說這是夢裡的妖物後，紛紛暗自竊笑，置之不理。

但另一件事，就不得不引起朝臣們的注意了，就是熊橫在後宮加封了一位「玉夫人」。雖說國君封賞自己的後宮，朝臣們本是不應置喙的，但這位玉夫人從一介普通的平民百姓，跳過命婦和姬妾的階級，一下子躍升為夫人，似乎太不恰當。於是，當下就有幾位老臣對此事表示不滿，熊橫卻並沒怎麼理會，逕自下朝了事。

巫玉受封為夫人的旨意很快便傳遍了整個後宮，在許多美人、姬妾，尚不知巫玉是打哪裡冒出來時，司宮已經忙著給新封的玉夫人，打理新的宮殿住處了。

初蒙君恩的巫玉雖然全身酸痛，但仍起了個早，重新梳洗打扮後才出來接旨。

司宮見巫玉承寵後的慵懶姿態，更勝於昨日的端莊秀麗，不禁暗暗在心底思量：「這女子果然不是普通的厲害，不過才一個晚上的時間，就完全換了個模樣，簡直像個魅惑男子的妖精。」

只是這「妖精」一詞，才剛從司宮的心口落下，巫玉犀利的眸光就朝他射了過來。

「魏公公，妾既然承蒙聖恩，理當親自向大王叩謝，但不知，大王何時下朝？」

面紗下的朱脣輕啟，綿軟的語調，仍教人聽了渾身酥軟。

司宮雖不是男子，但也曾經是個男子，所以被巫玉這妖精一怒一嗔，平時盛氣凌人的尖銳，瞬時就沒了力道，「大王說要給娘娘一個驚喜，一會兒就過來。」

聞言的巫玉勾起唇角，抿嘴一笑，抬頭朗聲的她，對身後兩個服侍的宮女發話道：「天涼了，給魏公公一杯上等的熱茶，好暖暖身子。」

「不敢不敢，老奴還有事要辦，娘娘若沒別的事，老奴就先告退了。」見識過巫姑是如何洞悉人心的司宮，暗想她的女兒八成也不是什麼簡單的人物。於是，急著離開巫玉的視線，免得被巫玉瞧出什麼端倪來。

本就沒打算留人的巫玉不再說話，領著宮女轉身就走。

司宮見巫玉入了殿後，不禁揮袖替如淋了雨般的自己擦汗：「唉……這清清爽爽的八月天，怎麼就熱得讓人渾身不自在呢？」

熊橫自從寵幸了巫玉後，便把王后所住的鳳儀殿以外，最大、最奢華的飛鸞殿給巫玉住，還把宮中所有的奇珍異寶通通送給巫玉。但是陳城畢竟是一個廢棄許久的舊國都，不像郢都擁有楚國數百年留下來的貢品和珠寶，於是熊橫又命縣尹向當地的富商巨賈，搜刮更多更奇特的財物，來討巫玉歡心。

為此，莊辛及諸位大人無不紛紛上書諫言，認為鄢郢慘敗的國仇家恨尚且歷歷在目，艱辛的國家財政也未上軌道，如今所有的軍士將領無不引頸翹望，大王能早日舉兵打敗秦國，奪回郢都，怎麼還能將大把的錢財，都拿去哄一個無足輕重的後宮美人？

再者，有了新人的大王夜夜笙歌，早朝上不了，政事管不著，諸多國家大事變得無人可做主。莊辛擔心再這麼下去，無須等白起打來，陳城又會重蹈郢都的覆轍，再次淪喪秦國之手。

「你說，玉夫人那禍害到底是打哪裡冒出來的，怎麼才幾日的光景，就讓大王整個人都迷了心竅？」

上回跟宋玉談及欲聯合韓國，嚇阻白起進攻江南二郡的事，到如今一點兒眉目也無，實在令莊辛焦急又火大。可惜後宮莊辛進不了，否則，還真想揪出那個玉夫人，看看她是何方妖孽。

「聽說是巫女的女兒。」

語重心長的衛馳嘆了口氣。

「什麼！」

聞言的莊辛幾乎跳起，「這大王對陳城人生地不熟的，上哪裡去找了個巫女的女兒？」

大王若是納了王公貴族的女子也就算了，寵了個身分不明巫覡的女兒，將來若是誕下個公子，恐怕後宮從此要不得安寧。

「這個下官也不知。聽說前幾日大王心情煩悶，只領了司宮和十幾個御衛微服出宮，回來就帶上了這個玉夫人。」

衛馳雖是領兵的將軍，但實際掌管宮中御衛的卻是令尹大人，而有關玉夫人的這些事，衛馳還是從與大王交好的景差那裡打聽到的。

「想那司宮必然清楚。」

司宮是跟隨大王幾十年的老人了，大王的一舉一動都少不了他的主意，憤憤的莊辛立起，打算找那閹驢出氣。

只是，瞧出莊辛意圖的衛馳伸手將他攔了下來，難掩失落地說：「司宮這會兒躲著諸位大人，連宮門都不敢出，大王也不願見任何人，所以誰也進不去。」

「天要亡楚，天要亡我楚國啊！」

聞言的莊辛高舉雙手大喊，不禁感嘆得老淚縱橫，「老夫現今終於明白，屈先生為何要投汨羅江而亡，與其眼睜睜地看著妖孽將楚國蠶食而死，倒不如先自盡。」

「大人……」

衛馳明知莊辛的無可奈何，卻也說不出什麼可以安慰他的話來。

「宋玉還不知道，屈先生已經亡故的事吧！」

莊辛揮掉淚，也明白現在不是傷春悲秋的時候。

「尚且不知。」衛馳搖頭。

屈原跳江的消息是鄰國商人傳來的，因著當年熊橫對屈原的斥責與排擠，知情的楚國官員，竟無一人敢將此事稟報給熊橫知曉。

宋玉是屈原的愛徒，也是繼屈原之後，真心為楚國竭盡全力的忠臣，莊辛不告訴他，是不希望宋玉在此危難時刻，因屈原的死而更加委靡喪志。

幸好，宋玉近來為了照顧妻小閉門不出，否則，屈原跳江的消息怎麼能瞞得了他？只是，紙終究是包不住火的啊！屆時，還不知道宋玉會如何痛心疾首恩師的亡故。

「那就好。」

莊辛見衛馳拱手作揖，正要離去，突然想起一件得以激勵宋玉的事，急問道：「可有雨桐姑娘的消息？」

「沒有。」

衛馳又搖頭，「將士們只打聽出，那天擄走雨桐姑娘的狂徒，正是司馬錯的孫子司馬靳。」

「司馬靳？」聞言的莊辛呀然。

「這突然冒出來的小鬼，居然是秦國大將軍的孫子，可知他和雨桐姑娘有何過節？為何要擄走她？」

「這個下官也不清楚。據探子報，司馬靳和掌管伙房的百夫長，都是潛伏在我軍的秦國奸細，白起自拿下郢都後，司馬靳就被拔擢為校尉。」

因為這件事，衛馳沒少責備過自己，若不是他的一時疏忽，又怎麼會讓司馬靳如此危險的人物混進營中，而渾然不覺？

「白起殺光了郢都百姓，連老弱婦孺都不留下活口，若是讓他發現了姑娘的身分，恐怕要凶多吉少。」

情急的莊辛頓足，對雨桐的生死越發地不樂觀。

「若是有殺意，想必司馬靳也無須花力氣擄走姑娘。」

衛馳雖然不想這麼猜測，但心中卻有著更深一層的憂慮，「怕的是，司馬靳要是知道了姑娘和宋大人的關係，那才真是後患無窮。」

「將軍顧慮的極是。倘若真是如此，那司馬小兒應該很快就會沉不住氣，我們就只能在這裡，等著他送來姑娘的消息了。」

就在宋玉和莊辛忙著將陳城增建為楚國的臨時國都之際，秦國的白起，也利用郢都豐沛的資源，重新整頓餘下的軍力，並且恢復了元氣。

雖說，秦王嬴稷不但將白起封為武安君，還大大賞賜了他不少金銀財寶，然而，這並不能讓白起得到滿足。

兩百多年前，白起的先祖白公勝，因故得罪了當時的楚惠王，以至於全族遭到誅殺。

白公勝的幾個兒子為了保命，只好逃到鄰近的秦國避難，卻從此再也無法回到自己家鄉的封地。

秦國雖然收留了白公勝的兒子，但他們從錦衣玉食的楚國士大夫，一下子淪為到處受人鄙視、唾棄的異國流民，不但衣衫襤褸、飢寒交迫，連一個可安身的地方都沒有。為楚國建立豐功偉績的白氏一族，無法庇佑他的子孫，反而給他們帶來滅族的大災難，那日復一日積累的怨恨，日以繼夜地侵蝕他們千瘡百孔的心。

即使白起的屢戰屢勝為他獲得秦王的器重和賞識，也無法輕易抹去白氏先祖這兩百年來所受的屈辱。為此，白起誓言一定要殺光楚國熊氏一族，替先祖們報仇雪恨。

而原本打算整軍出發攻打楚國二郡的秦軍，卻因為忽來的大雨，被困在江邊動彈不得。現下更是連行軍的船隻也跟著受困，讓不習慣水性的秦軍飽受威脅。

「報告將軍，據探子回報，江南因連日大雨，江水暴漲，所有船隻皆無法行走，還請將軍示下。」

一名秦兵跪在處處積水的泥地上，身上的鎧甲已被雨水給浸透，顯得笨拙又厚重。

「他奶奶的，這是啥鬼天氣？一場雨，下得人都要發霉了還不停？」

住慣了乾燥西北的司馬陽，對江南這種溫暖潮溼的氣候特別反感，不但軍糧容易受潮發霉，就連軍士們的鎧甲和長矛也開始腐爛鏽壞。

「縣尹怎麼說？」

擰眉的白起瞇著眼，依然目不轉睛地牢記手上的地圖。

「當地的縣尹說，現今正值雨季，江水容易氾濫成災，大型船隻根本無法通行，要等洪水退了再走。」

惱怒的司馬陽，早先還把觸霉頭的縣尹給毒打一頓，以為他信口雌黃故意嚇人來著，沒料想，竟然一語成讖。

斂下眸的白起撫鬚，輕吟一聲後，就不再發話。

大軍出發在即，若是因此延誤了軍機，恐怕後續的糧草也將難以為繼。

一旁的司馬靳，見大伙兒都沒個主意，便自告奮勇道：「末將願走陸路先行至巫郡探路，等江水趨緩後，再通知大軍行走。」

兩年前，大將軍司馬錯曾攻下楚國的黔中郡，但其三面環水，背靠大山，秦軍因為對地形不若楚軍熟識，即將到手的城池又被楚軍給奪走，為此，司馬錯還遭到白起的一陣奚落。

所以，為了避免重蹈覆轍，司馬靳便自請先行到巫郡探視敵情。

「如此甚好。」

睜眼的白起拍桌立起，朗聲讚道：「那本將軍就令司馬校尉帶上精兵百人，即刻啟程前往巫郡。」

聞言的司馬靳雙手抱拳，揚聲道：「末將領命。」

第二十九章

是人是神

正是意氣風發的司馬靳，即使走在滂沱大雨，滿是泥濘的溼地上，也絲毫不減他的英姿銳氣。而司馬靳一路上思忖不斷的腦子裡，卻直直竄進某人諸多可疑的行徑，令大惑不解的他劍眉直豎。

白起的軍隊因為遠離秦國，糧草補給經常不足，縱然在魚米之鄉的江南，沒有這方面的困擾，但軍紀甚嚴的秦軍，仍舊不敢揮霍無度。

所以身為校尉者，除了要統領和訓練自己的軍士外，還需要管理、統籌配發下來的少量伙食與珍貴的各式兵器。

司馬靳雖然榮升校尉之職，但年紀尚輕的他，對管理這些瑣碎雜事，仍感到相當煩心與吃力。於是，他把武器之類的事物交給李季去打理，伙食糧草的問題就丟給牧童了。

軍中不養無用之人，既然司馬靳有心將她留下，又對外聲稱她是自己的門客，不讓她做點事似乎也說不過去。但因著牧童是被迫留在秦軍，司馬靳也不得不防著，她是否真能為自己所用，所以點收糧草這種關乎軍情的事，就成了司馬靳考驗雨桐的第一關。

而雨桐在覩蒯的細心照料下，足足休養了半個月，身子才見好轉。

雖然，女扮男裝又化名為牧童的她，認命地在司馬靳的軍中當個閒差，但在一堆打打殺殺的男子軍營裡，生活十分困苦，更遑論還要隱瞞自己的女兒之身。

幸好，有觀蒯這個楚國大夫的幫忙，三不五時以找雨桐外出去弄些藥草當藉口，才讓雨桐得以享受到許多額外的便利。

想當初剛穿越之時，雨桐因為看不懂楚國的蟲鳥文字，所以無法自行閱讀，但秦國文字是以小篆為主，雨桐在現代學過書法，因此，對小篆的書寫並不陌生。司馬靳雖然猜到她不是楚國人，但看得懂小篆的雨桐，還是令司馬靳訝異了幾分。

所謂女子無才便是德，除非是高官、貴族之女，否則，有機會識字的女子少之又少。本來，司馬靳對雨桐的身分來歷已是揣度不已，誰知，幾車幾石，複雜又多樣的伙食一到了她手中，三兩下就點收入庫。

在古代，數學的運算方式並非每個人都熟悉，尤其在一堆以武力稱許的軍營中，即便是簡單的數學計算都會令他們抓狂。但對於學過九九乘法的現代人而言，點收糧草這種小事，簡直跟小學數學沒兩樣。

剛開始，司馬靳以為牧童是故意對自己的命令，敷衍了事，還特別找了李季和幾個軍官仔仔細細地盤點，這才發現，真是一點差池也沒有。

幾個月下來，牧童非但把每月配發的糧草，精確地分配成每人每日的用度，就連行軍多少日要用的飲水和柴火，也能準確算出。

這讓疑心病重的司馬靳，終於承認牧童的計算能力無人可敵，便放手讓她管理所有的糧草用度。

就在上個月，雨桐突然要求司馬靳給她幾個人，要把未脫殼的白米和豆子都炒熟，用稻草分袋裝好放在高架上。

不僅如此，雨桐還把大部分的柴火都塗上魚油，也一起堆上高架。剛開始，司馬靳還對這無聊作為叨唸了一頓，如今看來，都是為了防止糧草受潮發霉啊！

仔細一想，這個牧童敏感的預知能力，又讓司馬靳重新困惑起來。

經過幾個月的相處，司馬靳越來越不瞭解他所認識的那個牧童。

之前在楚國軍營時，司馬靳所知道的她雖有時聰穎，大多時候卻很迷糊，而今看到的她，不但謹言慎行，做起事來也有條不紊。司馬陽甚至還質問司馬靳，到哪裡去撿了個如此精明的人回來。

閒暇時，牧童會教軍士用樹藤編織成網來捕撈江裡的魚蝦。還有以往秦兵只懂得用風乾來保存吃剩的魚肉，而江南的氣候溼熱，根本無法晒成肉乾，牧童就教他們砍果樹來煙燻，不僅能快速風乾食物，還能令嚼蠟似的口味變得特殊好吃。

當然，司馬靳可以當這些只是小聰明，但若和預知雨季到來，而把怕潮的米豆、柴火事先加工儲存相比，就又是另一回事了。

思及此，司馬靳的脣角不禁勾起一個漂亮的弧度，心想這個牧童越是藏得深，自己就越是要抓出她的狐狸尾巴瞧個清楚，究竟她是人，還是神！

兩日後，司馬靳帶著李季和精銳軍士近百人，冒雨沿著山路向巫郡出發。

為了避免被楚國百姓和士兵認出他們是秦軍，司馬靳命大夫觀蒯負責問路和辦理通關的事宜，他和秦軍則喬裝成經商的隊伍和護衛，並故意選擇在人多的官道上行走。

已經多年未曾回返楚國的觀蒯，難得重新踏上故國土地，心裡的激動是難以想像的。然而當他見到昔日的良田變得荒蕪，百姓因飢餓在風雨中受苦，不禁悲從中來。

「唉……」

重重的一聲嘆息傳入雨桐的耳裡，她轉頭看向身邊的半百老人，大約猜得出觀蒯因什麼而感傷，但同為俘虜的自己，又何嘗不是呢？

自從被司馬靳抓來後，雨桐在形同軟禁的秦軍裡待了好幾個月，扮男裝的她不但被當成司馬靳的門客，還要為秦兵打理伙食。

剛開始，雨桐非常痛恨與這些殺人不眨眼的屠夫為伍，然而，在每日的相處下才發覺，他們不過是被白起洗腦的一群劊子手，以為就是要殺盡所有人，才能為秦王奪得天下。

秦軍的紀律森嚴，伙食配給比楚軍還要苛刻，軍士們一日都只有兩食，而且偶爾才能吃到米飯，更別說珍貴的葷食了。所以雨桐教那些士兵結網捕魚，並將獵到的山雞、野兔燻成肉乾，不但更易於長久保存，也便於攜帶。

其實，會教這些秦兵捕獵，也是因為雨桐自己實在禁不住餓，即使她聲稱是司馬靳的門客，但秦軍上至將軍，下至小兵，大家吃的東西都一樣，雨桐這個小小門客自然也不能例外。因此不得以，雨桐只好利用一些現代常識，讓士兵去弄些葷食來當額外補貼。

只是沒想到，被司馬靳抓走的她，居然也有機會再次來到楚國，而且還是到自己渴望已久的巫郡。即便如此，司馬靳對她的看管卻更加地嚴格，連行走都不得自由，更別說逃離秦軍的視線。

「大夫，到巫山的路，您還記得怎麼走嗎？」

昔日，與宋玉初見面的巫山近在眼前，雨桐卻再也見不到心心念念的那個人了。

如果沒有觀蒯，估計雨桐也活不到現在。因為觀蒯的楚人身分，讓孤單無助的雨桐感覺多了一個伴，經過這陣子的相處，雨桐已把觀蒯視為在秦國軍營裡，唯一可信任、可依靠的人了。

「除非山塌了，否則老夫閉著眼睛也能走。」

觀蒯苦笑。觀蒯任楚軍的醫官多年，一直跟著衛弘將軍征戰沙場，捍衛楚國疆界。司馬錯打下黔中郡的那一役，觀蒯被俘擄了，但司馬錯也因此受了重傷，當時秦軍的補給嚴重不足，藥草更為短缺，是熟悉當地藥草的觀蒯救了司馬錯一命。

為報答觀蒯的救命之恩，司馬錯不但沒有將觀蒯處死，還將他帶回家中成為家醫，後來觀蒯又跟著司馬陽、司馬靳來到白起的秦軍裡。然而，是怎樣的陰錯陽差，讓觀蒯這個楚國人到頭來，居然要幫著敵軍領路攻打自己的國家？為什麼？

「巫山是楚國國君祭祀始祖神高陽氏，以及火神祝融的所在，一旦巫郡失守，楚國就真的完了。」

猛搖頭的觀蒯悲憤不已，又怕被秦國的軍士們看見，只好拉下斗笠，掩面暗自抽泣。

「既然是楚國先祖的所在，他們應該也會庇佑楚國的子孫吧！」

雨桐喃喃唸著，不禁又想起了遠在陳城的宋玉。

「如果當時的我沒來到巫山，也許不會認識宋玉，就不會成為阿靳威脅宋玉的籌碼了。」一念至此，雨桐不自覺地顫抖了下。如果，時間可以回到一年前；如果，她沒有到巫山來的話……。

觀蒯見雨桐面色變得慘白，擔心跟著士兵們冒雨前行的她，身子會因此受不住，便關心問道：「姑娘？妳還撐得住吧？」

回過神的雨桐微愣了下，才緩緩應了句，「還好。」

然而方才湧出的思緒，一直糾纏在雨桐的腦海——如果，她沒有到巫山來的話。

因為大雨使得水路中斷，各國大批的商隊、販夫走卒，和往來的楚國百姓交雜在一起，令守在陸路關口的楚國士兵，在查驗通關者身分時變得相當困難，這才給了秦軍混水摸魚的機會。

有時甚至只要觀蒯一開口，楚國士兵就會直接讓他們通行，省略掉檢查的諸多程序，只是這樣的方便，卻讓萬般無奈的觀蒯懊惱不已。

其實，楚軍只要一查馬車上的木箱，就可以發現裡面裝的，全是秦國的軍服、弓箭和長矛，大敵當前的楚軍，為何還如此鬆懈，全然不知亡國在即？

看不下去的觀蒯，好幾次都想暗示楚兵要詳細檢查，奈何站在他身後的李季，總是搶先一步通關，讓情急的觀蒯欲哭無淚。

浩浩蕩蕩的隊伍，在順利通過了楚國設的幾個關口後，司馬靳便命人在一處曠野紮營，讓行走數日的軍士和馬匹好好休息。雖然，長途跋涉對驍勇善戰的軍士，沒造成什麼影響，卻把身為小女子的雨桐給累慘了。

為了避免引起盜賊的窺覬和增加不必要的困擾，除了裝有軍服和兵器的馬車，以及十幾個騎馬的軍官外，其餘的士兵都必須要徒步行走。

因為司馬靳對外宣稱她是自己的門客，雨桐自然享有優於步行士兵的禮遇，可是雨桐不會騎馬，坐在馬上顛前仰後反而是一種折磨。但走多了泥濘不堪的石子路後，雨桐的腳底全磨破了皮，連鞋子都沒辦法穿了。

「看來這幾日妳都只能待在床上，走不了了。」

觀蒯知道小姑娘嬌皮嫩肉，司馬靳要雨桐跟著一堆士兵們行軍，簡直就是活受罪，虧雨桐還能撐這麼多天，連吭都不吭一聲。觀蒯也搞不懂那個司馬靳，硬是把人家的姑娘栓在自己身邊，到底圖的是什麼？

「多包幾層布吧！過幾日就會好了。」

來自現代的雨桐，明白傷口感染的可怕，尤其是在古代醫學這麼不發達的地方。她所能做的，就是儘量不讓傷口碰到水，以及避免再增加新的傷口，其他的，就只能聽天由命了。

「要不，我跟少主說說，讓他給妳備一輛馬車坐吧！」

觀蒯當然明白傷口惡化的後果，輕則留疤，重則斷肢，但不管是哪一樣，觀蒯都不希望發生在姑娘身上。

「不用！」

打斷觀蒯的雨桐回道：「不過是磨破點皮，沒什麼大不了的。」

這幾個月來，司馬靳雖然日日把雨桐困在軍營裡，但並沒有提起宋玉，也沒有再逼問雨桐身分的事。

雨桐平日除了點收糧草、整理書籍，幫李季清點軍營裡的兵器數量，司馬靳也僅在軍務會議時，例行性要求雨桐旁聽而已，所以，兩個人互動和交集的機會並不多。

這樣反而更好，雨桐無須因為司馬靳的不殺之恩，而感到有所虧欠，也不想因為被擄到秦國軍營而恨他，雨桐只想和司馬靳保持一定的距離，不要再節外生枝就好。

見慣了姑娘和司馬靳的相處模式，觀蒯多半也猜到雨桐會拒絕，只是隊伍明日一早就要啟程，怕是再好的草藥，都很難讓傷口這麼快恢復。憂心的觀蒯搖搖頭，掀開布簾正要離開時，李季剛好走了過來。

「少主請牧先生過去。」

司馬靳和李季雖然知道牧童是假名，但因為雨桐堅持不透露自己的本名，他們只好一律稱她為牧先生。

「這一時半會恐怕去不了了。」

觀蒯正愁沒機會向司馬靳提雨桐的事，碰巧李季來了，不禁趕緊向他申訴，「連日來的行走，讓牧先生的腳底磨破了皮，現在腫得連鞋都穿不下了，還怎麼去？」

「這麼嚴重？」聞言的李季擰眉。

「不信你去看看。」

觀蒯和李季同為司馬氏的家臣，雖然觀蒯只是個小小大夫，但人吃五穀雜糧，誰沒個三災六病的？況且現下兵荒馬亂，將來誰倚仗誰救命都還不知道，所以，觀蒯對李季說起話來就不怎麼客氣。

李季知道觀蒯偏袒這個牧童，但前兩日就見她走路一跛一跛的，若是直到今日都還沒好，一定是傷口惡化或更嚴重了。因此，李季並不懷疑觀蒯說的話，便逕自跟司馬靳報告了這件事。

只是，面無表情的司馬靳不發一語，仍舊埋首看兵書。

「少主？」

每每那姑娘有事，少主便不像尋常那樣理性地果斷應對，李季又站了會兒，不忘再次提醒。

「叫觀蒯拿上好的藥給她，讓她明日務必能跟著一起走。」

連頭都沒抬的司馬靳不耐煩，將還沒看完的竹簡又攤開了些。

「需不需要備一輛馬車？」

畢竟是女兒家，李季自己也有妹妹，他瞭解男女究竟是不同的。

「藉此讓大家更質疑她的身分？」

莫名其妙發怒的司馬靳站起，「她既然要逞強，就應該承擔這樣的後果，不是嗎？」

為了掩飾這個牧童是女子的事實，司馬靳沒在她身上少花心思，但她對自己總是一副漠然以對的樣子，讓司馬靳怎麼都使不上力。

雖然，牧童以前曾在楚國軍營待過，但那畢竟不是真正的行軍，自然吃不到什麼苦。司馬靳知道她腳上有傷，只要她肯跟自己服個軟，要坐車、騎馬都可任由她挑，但那丫頭偏偏悶不吭聲，硬是要跟他較勁。

「那就說牧先生舊疾犯了，緩一日再走吧！」

李季知道再問下去只會讓少主更生氣，於是就擅自作主了，反正這些軍士都明白這位牧先生的重要性，也知道他體弱多病，說是舊疾也不為過。

面有慍色的司馬靳扭頭不理，又埋首在竹簡中。

「屬下這就去辦了。」

見少主沒反對就是默許了，李季退出營帳去張羅，臉色黯然的他在心中嘆口氣，少主明明就很關心牧先生，何必拉不下臉？

事不關己當然就無法理解，其實，司馬靳也是在一番掙扎後，才決定帶牧童同行。司馬靳知道牧童想回楚國，是因為楚國有她牽掛的人在，因此司馬靳擔心，聰明的她會趁機逃離自己的手掌心，但若是讓她繼續待在秦軍裡，司馬靳又怕被人識破了她的女兒身。

所以，越接近楚國，司馬靳的心情就越焦慮，對於牧童的一舉一動，就更加胡亂地揣度。

當晚夜半，輾轉不寐的司馬靳走到帳外視察，幾個守夜的士兵見了，紛紛向這個新任的校尉行禮致意，仰望他的眼神，無不透著幾分敬佩與欣羡。

莫說司馬錯大將軍的威名，在秦國無人不知、無人不曉，就連跟著白起的司馬陽，也因鄢郢一役大勝而步步高升。但這兩個人都不若司馬靳，居然小小年紀就敢潛伏在敵軍裡做內應，還因此順利攻下了楚國的國都郢。

如此的少年英雄，怎不令人稱羨？

司馬靳理所當然地接受眾人目光的恭維，對他而言，這才是自己所追求的，身為軍事世家的榮耀。但當神情嚴肅的他一一巡視之後，竟不知不覺走到雨桐帳外，見裡頭的燭火依然亮著，不禁皺起眉頭，「這麼晚了，她還沒睡嗎？」

「校……」守在帳外的士兵剛要行禮，便被司馬靳嚴厲的目光給嚇住。

「去給牧先生弄些點心來。」

「諾。」

司馬靳不想讓自己和牧童的對話被外人聽見，於是找個理由遣開無關人等。

受命的士兵趕忙離開，心裡還想著：「校尉應該是有緊急的軍事，要找牧先生商量吧！」

見士兵遠去後，依然站在帳外的司馬靳有些矛盾，也有些掙扎，他知道自己應該進去瞧瞧牧童的傷到底有多嚴重，竟連李季都要替她求情。可是自己下午才對多事的李季斥責了一番，現下卻又心軟地跑來關心，實在有點自打嘴巴。

「進去，還是不進去？」

平日果斷行事的司馬靳，居然為此裹足不前。就在司馬靳左右為難之際，觀蒯居然不識相地撞了過來。

「少……少主。」

觀蒯看清眼前的來人是司馬靳不禁嚇了一跳，手裡的藥差點就沒拿穩。

「藥拿來。」面無表情的司馬靳伸手。

「啊！」

觀蒯呀然，沒想到這個司馬靳如今竟能觀人心志似的，怎麼連自己帶了藥的事情都能知道？

大手緩緩從寬袖下伸了出來，觀蒯卻不願意把傷藥交出去，司馬靳這傢伙從不給姑娘好過，讓他拿藥進去好嗎？

察覺到觀蒯的不情願，司馬靳一把將藥搶了去，逕自掀帳入內。

「姑……牧先生，少主來了，小心點。」

無奈又心焦的觀蒯沒辦法，只好朝著帳內大喊。

原本還賴在床上發呆的雨桐，一聽到觀蒯的聲音，旋即從床上跳起，剛聚好焦的眸光，即刻就出現了司馬靳那精壯的身影。

司馬斬見牧童束起的長髮微散，還落了幾綹青絲在胸前，雪白的面容浮起一陣不自然的紅暈，不禁為自己的唐突感到尷尬。

雨桐也沒料想到這麼晚了，阿斬沒經過自己的同意就擅自入帳，便有些不開心。見眼前的人面色微慍，故作鎮定的司馬斬說道：「觀蒯說這藥很好用，讓我拿來給妳。」

「明明是你搶走的，居然還敢說是觀大夫給的？哼！」雨桐在心裡對司馬斬的強詞奪理感到一陣唾棄。

司馬斬見牧童不語，直接將藥遞給她。

「妳腳傷未癒，我讓大伙緩一日再走，李季會備一輛馬車給妳，上了藥就多休息，別再走路了。」

畢竟是青春少年，司馬斬還是懂得在女孩子面前，放低身段的。

既然司馬斬都把藥拿來了，雨桐也不好不給臉，於是輕聲說了句，「謝謝！」

藥拿了，司馬斬也該走了，但他仍紋風不動地站在那裡，一步都不想離開，雨桐見司馬斬不動，遂仰頭睨了他一眼。

「我……」

感覺到牧童向自己投來的眸光，不似平日般淡漠，司馬斬突然喉間一乾，略略生澀地問道：「我是不是，太勉強妳了？」

「這個司馬靳，什麼時候會這樣低聲下氣跟自己說話了？」雨桐心想。這個人今天吃錯藥了嗎？

「不，不會。」雨桐別過臉，不想自己質疑的眼神，被司馬靳看見。

「到巫郡至少還需十幾日，妳就多擔待點。」

今天的話好像有點多，替自己感到莫名的司馬靳，轉身就要離開。

「你們非要拿下巫郡不可嗎？」已經忍了很久的雨桐，終於脫口而出。

雖然雨桐知道江南二郡遲早會被白起攻下，但仍希望不是毀在司馬靳的手裡，於是再道：「巫山是楚國祭祀先靈的所在，難道，你不怕受詛咒嗎？」

在這裡待久了，雨桐發現戰國時期的古人，都非常敬畏神靈。雖然，秦國是以法家立國，卻無法阻止百姓們信奉神祇，所以雨桐想試一試，能不能以此來嚇阻司馬靳。

「詛咒？」突然覺得好笑的司馬靳回身，一臉嘲諷地看著牧童道：「倘若真有詛咒，熊氏的先祖怎麼不庇佑他的子孫？熊橫的祖宗，怎麼不好好守護楚國的國都呢？」

「那只是時候未到。」

早知歷史結局的雨桐仍然要辯，「白起殺了那麼多人，連自己都不得善終，報應終有一天會應驗的。」

「楚國已經不再是過往的強國了，瞧瞧這幾任國君，哪一個不是沉迷女色，荒廢國事而導致百姓困苦，甚至流離失所？我王是為了拯救天下蒼生，為了救這些苦難百姓於水火，為何會遭到報應？」司馬靳要替秦王辯解。

「但白起手段太過殘酷，使用暴力統治的天下不會長久，也無法令天下百姓屈服。孔子曾說：『水可載舟，亦可覆舟。』秦王想要拯救蒼生，到最後，卻會被百姓所推翻……」

「住口！」

怒不可遏的司馬靳，大聲喝斷牧童的預言，「這是最後一次警告，再也不許，不許妄加汙衊我王和白將軍。」

「即使你不喜歡聽，事實就是事實，就算你殺了我也改變不了。」

雨桐也生氣了，這個人真是冥頑不靈，怎麼都說不聽。

「是嗎？妳以為我不敢嗎？」

大吼的司馬靳，下一秒便拔劍抵住牧童的喉嚨，過於銳利的劍身，在牧童雪白的脖子上劃出一道口子，痛得令她皺眉。

鮮紅的血漬沿著跳動的脈搏，沾染上雨桐青色的衣襟，她冷冷看著怒氣沖沖的司馬靳，不懂方才送藥的溫情暖意，為何馬上就變了調。難道，司馬靳剛剛講的那些話，都是為了博取她的好感嗎？

「為什麼，為什麼總是要激怒我？是因為宋玉嗎？」

司馬靳努力穩住那隻拿劍的手，就怕一個不小心又傷了牧童。

「跟宋玉沒有關係，我這是為了你，阿靳。離開白起，才能保住你的命。」已經忘了害怕的雨桐，不忘再次勸說。

「不，不是。」

司馬靳果斷搖頭，「我拆散了妳和宋玉，妳怎麼可能還願意救我？」咬牙的司馬靳，因羞憤而滿臉通紅。

「阿靳，你還不懂嗎？無論你對我做了什麼，我依然當你是朋友，朋友之間沒有仇恨，我只希望你過得平安，過得安心自在。」

語重心長的雨桐突然覺得好悲哀，為什麼司馬靳總是不願意相信她呢？

「哈！哈哈哈……」

聞言的司馬靳大笑，笑得不可遏止，而後木然地收起劍，轉身離開。

就知道少主找姑娘肯定沒好事，一直守在帳外的觀蒯，寸步也沒敢離開，果然兩個人在裡頭吵翻了天，讓觀蒯的一顆心提到嗓子眼。不一會兒，見司馬靳滿臉怒容走了出來，觀蒯連忙閃得遠遠的，瞧他身影漸漸消失後，才趕緊入帳。

「姑娘？」

觀蒯見雨桐虛弱地半倚在榻上，脖子上居然又多了一道傷，氣急敗壞的觀蒯直跺腳，嘴裡不斷罵道：「這廝殺千刀的，難道沒事就要找妳砍兩刀不成？瞧瞧這細皮嫩肉的，萬一要留下疤可怎麼辦才好？」

雨桐沒理會觀蒯的碎碎唸，反而責怪自己的衝動。明知道司馬靳年輕氣盛，激怒不得，她應該用更委婉的方式勸司馬靳才對，怎麼老是反其道而行呢？

「幸好幸好，老夫前幾日採到新的藥草，對劍傷特別有效，姑娘不用擔心，老夫擔保不會給妳留下難看的傷疤，一定不會的。」

自言自語的觀蒯忙將藥箱打開，準備替雨桐上藥。

「大夫，看來我真的不適合生存在這個時代，因為我既不懂得做人，也不懂得勸人。知曉歷史又如何？到頭來，還不是只能眼睜睜看著親人、朋友，一個個生離又死別。」

漠然的雨桐望向帳外，突然覺得自己好孤單。

「啊！姑娘，妳說的這是什麼話，怎麼老夫一句都聽不懂？」

忙著幫雨桐上藥的觀蒯，正努力在藥箱裡翻找合適的藥材，根本無心聽她說些什麼。

「大夫，如果有一天我不見了，麻煩你通知宋玉，就說……就說我回去了，回到我的世界去。以後，不會回來了，再也不會。」

第三十章

莫名嫉妒

眾人因為雨桐的腳傷而得空多休息了一日，也補充了不少糧食，一行人又開始往巫郡出發。但前幾日潮溼的天氣突然變得晴朗，甚至有些炎熱，雨桐為了避免腳上的傷口悶熱、發炎，只好把鞋襪脫了保持足部清爽，幸好李季真備了一輛馬車給她，才免了步行的困擾。為遮住脖子上被司馬靳劃到的傷口，雨桐刻意穿了件高領的衣服，免得教人看見了徒增困擾。然而在密閉的馬車裡，穿這樣的衣服實在太熱，悶得她兩鬢直冒汗。

中午時，李季為牧童送來兩顆饅頭和幾塊剛獵得的野兔子肉，又見她滿臉紅光，一頭的汗，便將馬車的布簾拉起來，還拿了把扇子給她搧涼。

「要出來透透氣嗎？」

行軍一走就是一整天，李季當然明白獨自窩在馬車裡的不適。

「可是……」

雨桐很想出去，但扭著赤裸雙足的她沒穿鞋襪，她想起自己身為女兒身，在這謹守禮儀的古代，自己好像不太方便出外見人。

李季看出牧童的為難，心想：「要是個男子就沒這麼多麻煩。」

於是當下李季也不勉強，放下東西後，彎身打算下車。

「等等。」

好動的雨桐實在憋不住了，她朝車外左右張望了下，見大家都正認真吃飯，應該沒有人會注意到她，於是小聲地跟李季說：「能讓我坐在車外頭嗎？一會兒就好。」

「這位牧童一直都這樣小心，生怕再引起不必要的誤會，卻不懂得如何迎合少主的心意。」暗自忖度的李季，從觀蒯那裡聽說了牧童和少主的爭執，也看到了她脖子上新增的傷，心想這姑娘不是不夠聰明，只是太堅持。

「那麼，在下失禮了。」

李季知道牧童不能行走，為了避免再讓傷口破皮流血，只好伸手將牧童打橫抱起，放在馬車外的座墊上，「若還有什麼需要，儘管吩咐一聲。」

對身為現代人的雨桐而言，李季此舉不過就是體貼地幫行動不便的她一個忙，自然並不會覺得這種肢體上的接觸踰了矩。相較於司馬靳的傲然和衝動，雨桐對情緒沒什麼波動的李季，反而比較有好感。

終於呼吸到新鮮空氣的雨桐，滿足地笑了，她將腫脹發熱的雙足晾在車外，晃啊晃的，感受這幾個月來難得的悠閒快意。

「謝謝！」

雨桐向李季點頭致意，臉上也露出欣悅的笑容。

自牧童到軍營後，李季從未見她笑過，這不經意的一笑，卻帶著幾分清麗的秀美，讓向來心靜如水的李季瞬時有些小怦然。

原本想走的李季，直覺有些話須與姑娘說明，於是，便在馬車外又站了一會兒，才道：「妳可以……不再頂撞少主嗎？」

李季不是會拐彎抹角的人，向來有話直說。

剛放鬆的心情頓時一滯，斂起歡快神色的雨桐，看向前方，問道：「這是阿靳的意思嗎？」

「不，不是。妳應該清楚，少主不會平白無故地對人發怒，在下明白牧先生的用心，但少主年紀還輕……」

「這就是我跟你不同的地方。」

雨桐抬頭，嚴肅地直視李季，「你把阿靳當主人，他所說的、做的，對你而言都是不能違逆的；但我當阿靳是朋友，朋友有錯，我責無旁貸必須要糾正他。」

「朋友？以她一個不明出身的女子身分，怎麼有資格把高高在上的少主，當朋友？」即使這個牧童不清楚司馬家在秦國無人能及的地位，但憑少主在鄢郢一役立下的功勞，就足以讓人望塵莫及。而她區區一個庶民女子，居然敢把這樣的少主當──朋友？

見李季劍眉微蹙，雨桐也明白他這個古人斷然不能理解自己所講的話，於是解釋道：「真正的朋友，是不該用身分、地位來區分的，朋友應該有福同享、有難同當。我知道阿靳以後會遇到什麼危險，所以勸他及早回頭，而不是任由他一直錯下去。」

「少主會有什麼危險？」

司馬靳從未與他提過這件事，忠心護主的李季有些擔心，到底是什麼事，能讓少主為此不惜拿劍刺傷如此在意的牧童？

「你去問阿靳吧！該說的我都說了，信不信也只能由他。」

雨桐拿起饅頭啃了一口，又繼續晃起腳來，難得這樣的好天氣，她可不想浪費了。

見姑娘不願再說，李季也只好退了下來，他看得出這位牧童不是普通女子，卻萬萬想不到她和少主之間，還有什麼事是自己不清楚的？

一臉困惑的李季回頭，不禁暗想：「這姑娘到底是誰？又知道少主多少事？然而，以姑娘如此張狂的性子，還能讓少主容忍她放肆多久呢？」

心事重重的李季剛回到營帳，才發現司馬靳已經在裡面等著他了，於是躬身道：「少主。」

「事情查得如何？」漠然的司馬靳問道。

「據探子傳來的消息，熊橫在陳城造宮殿，擇宮女，想來暫時不會回郢都了。」

李季猶豫了下，見少主還在等著他想聽的消息，只好照實說：「宋玉因為妻室產子後病弱，已經許久不上朝，現在政事均由莊辛和令尹在把持。」

「他有孩子了？」聞言的司馬靳目露精光。

「是。聽說在逃離郢都時受顛簸之故，孩子未足月就生產，母子均在家中靜養。」

斂下眸的李季將語調放得極輕，生怕被人聽見似的。

「是嗎？哈！」

咧嘴大笑的司馬靳，高興地擊起掌來，「原來，他早就有妻室了，還生下了孩子，沒想到，居然有人傻到在這裡引頸翹望，希望早日見到她的好郎君。」

李季見少主滿是譏諷的模樣，怕和姑娘又要生事，於是向前止住，「觀蒯說，牧先生的傷口恢復得慢，不宜再受到刺激，依屬下看，這件事還是先瞞著她吧！」

「是嗎？怎麼你抱著牧先生進出馬車都不礙事，我跟她說句話就不行？」

原本訕笑的司馬靳突然斂下容，兩眼直視李季，一股怒火直往上衝。

李季沒料想那一幕居然被少主看到了，頓時變得啞口，「那是……因為，車裡太熱……」

「哦！路沒法走，車也不能坐，既然這麼難侍候，乾脆就不要侍候了，明日讓牧先生跟士兵們一起走，一刻都不准多留。」

丟下話的司馬靳憤憤離開，徒留下一臉莫名的李季，為自己的多言懊悔不已。

因為大雨而動彈不得的白起和秦軍，一直待在原地等司馬靳的消息，可是這按兵不動的結果，卻讓楚軍誤以為他們打消了攻打江南二郡的企圖。這訊息被楚國的探子傳到陳城後，日夜擔心不已的莊辛和衛馳，終於大大鬆了一口氣。

此時，麗姬和孩子在大夫細心的調養下漸漸好轉，宋玉也恢復了上朝，熊橫見多日不見的宋愛卿回來了，滿心歡喜在殿後單獨召見他。

「愛卿又瘦了，寡人命人送去的補藥，都沒吃嗎？」

宋玉向來清瘦，所以關心他的熊橫動不動就送補藥，殊不知，宋玉向來都不喜歡吃補藥。

「臣一切安好，勞大王掛心了。」

宋玉兩手一揖，對熊橫過度的關愛避重就輕，「臣耳聞秦軍欲攻打我江南二郡，甚為憂心，我軍經鄢郢一役後失了許多猛將，當務之急，應該要招攬更多的賢能之士，為大王效力才對。」

「此事寡人已經交付給令尹去辦了，不勞愛卿費心。」

欣悅的熊橫，不想讓那些煩人的小事破壞兩個人獨處的好興致，於是轉移話題道：「此時陳城的郊野碧波如海、綠草如茵，東門的白榆參天，宛丘的柞樹紅火，寡人正想邀愛卿到城外一遊，好好欣賞陳城異於郢都的景致。」

自來到陳城後，熊橫已許久不曾出宮到外處遊玩，現下秦軍的威脅沒了，他也不再作那恐怖的惡夢，於是，興沖沖地想和宋玉到郊外散散心。

誰知，完全沒這心思的宋玉直接拒絕了熊橫的盛情邀約，「眼下，秦國的白起正如狼似虎盯著巫郡和黔中郡二地，臣實在無心賞玩，還請大王恕罪。」

郢都城失守至今近半年，大王不僅不圖反擊之道，反而只懂得遊山玩水，在後宮放浪形骸，實在令宋玉失望至極。

被婉拒的熊橫面露不悅，宋玉也無力與他多說，於是起身作揖道：「臣還有要事，大王恕臣先行告退。」

好不容易等來的人，沒說兩句話就要走了，熊橫知道留不住他，便不耐煩地揮袖示意宋玉離開。一腔熱血平白無故讓人澆了冷水，熊橫氣得連午膳都沒吃，直接擺駕到巫玉的飛鸞殿解悶。

巫玉自被熊橫封為夫人後便榮寵不斷，雖然行事低調的巫玉，並不主動與宮裡的王后、美人爭寵，也不與她們往來，但哪一個後宮女子不是排他、善妒的？再加上進宮後的巫玉，始終在臉上蒙著一層面紗，究竟是美若天仙，還是醜似無鹽，抑或是使了什麼妖術，讓熊橫把她寵上天，就連貴為楚國的王后嬴樂也很想弄清楚。

於是，下毒、挑撥、陷害，各種荒腔走板的事件，不斷在後宮頻頻上演。

可是不管那些美人娘娘動用了多少人力，計謀設計得如何周全，到頭來，不僅傷不了巫玉半根寒毛，反而還被自己的計謀所害。因此，巫玉會使用妖術的謠言便在宮中不脛而走。

楚國歷代選進宮的美人，均須經過仔細的身分盤查，必須符合非醫、非巫的標準，免得做出什麼惑亂後宮的事來。但知道巫玉身分的司宮和御衛們口風都很緊，熊橫又急著讓巫玉侍寢，只好破例放行。

可是巫這個姓氏太特別，自古巫氏一族都是負責祭祀、祈禱和占卜的神使，就算巫玉本身不是巫女，也難保她不會用一些下作的手段，來對付宮裡的情敵。

而正當受寵的巫玉不管受到什麼謠言攻擊，甚至朝廷眾臣都發現苗頭不對，要求重新查核她的身分時，熊橫都當沒事一樣，充耳不聞。因為，確實如那日的巫姑所言，只要有巫玉陪著，熊橫就能睡得安穩，不再作那可怕的惡夢。

所以，巫玉彷彿成了熊橫的一張保命護身符，就算她真的會使妖術，但只求平安無事的熊橫，也不以為意了。

正在打理熊橫新送來珍寶的巫玉，一聽到侍者通報大王即將到來後，連忙整了整滿頭的珠翠髮飾和衣裳後，帶著宮女趕到殿外迎接。

「妾，恭迎大王。」巫玉嬌喊。

「起來吧！」意興闌珊的熊橫打了個手勢，示意巫玉免禮後，便逕自走進屋裡。

隨侍的司宮，朝一旁的玉夫人擠眉弄眼，暗示大王的心情不好，現下也唯有她能哄大王開心了。

巫玉讓宮女去拿些熊橫愛吃的甜食，又備了點小酒，風姿綽約地走到熊橫身後，舉起青蔥玉指，輕輕地為熊橫揉起肩來。

「現下正值秋高氣爽，糧油瓜果豐收，百姓安康和樂，大王何故愁眉不展？」巫玉的十指纖長，溫軟柔嫩，即使隔著衣物，也能令熊橫感受到那輕柔的撫觸。再加上她說話的聲音清脆悅耳，又專挑熊橫喜歡聽的話說，頓時教人倍覺神清氣爽。

微瞇著眼的熊橫，享受巫玉帶給他的溫柔體貼，懶懶回道：「寡人聽聞陳城的冬日來得早，於是想出去走一走，順便看看這裡的百姓們，都是如何過冬的，沒想到，卻給人掃興了。」

熊橫心想，巫玉說的一點兒也沒錯，如今天下太平、百姓安樂，一切都遂了宋玉的心願，他到底還有什麼不滿意的，非要拿江南二郡的事來煩心？自己不過是怕他在家中悶得久了，想帶他出去散散心，又有什麼不對，這呆板的宋玉就是不解風情。

熊橫明明就是想找人出宮玩樂，卻講得好像要去關心百姓們的生活，聽不下去的司宮在一旁翻了個白眼，不屑地撇了撇嘴。

進宮兩個多月，巫玉沒少去打探熊橫的性格和喜好，當然，為討這個大王心歡的司宮，也常有意無意地透露許多內幕給她。所以，巫玉經大王這麼一提，便知道是誰惹熊橫不高興了。

「堂堂的一國之君，有誰敢給大王掃興呢？」

巧笑倩兮、美目盈盈的巫玉，看向悶悶不樂的熊橫，並在他耳邊輕聲安慰道：「普天之下，誰敢不遵從大王的意思就是抗旨，而抗旨可是殺頭的重罪，大王嚴懲他就是，何必惱怒，氣壞了龍體？」

巫玉這話，又說到熊橫的心坎底了，他堂堂一國之君要找誰幹什麼，誰敢不從就是抗旨，但那抗旨的人偏偏是宋玉。追根究底，是自己傷不了宋愛卿半分，才寵得他宋玉今日敢對自己這個國君，如此放肆無禮。

當然，熊橫對宋玉的這番心思轉折，剛進宮的巫玉是不會瞭解的。

想當初巫姑能準確說出熊橫的夢裡有人幫他擋去了妖物的刺殺，身為巫姑女兒的巫玉又長得與宋玉一模一樣，這讓熊橫不得不防著，巫姑是否已經知道宋玉的身分，所以才把巫玉送到他身邊。

巫玉雖然滿足了熊橫對宋玉的渴望，也真的讓熊橫不再作惡夢，但她在後宮挑起的爭議也不少，熊橫更不能讓巫玉知道，她是因為長得和宋玉一樣，才如此受寵。

所以，當柔情似水的巫玉以為經自己這麼一挑撥，大王定會勃然大怒，繼而處罰宋玉。

誰知，刻意隱瞞真相的熊橫不僅神態依舊，對巫玉的字字句句似乎也置若罔聞，不以為意。

這讓摸不清大王心思的巫玉，頓時感到有點錯愕。

巫玉原以為，宋玉仗著自己幾分才華，不僅敢和朝廷眾臣作對，也總是左右大王的心思，但現下看來，他又拒大王的好意於千里之外。這個宋玉到底，是何居心？

「大王，既然到了妾這裡，那些不愉快的事就忘了吧！妾最近新得了齊人釀的桂酒，據說喝了能精神飽滿、延年益壽，大王不妨嚐嚐？」

巫玉最大的優點，就是懂得察言觀色，知道什麼時候能說什麼，什麼時候不該說什麼。她見熊橫對自己方才的挑撥無動於衷，便試著轉移話題，不再胡攪蠻纏。

「是嗎？快拿來。」

一聽到有美酒喝，熊橫瞬時睜大了眼，興致勃勃地想嚐一嚐。

面紗下的唇角勾起了笑，巫玉親自為熊橫斟上滿滿的酒，遞給他。

有好酒豈能沒有美人在懷？熊橫一手拿著酒杯，一手把身邊那纖不盈握的柳腰給摟住，將巫玉抱進懷裡。

大白天的，宮女、侍者滿滿的一屋子，熊橫這親暱的舉動，令羞紅臉的巫玉嬌嗔，「大王。」

「還是寡人的玉夫人，懂得寡人的心意，今日寡人哪裡也不去了，就在這裡與夫人一醉方休。」

開懷大笑的熊橫，仰頭將杯裡的酒一口飲下，而後對著懷裡美人的耳鬢又親又咬。

司宮見兩人忘情，急急遣退一干宮女和侍者，關上殿門守在外面。

果然，醉翁之意不在酒的熊橫，見無人打擾後，便扯下巫玉的面紗，開始寬衣解帶。

巫玉想起了巫姑交代的話，推了推猴急的熊橫，勸道：「大王，先吃顆丹藥吧！」

她從榻旁的櫃子裡取出一個木盒，裡頭有巫姑說可以強身健體的丹藥，並吩咐巫玉，每次歡愛前都要給熊橫吃上一顆。巫玉自己也吃另一種丹藥，據巫姑說，那藥能讓她永保青春，而且還能享受到床笫間的美妙。

常吃丹藥的熊橫，當然明白巫玉那藥的妙用，樂得一口吞下，還急喊道：「玉，寡人的好愛卿……」

巫玉雖然經過巫姑言語上的調教，但女子在床笫之間總是羞怯，令巫玉更不懂的是，熊橫從不吻她的脣，以至於無論巫玉的身子得到多大的滿足，心裡總覺得是空的，怎麼都填不滿。尤其，每當意猶未盡的巫玉想懷抱激情後的溫暖時，熊橫往往都是翻身背著她，自個兒就睡了。

莫名的怨懟，在巫玉的心底不斷累積，咬脣的她怎麼都想不透：「究竟我是哪裡出錯了？為何大王看似極度迷戀我，卻又不那麼迷戀我？看似對我言聽計從，卻又不是什麼都聽得進。」

心有未甘的巫玉，一定要弄清楚如何抓住熊横的心，一定要，牢牢地抓住才行！

下朝後的宋玉又與莊辛議事，直到日落西山才回到家。

略顯疲憊的宋玉，不忘先去看看孩子，見到睡在榻上的嬰孩嘟著小嘴，吸著短短肥肥的手指，一臉的滿足，讓他這個做父親的不禁露出欣悅的笑容，也將連日來的辛勞都拋在腦後。

宋玉伸手摸了摸那紅玉般的小臉蛋，軟軟嫩嫩的極為可愛，忍不住又捏了捏，孩子被他搔得癢，皺了皺小鼻子，似乎在抗議——很不喜歡。

被孩子的睡顏逗樂的宋玉，怕真把孩子給吵醒會哭鬧，這才收了手，靜靜地坐在一旁細看著。

剛從書房回來的麗姬難得見丈夫進房，不禁止住了步伐守在門外，不敢打擾屬於他們父子倆的寧靜。

院子裡的秋菊悄悄綻放，縷縷暗香在空氣中流淌，盛著水氣的寒風徐徐，在麗姬的鬢髮上凝出一顆顆薄透的珠。抖動的燭光使落在地上的身影搖曳，卻令那張俊逸非凡的臉龐，更加如夢似幻，怦然心動的麗姬捂著自己的心口，被眼前這一幕感動得熱淚盈眶。

自成親以來，麗姬即使和宋玉同在一個屋簷下，過著普通般夫妻的生活，宋玉卻從不單獨進她的房。即使麗姬因為產後虛弱無法照顧孩子，宋玉也只會讓蘭兒把孩子抱給他照顧，而不是像現下這樣，進房來看自己的兒子。

所以此時此刻，麗姬又何嘗願意破壞這幸福的一幕，最令她欣慰的一幕？

回過神的宋玉，隱隱覺得有斷斷續續的抽泣聲，便轉頭朝門外一看，見麗姬孱弱的身子似風中蒲柳，不知道已經站了多久。

連忙起身的宋玉致歉道：「我見孩子睡得香，就沒敢抱他，不想，打擾到妳了。」

看來，宋玉還是待她像個陌生人似的，那樣生分。心中一痛的麗姬拭掉淚，不忘提醒，「大人見外了，孩子是大人的，大人隨時都可以來。」

剛踏進門的麗姬見宋玉又要走，急道：「孩子大了，到現在都還沒個名字，不知大人可否給孩子取個名？」

「就叫靈兒吧！」

其實，宋玉早將孩子的名字起好了，只是一直沒有對麗姬說，「孩子的身子不好，我希望他能受天上的神靈庇佑，平安長大。」

靈者，神也，原來宋玉對孩子如此用心，滿心歡喜的麗姬輕點螓首，對著丈夫欣悅一笑，「麗姬替靈兒謝過大人。」

宋玉不明白麗姬為何要謝，靈兒是自己的兒子，父親替兒子取名字是天經地義的事，實在用不著麗姬來道謝。

「夜深了，妳早點休息吧！」

宋玉不便在房裡久留，便轉身關上門離去。

明知道留宋玉不住，但麗姬還是難掩失落，輕撫孩子純真的面容，她又滑下幾滴清淚，並唸道：「君似天上兮星辰，皎皎不可及。妾如雨後兮春泥，淚盡了無益。欲與君共剪窗燭，君卻拂衣去。他日青絲成白雪，相思成追憶。」

回到書房的宋玉，見桌案上擺了一壺熱茶和幾塊桂花糕，就知道是麗姬特意留給他的。

雖然宋玉有一陣子沒上朝，但陳城的縣尹知道這位大人深得大王的寵信，因此許多大小事物，還是經常派人私下問了宋玉的意見，才敢做主意。可是，如此繁多的日常瑣事，卻讓宋府唯一的奴婢——蘭兒忙不過來。

大王賜給宋玉的新宅子，比郢都的那間大上許多，雖然有幾名侍衛看照，但光是守衛宅子和傳遞書信，就已經讓他們應接不暇。

家裡的小廝，大多是宋玉在街上救濟來的貧困孩子，不識字的他們除了打掃、砍柴這種粗活，根本幫不了什麼大忙。加上麗姬的身子剛好，不僅要照顧孩子也要張羅家務，實在難為，看來，宋玉應該再為麗姬請個奴婢才好。

「唉……」嘆了口氣，每每看到這桂花糕，宋玉總會思念起雨桐來，被抓去秦國的她究竟是生、是死，至今仍無半點消息。

從懷裡拿出雨桐當時留下來的玉佩，宋玉放在掌心輕撫，那塊玉也像有靈性般，用一股熟悉的暖意回應著他。

記得，雨桐曾說自己不是神女，也無法預知所有的事情，所以，她和宋玉各分東西，就連見了面都要生生別離。

但此刻的宋玉，卻寧願雨桐就是夢裡的瑤姬，是在那巫山之上，化身為凡人來找他的瑤姬。

瑤姬是巫山的神女，擁有神力的她就算被秦軍抓去，也應該能化險為夷，就像雨桐當初被御衛們抓來卻能為自己所救。

只是，雨桐若真是神女，為何不像瑤姬那樣入宋玉的夢？為何要讓他朝思暮想、日夜不安呢？

宋玉不懂，在巫山初見雨桐時的悸動仍在；在郢都城外舊居幫她抹傷的心痛還在；懷抱著她的情意還在，難道，這些雨桐都忘了嗎？還是，雨桐仍在生他的氣，仍在氣宋玉丟不下郢都，所以才故意離開他的嗎？

「我盼雨桐，夜夜我思，何以贈之？唯心而已。我盼雨桐，悠悠我思，何以贈之？魂魄在此。雨桐啊雨桐，我的心魂早已給了妳，就算妳不願見我，也盼入我夢來，告訴我妳還在，一直都在。」

第三十一章

孰勝孰敗

雖然秦軍的威脅暫時趨緩，但水淹鄢城，屠殺郢都的慘況歷歷在目，宋玉絕不認為那泯滅人性的白起，會因此放棄攻打巫郡和黔中二郡，他反而建議衛馳派出更多的探子前往江南打探秦軍動向，好防範白起突如其來的襲擊。

雖然，衛弘將軍至今仍未同意借令尹子蘭之力遊說韓國聯軍，但陳城卻有不少人士往來各國經商，因而結識許多韓國的達官貴人的機會，耐不住性子的莊辛，遂與他們張羅起兩國聯軍之事。

為此，衛馳沒和他的叔父少頂撞幾句。

「現下的秦國，正虎視眈眈覬覦我國江南邊境，叔父身為統領楚國將士的大將軍，怎麼能對江南二郡見死不救？」

義憤填膺的衛馳字字鏗鏘，恨不得能去遊說令尹的人，是他自己。

「無知小兒懂些什麼？我軍當務之急，是要整軍從白起的手裡奪回郢都城，否則就陳城這彈丸之地，豈能成為楚國國君號令天下之所？」

當初決定退守陳城，是因為被白起逼得萬不得已，所以，衛弘堅持要集中所有兵力打回郢都。他不甘心，楚國先祖幾百年的基業，就這樣毀在自己這個護國大將軍的手裡。

「宋大人說，鄢郢兩城幾十萬的百姓，皆被白起殺盡，就算我們現在攻回去，端賴十幾萬兵馬也很難守得住。現下應當聯合他國，以聲東擊西之策分散秦國的兵力，令白起分身乏術，才能阻止他繼續侵吞我疆域的野心啊！」

「宋大人、宋大人，你明知令尹大人，最痛恨的就是那位宋大人，巴不得啖其肉、飲其血，你卻偏偏日日和宋玉廝混在一起。我說姪兒啊！你父親臨終前將你託付給我，我就該教你在這朝堂之上如何安身立命，叔父不想你因為宋玉而與令尹為敵，與楚國朝堂的眾臣為敵啊！」

衛弘苦口婆心，怎麼衛馳這孩子就是聽不進去？

「姪兒只知道宋大人，是真正為大王盡忠，為楚國盡力的臣子，令尹貴為楚國王室，然而到陳城後的他，到底做了些什麼？除了拉攏當地縣尹和陳城貴族，整日在府邸高歌宴飲，他又為危機四伏的楚國，做了什麼？」

激動的衛馳立起，轉而怒道。

「叔父一心想奪回郢都，可惜，大王和朝廷眾臣，根本無心再回故土。大王命宋大人在陳城造宮殿，建樓臺，徵選宮女，寵幸巫夫人，難道還不足以證明嗎？現下除了宋大人、莊大人，還有何人能真正救得了楚國？」

「馳兒……」

雖然，衛弘也看得出大王打算落腳於陳城，但他還是抱著一絲期待，希望大王能為了那些被白起羞辱的祖先陵墓振作起來，所以，當他見衛馳因洞悉大王的心意而感到如此激憤時，衛弘竟也回不出話來。

「叔父若真為楚國百姓著想，就應該想出個對策力抗秦國的白起，而不是逞一時之勇，讓萬千生靈更加塗炭。姪兒言盡於此，還請叔父三思。」

見衛弘面有愧色，衛馳也不想再多說，於是雙手一揖，跨步離去。

「高媒先祖、火神祝融啊！請庇佑大王早日醒悟，也庇佑老臣率領的大軍，能順利驅逐秦國的白起，拯救楚國百姓於水火。」無奈的衛弘仰天祈求。

帶著忿怒和近乎絕望的懊惱，衛馳把所有希望，都放在自己一手訓練的士兵上，但少了校尉項江的幫忙，要統領楚國幾萬兵馬的衛馳，還是顯得左支右絀。

「報——」剛踏進軍營的衛馳，馬上就有來自江南探子的消息，夾雜著興奮和憂慮的矛盾，衛馳趕緊讓探子入內。

「啟稟將軍，方才項校尉傳來急報，說已經在巫郡發現司馬靳等人的行蹤。」

一路急馳的士兵單腳跪地，趕得氣喘吁吁。

「是嗎？有多少人馬？」

事情果然如宋玉所想，白起的按兵不動，是因為派了司馬靳做先鋒探路。

「約有百人。司馬靳還帶了一個楚國人，因此得以通行無阻。」

「楚國人？姓誰名啥？是男還是女？」

面對衛馳急切地發問，通傳的士兵迅速答道：「稟將軍，項校尉並沒有提到有無女子混在其中，只知那名楚國人姓觀名蒯，是之前衛弘將軍的醫官，因黔中郡一役被俘，沒料想居然還活著。」

「竟然是觀蒯！早年觀蒯跟著衛家軍力抗強秦，是叔父的得力助手，而今竟落入敵軍的手裡，但忠心耿耿的他，怎麼會跟司馬靳那廝一起？」

衛馳想起自己幼時為了練武經常受傷，總是觀蒯幫他上藥、包紮，衛馳實在難以相信觀蒯會背叛楚國。可轉念一想，若司馬靳帶的楚國人是觀蒯，那麼看來項江還是沒有打聽到雨桐的下落。

士兵見衛馳亢奮的神情突然變得黯淡，正覺得奇怪，趕緊接著說：「項校尉還特別提到，司馬靳身邊有兩個特別信任的人，一個名叫李季，另一個叫牧童。李季是司馬家的家臣，與司馬靳形影不離，但那個叫牧童的，卻是郢都戰後才收入司馬靳的門下，目前身分不明。」

「郢都戰後才收入門下，還是個身分不明的人？」

劍眉微擰的衛馳暗忖：「當初就是讓那個司馬靳和百夫長混進楚軍，才造成郢都失守，搞不好這個牧童和他們也是一伙的，就不知現在的楚軍當中，還有沒有秦人的奸細。看來，得好好盤查一下了。」

思及此的衛馳揮手，示意士兵起來回話，再問道：「項江目前人在何處？」

「正尾隨司馬靳一行人上巫山。」

「司馬靳這廝年紀輕輕，就敢擅闖我巫山祭祖的聖地，果然不簡單。」

雖然，衛馳和莊辛都認為，司馬靳無故擄走雨桐姑娘肯定所圖不軌，也很擔心會因此威脅到宋玉。

但到目前為止，司馬靳都未有隻字片語傳來，到底意欲何為，實在讓人摸不著頭緒。現今，司馬靳又帶人上巫山勘察，想必是要斟酌如何克服山水地形，為秦軍鋪一條更好的行軍路線。由此看來，司馬靳深思謀略的本事並不亞於自己，衛馳絕不能小覷。

其實，衛馳之所以把自己的左右手項江派去跟蹤司馬靳，除了要摸清這位剛在秦軍裡揚名的年輕校尉外，還有一點，是因為項江是除了宋玉以外，最熟識雨桐的人。

雖說為了救雨桐，項江差點就把自己的命給賠上，但當初若不是因為項江沒能好好護住雨桐，她也不至於被司馬靳擄走。所以，當衛馳說要找人去跟蹤司馬靳時，項江當下就極力自薦，無論如何，他都要親自從司馬靳的手上再把姑娘給救回來。

可惜，司馬靳一行人的防備相當嚴謹，尤其雨桐在秦軍的重重看守之下，根本沒有機會與外界接觸，以至於項江雖能窺探到他們的行蹤，卻怎麼樣也無法辨識出，牧童就是自己要找的雨桐。

「立刻回傳項校尉，就說小心盯著，別讓敵軍給發現了，也別讓司馬靳有機會給白起傳遞任何訊息。必要時，通知巫郡縣尹，派大軍將他們擒拿。」

「唯。」士兵領命，轉身迅速離去。

司馬靳畢竟年輕氣盛，憑著百人軍士就想深入巫郡探查究竟，未免也太小看楚國的防衛能力了。只是，料事如神的宋玉，居然對秦軍的一舉一動瞭若指掌，還是令衛馳深深折服。衛馳連忙起身，準備將剛才得知的消息，全都告訴宋玉。

「你說，除了李季之外，還有一個叫牧童的？」

剛寫完奏章的宋玉，聽到衛馳的說明後尋思，宋玉知道李氏是司馬錯的家臣，但從來沒聽過有姓牧的。

「據在下所知，牧氏是以前魯國的姓氏，雖然出過幾位賢良，但現今都已沒落。而司馬靳潛伏在我軍甚久，怎麼會有機會接觸到這位異國人士？再者，這位牧童如果真有才，就應該要投靠那個人屠白起，又如何會跟著司馬靳，這樣一個初出茅廬的小將？」

難不成，那司馬靳真有什麼通天的本領，讓賢能之士願意投靠於他，思及此的宋玉更加好奇了。

「這幾十年來，野心勃勃的秦國廣結異國人士，興許，這個牧童早就跟著司馬靳潛伏在我軍營裡，也未可知。」甚為憂心的衛馳一想到這裡，不禁自骨子裡透出一股寒氣。

「將軍所言甚是，那就請將軍再費心探查了。」宋玉雙手一揖。

「哪裡。」衛馳恭敬回禮，致歉道：「只是，項江依然沒有雨桐姑娘的消息，實在對不住大人。」

「生死有命，若真無法尋得，就讓項校尉別再找了。」

宋玉明白項江心裡的虧欠，但他並不希望因此影響到項江身為校尉保衛楚國的職責。

見宋玉抑鬱的神情變得黯然，衛馳沉默了一會兒，才把衛弘想奪回郢都的念頭，跟宋玉說了一番。

「大王口頭上雖未明言，但看得出來大王並不打算回郢都，也不願跟秦軍有任何正面衝突。在下擔心長此以往會影響軍中士氣，不得不來找大人商議。」

勸不動叔父的衛馳實在沒辦法，只好求助於宋玉。

「看來，還是須由我親自去說服大王了。」

宋玉明知此去定要落人口實，然而事情走到這一步，楚國真的不能再坐以待斃了。

宋玉清楚朝堂上排擠他的人很多，所以要在早朝上論述自己的意見，恐怕難上加難。再者，大王畏懼秦國已久，若自己堅持大王對秦國出兵，恐怕會讓左右為難的大王下不了臺階。

在郢都之時，熊橫為了表示對宋玉的看重，曾准許宋玉不用傳召就能入後宮晉見。然而宋玉為了避免引起朝臣們的議論，還是謹守傳召的宮規不敢逾越，但如今的宋玉被形勢所逼，自然就管不了那麼多了。

今日的宋玉穿得一身朝服，在宮外等候許久，轉眼已過了申時，宋玉猜大王此刻午睡應該醒了，才進宮請侍者代為通報。

雖然，熊橫曾明令宋玉可以無須通報直接入宮，但陳城這些新召來的侍者，並不清楚有這麼一個特例，只好跑去找司宮請示。

宮裡的侍者們各個精明，他們都知道這位宋大人極受大王寵信，因此不敢多加怠慢，便直接把宋玉請到宮裡的一處園子靜待。

陳城的臨時別宮，是宋玉費心一手張羅的，假山綠水、亭臺樓閣，幾乎是比照郢城那座舊王宮的模樣所建造。只是，那時剛建好的王宮，還透著新居的幾分陌生，現下竟已經是奼紫嫣紅、花團錦簇，茂盛得熱烈歡騰了。

放眼望去，濃濃的桂花醉香迷人，芙蓉的蕊瓣似初妝少女，更勝於茶花的秀麗清香。宮牆處，幾株偉岸的杏樹參天，落下的金黃紛紛似彩蝶，在微風中旋轉翻飛，令人心蕩神馳。

如此美景，竟讓整日愁困不已的宋玉肩頸為之一鬆，忘了自己身在何處。

「你是何人？膽敢擅闖後宮？」

突降的高揚厲聲，讓忘我的宋玉回神，連忙回頭的宋玉躬身一拜，道：「臣宋玉，有要事晉見大王，不想驚擾了娘娘，請娘娘恕罪。」

宮女、侍者就算不識得宋玉，也看得出他身著官服，不會出言詢問自己是誰，而王后及郢都來的那些娘娘，自是在逃難時見過宋玉的，不可能不認識。所以，會如此大聲斥責他的女子，肯定是大王在陳城新納的姬妾。

「後宮乃朝臣禁地，難道你不知道嗎？」

原來，他就是令大王整日牽掛、惱怒卻又不敢發火的宋玉！

閒來無事的巫玉，不想竟會在這裡遇到他，冷眼瞧著宋玉的她心想：「這個人究竟有什麼驚人的本事，能惱得群臣集體攻之，卻還能安然地待在朝堂，今日倒是要仔細瞧瞧。」

「娘娘恕罪！」

宋玉也不清楚通報的侍者何故遲遲未歸，但這位娘娘既然是大王新納的姬妾，自己也不好得罪，免得徒增困擾。

巫玉見宋玉不反駁也不離開，正想再繼續訓斥時，後頭已傳來司宮急顛顛的吆喝聲。

「唉唷！老奴來得遲了，大王正等著大人您呢！」

司宮見這兩個極受寵的人竟在園子裡撞上了，瞬時冒出一把冷汗，便連忙幫宋玉打圓場，「娘娘，大王還等著宋大人議事，請宋大人儘快隨老奴來吧！」

一聽司宮造假的說詞，宋玉就知道這位娘娘必定身分不凡，他低著頭、躬著身，正打算隨司宮離去，誰知，女子卻出聲叫住了宋玉。

「等等。」

傳聞宋玉是楚國難得一見的美男子，不僅生性高潔，而且才華出眾，但也有人說此人徒具美貌、不學無術。

巫玉就不懂了，堂堂一國之君的大王，為何獨獨寵信如此受爭議的男子？她今日，非得要見一見這個左右國君、是非不斷的男子。

「你，抬起頭來。」

巫玉的這句話，令一旁的司宮瞠目，也讓不想生事的宋玉為難。

外臣進宮本就不合規矩，早先登徒子唐勒就曾勸諫熊橫，說宋玉過於貌美，應該遠離朝堂，免得禍亂後宮。

今日宋玉第一次進宮，就讓大王新寵的玉夫人給撞見，萬一出了什麼差錯，不曉得有多少人腦袋要搬家。

「臣不敢造次，還請娘娘恕罪！」宋玉明白事情的輕重，低著頭的他，瞥向一旁的司宮，示意司宮想個辦法。

「娘娘，大王還在等著大人呢！您看這……」

司宮也想趕緊走人，他現在可是汗如雨下了。

「再急，也不差這一會兒。」

昂首的巫玉走到宋玉面前，再次命他抬起頭，宋玉無法，只好受命。

緩緩的，但見墨黑的髮絲，整整齊齊地梳在寬廣的額上，一汪幽深的湖水斂在黑色的羽睫下，深不見底，高挺英氣的鼻梁精緻無瑕，薄薄的雙唇輕抿，透出一股神聖不容侵犯的氣息，優雅俊秀的身姿雖然清瘦，卻妖嬈更勝女子，讓人離不開眼睛。

即使蒙著面紗，巫玉的眼睛也禁不住恐慌地定住，因為，此刻立在面前的，活生生就像另一個女扮男裝的自己啊！

「你……走吧！」巫玉發覺自己的聲音無法控制地顫抖著，便不敢多言，深恐曝露自己的驚惶與錯愕，轉身揮袖的巫玉，示意司宮趕緊將宋玉帶走。

「臣告退。」原來，這個女子就是寵冠後宮，真人不露相的玉夫人，雖然無法看清面容，但宋玉記下了。

提心吊膽的司宮連忙帶著宋玉離開，才發覺自己已溼了一身，便忍不住對宋玉叨唸了起來。

「我說宋大人，您早不來、晚不來，怎麼就挑上這個節骨眼來了呢？唉唷！真要把老奴的命給折了。」

長年跟在熊橫身邊的司宮，認識宋玉好幾年了，知道宋玉的性子好，也不會發脾氣，說起話來就直來直往。

「讓司宮受驚了。」

宋玉也想不到，會這麼巧就給那位玉夫人撞見，這件事若是傳到了朝堂，恐怕又是一番折騰。

「不過您一來，大王可就歡喜了。」

掩嘴的司宮竊笑，知道大王等這一日，等得可苦了。

聽出司宮的言外之意，宋玉也不反駁，肅冷著臉的他，靜靜跟在司宮後頭，入殿晉見。

因為宋玉的到來，整日懶懶的熊橫旋即從榻子上跳起，還把所有侍者、宮女都叫進來，趕緊為自己穿衣、戴冠，還有準備一桌子的酒菜。

即使知道宋玉破例前來肯定沒好事，但凡事有一就有二，只要宋玉肯常來，熊橫再怎麼不耐煩也願意聽他說的話。

果然，宋玉就是為了談與韓國聯軍一事，才肯私下入宮。心情大好的熊橫不願拂了宋玉的興致，於是立刻下旨，要令尹子蘭出使韓國，為聯軍一事好好與韓國大王商議。

「臣聽說，大王數月前曾叫人畫了一張圖像，要緝拿在夢裡驚擾大王的人，但不知可有此人的消息？」

當時的宋玉，正陪著家中妻小度性命難關，所以也是近日才知曉此事，既然大王如此爽快讓令尹出使韓國，宋玉也應該盡一盡臣子的責任，為大王分憂解勞。

「是啊！但是一直沒有消息。」

經宋玉一提，熊橫才想起還有這麼一件事，但自從有巫玉作伴後，熊橫已經許久不再作惡夢，因此，也忘了要繼續追查那個妖物。

「臣在郢都之時，曾有探子畫來一幅圖像，與此人極為相似，今日臣特地帶進宮，想讓大王鑑識一下。」

宋玉自懷裡取出一張絹畫的圖像，畫裡的人滿臉的鬍鬚，面似黑炭，一對狹長的丹鳳眼微微向上勾著，露出極為凶狠的目光。

「正是他、正是他。」

驚喊的熊橫，用手指著畫裡的人，連連退了兩步，寬大的袖袍不住抖動。

「愛卿如何得知此人？」

熊橫夢裡的宋玉就是被這個妖物所殺，難道，這個妖物已經早一步識得宋玉了嗎？熊橫嚇極。

「此人正是秦國的白起。」

見大王面色發白，似乎極為恐懼，宋玉便將畫給收了起來，「白氏一族在兩百多年前曾是楚國人，因為與先大王有所誤會，不得以逃到秦國，沒料想，出了白起這樣的軍事奇才。」

「既然是楚國人，回來便是，何必挾怨報復？」

思想單純的熊橫，就是常說出這種教人難以回答的話來，幸好宋玉夠瞭解他，便耐著性子一一解釋。

理解過後的熊橫頻頻點頭，「原來如此。但白起如何能來到寡人夢中，還欲與寡人決一生死？」

熊橫當然不能讓宋玉知道，夢裡的他會為自己而死，更怕宋玉會因此離自己更遠。

「興許可以找卜尹為大王算上一卦。」

宋玉雖然相信神鬼之事，但對卜卦與解夢並不擅長，因此不敢隨意揣測。

熊橫卻不願意。

其一，熊橫認為陳城的卜尹無法心向於他，所以不願向這些新任的卜尹請示；其二，卜尹既能通鬼神，萬一知道熊橫心中所懼，拿宋玉來要脅他，反而會置宋玉於危難之中，熊橫不能讓宋玉為他冒這個險。

這就是熊橫，為何要去找一個素未謀面的巫姑卜卦的最主要原因，只是千算萬算，最終誰算計了誰，尚未知曉。

宋玉見大王遲遲未有回應，再加上天色已晚也不便在宮中久留，於是起身打算離開。

「寡人為愛卿準備的酒菜都還未動，愛卿吃一點再回去吧！」

熊橫親自替宋玉斟上酒，又把宮裡最精緻的點心都堆到宋玉面前，懇請著。

既然有求於大王，陪大王吃點酒菜，亦是臣子的職責。

勉為其難的宋玉恭敬地端起酒，舉袖一飲而盡，難得見不愛喝酒的宋玉如此痛快，熊橫龍心大悅，也再次把酒斟滿，將酒給乾了。

暖暖的醇酒一下肚，熊橫的話就說得多，他一方面問宋玉點心好不好吃，一方面又怕惹得愛卿不耐煩，揮袖離去，幾番欲言又止，而後才挑著宋玉喜歡聽的話講。

隨侍一旁的司宮，緊皺的眉頭一下午都沒鬆過，他何時見過任性妄為，萬人之上的大王，如此低聲下氣地討好自己的臣子？

雖說大王鴻福，有幸得到聞名天下的俊男美女，但一想到宮裡那個寵上天的玉夫人，面對大王都得小心翼翼侍候，而這位宮外的宋大人，卻讓高高在上的大王侍候於他。

兩者孰勝孰敗，明眼人一看就見分曉了。

自見過宋玉後，惶惶不安的巫玉，整日在自己的飛鸞殿裡走來走去，怎麼想都不對勁。

這裡除了侍候巫玉的兩個貼身宮女外，見過巫玉真面目的大王，肯定知道她和宋玉長得一模一樣，為何從不透露半分？況且，自從自己進宮後，即使嘲諷她因面貌醜陋才要蒙著面紗的謠言滿天飛，大王也從未要求自己拿下面紗，來證明她的花容月貌實則不假。

這樣的用心，難道是為了避免讓宮裡的人知道，她長得和那個宋玉一樣嗎？

方才，宋玉不敢正眼瞧她，若不是一個正人君子，也必定不被美色所惑，可朝臣們的批評又將他說得如此不堪，而性格如此極端之人，卻深獲愛好美色大王的信任，實在令人百思不解。

正因為如此，大王對宋玉存的到底是何種心思，一直糾結著巫玉惶恐焦躁的心。

思忖再三的巫玉讓侍者出宮找了一個人，這個人，正是當初將宋玉引薦給大王，又與宋玉情同手足的景差。

原本無事一身輕，卻臨時受命匆忙入宮的景差，不但連巫玉的人都沒見過，更對大王這位新封的玉夫人，沒什麼好感。

世人都說：「國之將亡，必有妖孽。」

如今的楚國正值風雨飄搖之際，這個突然出現的玉夫人，非但沒有讓委靡的大王振作，還令大王更加沉迷酒色，沒準就是天降的禍水。

現下，玉夫人又是什麼原由要急召他進宮，實在令景差想不透。

「臣，見過玉夫人。」

為了避免引起不必要的誤會，穿得一身華服，腰側掛著翡翠玉佩的景差站在殿外，當著諸多的宮女、侍者，恭敬地向這位大王新寵的娘娘行禮。

「景大人無須多禮。」

坐在殿內的巫玉凝神看著，景差這個楚國貴族長得果然很不一般，不但英姿颯爽、氣宇軒昂，眉宇間還透著一股豪邁的自信，確實有著令女子仰慕的好皮相。

可惜，景差行事小心，當著這麼多雙眼睛連個宮門都不敢進，與那謹言慎行的宋玉果真是同一個心性，不禁讓橫行楚宮的巫玉，在心裡暗自輕蔑一笑。

揮袖遣退眾人的巫玉，獨留下景差卻不勉強他進殿，蒙著面紗的巫玉不疾不徐，壓著音調輕緩說道：「妾聽聞景大人有才，如同大王的左膀右臂，不禁想一睹大人的丰采……」

身為楚國貴族，又在官場打滾多年的景差，如何聽不出巫玉有求於他的客套話？抿脣一笑的景差抬起頭，直視這個盛名於後宮的玉夫人。

「玉夫人有話直說，臣均當盡力而為。」

景差拱手一揖，廢話說多了，教人看見可不好。景差雖然與大王交好，但私下會見後宮姬妾的罪名不小，他可不想因此惹禍上身。

「景大人快人快語，真教妾刮目相看，那，妾就不拐彎抹角地直言了。」

面紗下的朱脣勾起一抹笑，巫玉問道：「大王與宋大人之間，到底是什麼關係？」

這話確實問得直白，大王和宋玉是什麼關係？

朝堂之上，眾人看得清清楚楚，但他們看到的永遠都只有表面，看不到大王的骨子裡。就算是宋玉，怕也不敢揭開大王那張醜陋的面具，免得玷汙了自己的清白。

「夫人說笑了，大王與宋大人之間，不就是君王與臣子，哪還能有什麼關係？」景差又不是笨蛋，大王若連這種事都不跟他的愛妾說，那身為臣子的景差又何必多嘴？

「是嗎？」

看來不下猛藥，這個景差只會跟她繞圈子，斂下眸的巫玉伸手，將那層蒙在臉上的面紗，輕輕拿下。

瞬時，那自幼就爛熟於心，卻又讓人嫉妒非常的絕美面容，直直闖進景差的眼底。立身的景差微微一怔，神情也變得恍惚，如果，不是方才一干侍候的宮女和侍者，他還以為此刻坐在殿內的，是男扮女裝後的宋玉。

「現下，景大人明白我為何找你來了嗎？」

巫玉重新將面紗戴上，犀利的眸光，等著景差的回答。

然而和剛剛一樣誘人的輕緩語調，卻讓此時的景差感到厭惡非常，「臣，還是不明白。」

剛從震驚中回神的景差，腦筋還在不斷思索著，世上怎麼會有兩個一模一樣的人，還同時出現在楚宮當中，未免太過巧合？

「景大人既然如此謙虛，那我就直言不諱了。妾自恃相貌不凡，既然入了宮，承蒙聖恩，就當是一后之下，萬人之上，斷斷不能與他人共享大王的這份榮寵。而今，有個長得與妾相似的男子，竟比妾更得大王的歡心，這教妾如何能放心呢？」

巫玉的話說得嬌軟，卻字字利如刀刃。

眼下巫玉不對宮裡的姬妾動手，不代表她不想，而是不屑。在巫玉的眼裡，後宮中除了那位尊貴的王后娘娘，自己根本沒把任何女子當成威脅。

景差也知道了這位心思縝密的娘娘，並非什麼簡單人物，一下子就看出大王對宋玉的私心。只是，景差更有興趣想知道，大王待這位玉夫人，到底是真情，還是另有所圖呢？

想到這裡，景差又不得不為這位貌美如仙的娘娘，哀嘆起來。就算玉夫人猜到了宋玉在大王心中的分量，或是她把這件事鬧得熱火朝天，甚至昭告天下，那又如何？只不過是令與宋玉相似的她，更加難堪而已。

善妒的女子不懂這種為了揭人瘡疤，而使自己陷入絕境當中，永遠翻不了身的後果，那可是這位玉夫人承擔不起的。

即便如此，景差認為還是不宜把這種事給說清道明，畢竟自己是個外臣，只要不參與這些後宮娘娘們的爭鬥，宮裡的火燒得再怎麼旺，都點不到他身上。

「大王欣賞宋大人的才華，多少偏了點心，但傾慕宋大人更甚於大王的，在楚國又何止一二？」

景差勾起脣角，想起宋玉剛入宮之時，郢都的那些王宮貴族，差點沒把宋玉家的門檻給踏破。然而一如宋玉自己所言，即使貌美如東鄰之女者，也無法打動他的心，更何況，是放蕩不羈的大王呢？

「宋大人為大王盡忠，為楚國社稷盡力，是百姓、朝臣們有目共睹的，這樣一個頂天立地的大丈夫，就連前太傅屈先生也不忍捨棄，那身為國君的大王，又怎麼能視而不見？況且，宋大人師承屈先生，即使出身貧寒也不曾動搖其心志，所以，宋大人是絕不會屈服在任何人的淫威之下，夫人盡可放心。」

見巫玉原本緊繃的眉頭驟然一鬆，景差大半猜出巫玉心底真正的憂慮，便換個方式安慰她。

「再者，夫人將來是要為大王綿延子嗣，要為楚國開枝散葉，即將名垂青史的人，又何必跟一個朝堂上的過客較勁呢？」

經景差這麼一說，巫玉頓時也覺得自己糊塗，怎麼一個小小大夫，就讓已經成功一半的自己，心眼變小了？

早在入宮之前，巫姑就曾預知過巫玉將來是一人之下，萬人之上的富貴之命。因此，無論熊橫送多少珍寶給她，都難以滿足巫玉想得到的——至高無上的王后之位。在此之前，巫玉必須先生下熊橫的兒子，而後再除掉王后和太子，那就沒有任何後顧之憂了。

宋玉畢竟是個男子，就算再怎麼受寵，也只能在朝政上出力，壓根無法與身為後宮姬妾的巫玉相比。巫玉幾次挑撥大王與宋玉的關係，大王都不為所動，可見宋玉在大王心目中的地位不一般，巫玉何必為強搬宋玉這顆石頭，惹得大王不高興？當下自己要做的，應該是籠絡好大王的心，讓大王時時刻刻都離不開自己。如此一來，即便將來宋玉有本事坐上令尹之位，自己屆時也會是堂堂一國之后，哪個朝臣要殺要剮，還不是她的一句話？

「大人言之有理，是妾糊塗了。」

豁然開朗的巫玉神情一鬆，思緒也變得清晰，在宮內私見外臣的確不合宜，就怕傳到王后那裡又要多一番責罰。於是，機警的巫玉，即刻就對景差下起了逐客令，「耽誤大人許久，大人也該回去了。」

「唯。」景差見玉夫人被自己唬住，當下躬身一揖，轉身離去。

自來到陳城後，所有宮內、外的事都由宋玉和莊辛一手把持，讓身為王族的令尹和貴族的景差無事可做，亦受到陳城官員們的冷眼相待。而今，樹大招風的宋玉，不僅因為聯軍一事惹怒了朝臣，甚至連後宮娘娘都給得罪，果然不是普通的招搖。

不過，景差不在意，因為宋玉爬得越高，到頭來只會摔得越重，景差有的是時間可以看好戲。

「子淵啊子淵，這次你欠我子逸一份人情，不曉得日後還有沒有機會還？」

抿嘴一笑的景差大跨步，得意地揚長而去。

第三十二章

共赴巫山

經過十幾日的長途跋涉，司馬靳一行人終於來到楚國的巫郡。巫郡位於扇形環繞的大山之間，江水橫貫東西，並與數條南北走向的溪流相互交錯，高山、深谷起伏落差大、坡度陡，地形極為複雜。

為了更確切地掌握巫郡地形及河川走勢，司馬靳帶著李季、觀蒯等十幾人，登上巫山探個究竟。但見山上奇峰聳立、大樹參天，遠處雲霧繚繞、群鳥翻飛，峽中清澈的溪水奔流、碧波瀲灩，峽谷兩岸紅豔如火、美不勝收。

如此人間仙境，讓司馬靳等十幾個沒有見過江南美景的西北秦人，硬是迷得怔在當場，無法動彈。

到過巫山數次的觀蒯，見眾人被自己的祖國河山震懾得目瞪口呆，不禁在心中暗暗得意。

好不容易能在秦國人面前出口惡氣的觀蒯，正打算跟雨桐炫耀，誰知雨桐獨自一人到處明目張望，不曉得在找什麼。

「姑娘？」觀蒯雖不解，但想來沒有人比他更清楚巫山了，就想幫個忙。

「噓……」

雨桐將食指按在脣上，示意觀蒯說話小聲一點。瞄了眼左右的她見秦兵沒人注意到後，悄聲問道：「你知道這裡的驛站在哪裡嗎？」

「妳找驛站做什麼？」

觀蒯當然知道驛站在哪裡，如果可以他還想直接逃到驛站去呼救，興許就能回到楚國了。可惜李季盯他盯得特別緊，自己這把老骨頭又跑得不快，根本沒機會逃。

「你別多問，我自有我的用處。」

打從知道司馬靳要帶她到巫郡後，雨桐就迫不及待地等著到巫山來。

一年多前，雨桐是跟著同學冷燕到巫山遊玩，卻不知為何被楚國軍士莫名其妙地帶到古代。幸好，當時遇到任職議政大夫的宋玉出手相救，才讓差點被誤認為奸細的雨桐逃過一劫。

雖然，那時的雨桐迫切想回到現代，奈何始終找不到回去的路，只好先放棄另作打算。如今，自己終於有機會再來到巫山，這次她一定要找到能夠穿越回去的那個地點才行。

憶起郢都城外那一別，雨桐才發現自己對宋玉的情意，一如宋玉對她，倘若自己真的回現代，那獨自去陳城的宋玉該如何面對日漸衰敗的楚國呢？

想到這裡，雨桐又猶豫了。可如今身陷秦軍的她，隨時都可能成為司馬靳威脅宋玉的籌碼，繼續待下去也不是辦法，她得趁此機會先逃到楚國的驛站，再作打算。

「就妳那一點腳力，就算想跑也跑不遠。」

然而觀蒯卻很不客氣地打消雨桐這個念頭，「這一路上如果不是少主心軟，讓姑娘跟他一起騎馬，恐怕妳不僅要磨破腳底，可能連雙腳都保不住。現下，妳居然妄想要在這些精銳的秦兵眼皮子底下，隻身一人逃到驛站去？」

「這你別管，我自己會想辦法。」

為了幫助宋玉，不成為他的負擔，雨桐已經別無選擇。

「其實，這裡距離驛站不遠。」

當初觀蒯也是抱著僥倖的心態，故意將秦軍引到這附近，為的就是若有楚兵在此巡視，能讓他們更容易發現秦軍來巫山刺探的事。

見雨桐目光炯炯地期待著，觀蒯便得知了雨桐的意圖，他朝四周張望了一下，將雨桐拉到一處更隱密的地方，並伸手指向右邊的一條小路。

「從那裡直直走，便能看到一座木造的亭子，亭子下方還有一條羊腸小徑，是楚國軍士偷懶閒逛的地方，妳在那裡好生待著，興許有機會遇到楚兵。」

「真的嗎？」

若是遇到楚兵，雨桐或許就可以回到宋玉身邊，但如果放棄尋找穿越的那個地點，她可能再也沒有機會回到現代了。到底是要留下幫宋玉，還是回去繼續她的大學生活，時間已經迫在眉睫的雨桐，居然拿不定主意。

「只是……」

「只是什麼？」

身後突然傳來的聲響，讓話猶未出口的觀蒯嚇了一大跳。乾咳兩聲的觀蒯連忙退開，當作什麼事也沒有，雨桐倒是鎮定，平靜的面容讓司馬靳看不出她在打什麼鬼主意。

「聽聞巫山有楚國的先祖神靈高陽氏，還有喜歡魅惑國君的神女瑤姬。」

司馬靳朝雨桐上下瞧了又瞧，而後悄聲在她耳邊譏諷道：「但不知，庇不庇佑妳這個異國人。」

雨桐聽得出司馬靳在嘲笑她不是楚國人，自然得不到巫山祖靈們的庇佑，但司馬靳不知道，雨桐這個來自臺灣、堂堂二十一世紀的女大學生，又豈會被古代的鬼神之說所左右。

「就算楚國的先祖不認識我，但神女瑤姬為救百姓斬蛟龍，幫助大禹治水，怎麼看都是個心地善良的女神，肯定會保佑我這個自己人的。」

宋玉曾將雨桐誤認為瑤姬，為了證明自己不是替身，雨桐還為此從宋玉口中，套出這位名揚楚國的巫山神女到底是何許人，現在聽到司馬靳如此調侃瑤姬，自是要為神女辯駁幾分。

再者，雨桐也不想再激怒司馬靳了，因為，那不僅給自己找麻煩還會拖累別人。前些日子，行動不便的雨桐，不過是讓李季抱到車外吹個涼又和他多說了兩句話，李季就被司馬靳來來回回折騰好幾次。

原本，雨桐還以為是李季在任務上犯了什麼錯讓司馬靳生氣，結果聽觀蒯說了才知道，原來他是因為自己而受罰。

不但如此，司馬靳也不准她坐馬車，但腳傷未癒的雨桐根本無法行走，觀蒯怕她的腳傷加劇，苦口婆心和司馬靳商量了許久，才讓司馬靳同意讓她騎馬。但條件是——必須和自己同騎一匹馬。

就算要雨桐跛腳走路，她也不願意和司馬靳坐在一起，只是，惱羞成怒的司馬靳哪管雨桐願不願意，當場就硬把她拉上馬背，一路顛簸來到巫山。

「好啊！那我們就來看看，神女瑤姬庇不庇佑妳。」

雨桐越是表現得平淡無奇，司馬靳就越想探個究竟，他就不信，憑自己一個堂堂秦國校尉會降服不了一個小小女子。

不予理會的雨桐扭頭離開，卻不忘朝觀蒯指的那條小路看去。雖然僅是匆匆一瞥，但小路上雜草叢生很難辨識路況，而且山坡路陡，萬一不小心，極可能失足滾下山谷。

雨桐當下皺了皺眉頭，儘管她很想脫離司馬靳的掌控，但總不能拿性命去開玩笑。又轉念一想，反正要探查地形及楚軍狀況的司馬靳不可能馬上走，考量再三的雨桐打算再等等。

與此同時，亟欲窺探牧童身分的項江，不巧被李季等人發現。差點遭到秦軍射殺的項江被識破了行蹤，自然無法再跟下去，只好暫時返回驛站。

收到衛馳召回陳城命令的項江，轉而將搜集來的情報告訴巫郡的縣尹，並要縣尹儘速發兵捉拿司馬靳。可是連月大雨讓巫郡遭受嚴重的洪澇，縣尹把大半的軍士都調去防洪救災，根本無力再支援項江。

秦軍的威脅雖然緊急，但救百姓性命更是迫在眉睫，這讓急於回去覆命的項江頓時沒了主意。無奈的項江，只好先返回陳城與衛馳商量後再作打算，也因此錯失了救雨桐的機會。

午後，濃厚的雲霧籠罩整座巫山，微涼的山風徐徐吹來，令溼冷的空氣更加沁人心脾。好不容易找到乾淨溪水的雨桐偷了個閒，將滿是黏膩和泥沙的頭髮洗乾淨後，坐在山上的岩塊上風乾。

雨桐知道司馬靳為了防止她逃跑，除了如廁和洗澡，不管日夜都派兩個軍士輪流看守。所以在這條溪流的百尺之內，雨桐的活動都還算自由。

數數日子，雨桐跟著秦軍生活也有半年了，他們的軍規嚴謹、賞罰分明，軍士的作息有條不紊，相較於之前的楚國軍營，治理確實嚴苛許多。也難怪出身軍旅世家的司馬靳，會如此鐵面無私，下手毫不留情。

唉……當初自己為什麼沒有發現司馬靳是秦國派來的奸細呢？如果自己能早一點知道，早一點通知宋玉，那麼鄢城不會被水淹沒，郢都的百姓也不會被白起屠殺殆盡，楚王無須逃往東北，她就不會和心愛的人各分東西。

倘若時間可以重來，雨桐會努力把歷史背熟，並和宋玉攜手讓楚國更加強大，一起對抗暴虐的秦國。可惜，歷史的真相永遠只有一個，即便雨桐這個現代人穿越到了這裡，依舊改變不了歷史的結局。

「好端端的，嘆什麼氣呢？」

身後傳來熟悉的聲音，雨桐回眸，看向高大偉岸的那個人。見他微溼的髮梢還滴著水，想必也是來沐浴的，雨桐拍拍身邊的大石頭，示意李季坐下。

「早點回去吧！免得少主擔心。」

李季沒打算多留，他只是不希望姑娘逗留太久讓少主不高興，故而走過來提醒雨桐一聲。

「是我連累你了，對不起！」

雨桐一直想找機會向李季致歉，現在終於等到了。

雖然，現在的司馬靳已經是秦軍裡統領數萬人的校尉，但雨桐看得出來，私底下的司馬靳還是常鬧小孩子脾氣。李季比司馬靳年長幾歲，又是他的下屬，所以處處讓著司馬靳，多少要吃悶虧的。

李季沒有回應雨桐的道歉但也沒有馬上走開，他站在離雨桐數步遠的地方，低著頭，不曉得在心底琢磨些什麼。

有些心意說白了反而顯得矯情，雨桐明白李季的心地好，凡事會為她著想所以不想讓李季為難。雨桐隨手摘下身旁的一片葉子，用兩手拇指和食指各抓住葉子的一邊，而後放在輕抿的脣上吹著氣，原本空寂的山谷，驟然揚起一陣輕脆的響聲。

這是雨桐小時候住在鄉下的外公教她的，透過脣形以及吹氣的力度，可使吹出來的音律或高亢、或悠揚，時而輕快流暢，時而優美婉轉，令一旁的李季聽得渾然忘我。

濃密的霧色漸漸將山谷染透，令眼前的景色一片矇矓，熒熒的日光若隱若現，幾道細小的光束，照得谷中繽紛五彩的樹葉，也變得如夢似幻。

李季見姑娘的雙脣微啟，奇妙的音律在她的口中起伏跳躍，那明亮的眸光散發著異樣的神采，有如初升的朝陽……巫山盛傳的神女瑤姬，也會如姑娘這樣，在這美侖美奐的山谷中，放意暢懷嗎？

「兩位還真是有閒情逸致啊！在如此浪漫優美的山谷裡，吹著情歌，是怕別人不瞭解你們對彼此的愛意嗎？」

冰冷的嘲諷從樹林中傳出，雨桐和李季同時轉頭，穿著一身便服的司馬靳，已然來到他們身後。

「少主誤會了，牧先生只是一時興起，才……」

「才對你吹起情歌嗎？」

手握配劍的司馬靳，走到李季身邊，卻不忘朝坐在岩石上的雨桐細細打量，又道：「看來，李季對妳的關心真是無微不至，連沐浴都捨不得分開。」

司馬靳到底在說什麼啊？「夠了，阿靳，你鬧夠了沒有？」

氣極的雨桐猛然起身，怒道：「為什麼你要像隻刺蝟一樣，用全身的刺對著每個人呢？我只是心情好，隨手摘一片葉子來吹吹，根本不關李季的事。」

不以為然的司馬靳搖頭一笑。

「不關李季的事？不要告訴我妳不知道，對一個男子吹木葉，正代表妳對他有愛慕之心。」

司馬靳此話一出，面對面、四目相接的李季和雨桐乍然紅了雙頰。

「你……你胡說什麼，我……我哪有？」雨桐確實沒有。

當初學吹葉子純粹是好玩，但在戰國時代，熱戀中的男女確實會以吹木葉，來表示對彼此的愛慕之情，只是雨桐不知道而已。

冷笑的司馬靳，耐住漸趨煩躁的心火譏諷道：「難道，宋玉沒有吹給妳聽過嗎？」

「夠了——」乍然清醒的雨桐，伸手止住這一切的混亂。

雨桐終於理解，原來司馬靳總是對她冷嘲熱諷，常把對她好的李季亂處罰一通，又對完全不認識的宋玉充滿敵意，都是因為——他在吃醋！為什麼自己一直都沒有發現，沒發現阿靳對她……。

「你跟我來。」

搞清楚狀況的雨桐跳下石頭，全然沒理會李季瞠目的呀然，直接抓住司馬靳的手，拉了就走。

「妳幹嘛？」

腦筋一時轉不過來的司馬靳正感覺莫名，卻又不由自主跟著牧童，見她無所顧忌地在李季面前與自己如此親暱，又好似真的誤會了他們倆。可是牧童究竟想做什麼？

雨桐明白司馬靳愛面子，就算她要坦白自己的心意，也絕不能讓司馬靳在別人面前下不了臺階。所以，一直到離李季的視線很遠、很遠之後，臉紅氣喘的雨桐才停下腳步。放開司馬靳的手，但雨桐一時之間，還真想不出要對他說些什麼？

「但我能說些什麼呢？」即使雨桐身為二十一世紀的現代人，但要對司馬靳這樣的朋友發好人卡，她還是感到有些難以啟齒。

「要解釋就快一點，我沒那麼多閒功夫跟妳耗。」

面色微紅的司馬靳，一顆心跳得飛快，右手還習慣性地貼緊著腰際下的配劍，司馬靳希望她有話快講，卻又不想她說出什麼讓自己惱怒的話來。

「我一直當你是朋友，很要好的朋友。」

深吸口氣的雨桐衝口而出，轉身面對他，「所以，你也能當我是你的好朋友嗎？」

雖然之前牧童也曾對他說過一樣的話，但司馬靳很明顯地感覺到牧童現在所說的「好朋友」，比之前想表達的意思更為強烈。

「然後呢？」

胸口撲通撲通劇烈鼓動，劍眉微擰的司馬靳雙拳緊握，壓低聲問道。

從小他就是家裡傾力栽培的孩子，聰穎、果敢，膽大心細又勇於冒險，一直都是平輩中的佼佼者。因此，同儕中嫉妒的嫉妒，遠離的遠離，司馬靳從未有過真正的朋友。所以，此時牧童口中所謂的「好朋友」令司馬靳好奇，那究竟是什麼關係？

「好朋友是彼此關心對方、包容對方，可以分享心事，一起哭和一起笑的人，他們不會互相猜忌，而且有福同享、有難同當。」

雨桐很努力收集所謂好朋友的定義，而司馬靳看她的表情，卻漸漸由焦慮轉為歡喜，甚至有些開心。

「要能關心、包容對方，又要一起哭一起笑的，除了夫妻，還能是什麼？」看來這丫頭還懂得害羞，大老遠把他拉到這裡，拐彎抹角說什麼「好朋友」，原來是想表明心跡啊！

司馬靳心想既然她都主動開口了，自己也沒什麼好隱藏，脣角微揚的司馬靳走向她，問道：「是嗎？那妳為何要對李季吹木葉。」

在楚營潛伏許久的司馬靳，當然知道這是很普遍的江南習俗，雖然牧童對自己表明了心意，但司馬靳還是想對眼前的女子再瞭解多一點。

「我吹葉子純粹是好玩，真的不知道還有那種特別的涵義。」

雨桐見司馬靳不再那麼咄咄逼人，以為他瞭解了自己的話，便放下心。

原來如此！這個牧童本就不是楚國人，不懂得楚國的習俗也是可能的。噙笑的司馬靳突然向前一步，牽起牧童的手柔聲道：「那以後，只許妳對我一個人吹木葉，懂嗎？」

「只許，對他吹木葉？」眨了眨眼的雨桐頓時感到一陣錯愕，原來司馬靳還是誤解了她的意思啊！

「不是那樣的，我……」

打算繼續解釋的雨桐，還沒來得及開口，就被司馬靳給打斷。

「我不介意妳的過去，只要妳願意，待這次拿下江南二郡後，我會稟報祖父，請他老人家允許我納妳為妾。」

緩緩的，司馬靳把第一個走進他心底的眷戀拉進懷裡，他不想再抗拒了，抗拒自己對牧童長久以來的情意。

不知道從什麼時候開始，司馬靳發覺他對這個牧童存有「伙伴」以外的心思。雖然，她是被自己強迫留在秦軍裡，但經過這幾個月的朝夕相處，她獨特的才能和異於常人的思維，的確吸引了自己的目光。

成長於軍政世家的司馬靳，家中女子除了母親，幾個姨娘和奴婢外，就只有兩個庶出的姐姐。而兩個姐姐早就已經許配予他人，真正和司馬靳相處的時日並不多，奴婢們則都因懼怕司馬靳母親的權威，不敢和這位矜貴的少主太過親近。

所以在楚國軍營時，司馬靳明明都瞧見了牧童偷偷洗澡的嬌羞模樣，卻偏偏就沒料想到，牧童居然會是個女子。

而就在攻下郢都，牧童想用絕食了斷自己的生命時，威脅恐嚇她的司馬靳才發現，在那層層包裹下的身子，是真正異於男子的美麗。精緻的鎖骨、滑嫩的肌膚，就連生氣時，漲紅的臉蛋都是迷人的。

司馬靳第一次領略到，什麼是男女之間的情愫，那愛意就像破了殼的種子，在他的心裡紮了根。

之後，司馬靳每見一次牧童，那苗子就滋長一分，和牧童每吵一次架，那苗子就長得越發茁壯。司馬靳曾試圖用對宋玉的恨，來排擠這份感情，卻反而更渴望得到牧童堅貞的愛意。

因此，看見牧童對李季好，自己就會不知不覺吃醋，但又覺得牧童可以為了別的男子把宋玉拋在腦後，或許也代表自己有可乘之機。於是，跟監、譏諷、嘲笑，任性的司馬靳，總是在矛盾與掙扎中和牧童吵過一次又一次，卻怎麼也不知道該如何表達自己內心和對牧童真正的情意。

然而妾這個字眼，卻讓雨桐這個現代人極為敏感，完全沒被打動的她反射性地推開司馬靳，斬釘截鐵地澄清。

「阿靳，你還是搞錯了，我根本不可能當你的妾。」

牧童果斷的拒絕，令方才溫情的暖意瞬間冷卻，也讓尷尬的司馬靳臉色變得一片緋紅。焦急的他解釋。

「如果可以，我司馬靳絕不會委屈妳，但妳畢竟是個身分不明的異國人，祖父和母親是絕不會同意我娶一個門不當、戶不對的女子為妻的。」

雨桐想起和宋玉在巫山初見之時，楚國的御衛還把她當奸細呢，可宋玉卻毫不遲疑地許諾要娶她為妻。

如今向自己表達愛意的司馬靳說了這麼多，卻只糾結在她是個身分不明的異國人，甚至只想納她為妾，這種感情如何算得上是真心的呢？

對這一回答不予置評的雨桐別開臉。

司馬靳明白，牧童分明就聽不進去他的話。但話都已經說到這個份上的司馬靳也不吝直言。

「在動身來巫郡之前，白將軍就已經說了要把他的女兒許配予我，祖父也應允了這門親事，礙於這是秦國兩大家族的聯姻，我無法推辭。不過妳放心，除了妳，我不會再納別的妾室，而且只會專寵於妳。」

有些情急的司馬靳向前一步拉住牧童的手再解釋。

「我是司馬家唯一的繼承人，以後妳在別人眼中的地位，也只會在白將軍的女兒之下，倘若妳……妳能為我生下長子，祖父必定也會對妳另眼相看的。」

這個人，講的都是什麼跟什麼啊！婚姻是建立在感情的基礎上，而不是身分和地位，既然司馬靳連自己的婚姻都做不了主，那又如何能確保日後不會再納別的女子為妾。更令雨桐想不到的是，司馬靳居然把她當成只懂得在男人面前，用生兒子替自己爭寵的女人，簡直忍無可忍。

見司馬靳越講越離譜，雨桐羞紅臉罵道：「我不需要別人給我什麼身分地位，我只想嫁給一個我愛他、他也愛我的男人，無須爭寵，更不是什麼名分都沒有的妾，這樣你懂嗎？」

面對司馬靳這自以為是的古代大男人主義，氣極的雨桐轉身要走，司馬靳卻冷不防從身後將她整個人擁住，怒道：「難道妳想嫁給李季嗎？他不過是我的家臣，嫁給他為妻，還不如我的一個妾室。」

司馬靳又想到方才牧童和李季兩人深情的對望，莫名的妒火從心底一把燒了起來。沒理會牧童的反抗，司馬靳強行扳過她的身子，並扣住她的脖子，就要朝那雙誘惑自己許久的朱唇壓下。

正在氣頭上的雨桐，沒想到司馬靳會惱羞成怒，近距離的她根本閃無可閃，情急之下反射性想伸手給他一個響亮巴掌，讓他冷靜下來。

然而，司馬靳早料到這丫頭不會甘心就範，所以輕易就將牧童的張牙舞爪給制伏。

既然自己怎麼解釋對方都聽不進去，朋友也做不成了，雨桐心想無須再顧及司馬靳的顏面，為了保護自己不受侵犯，雨桐抬起右腳，用腳跟使勁踩下。

「啊！」

突然的劇痛讓司馬靳慘叫，鐵臂似的雙手這才鬆開來。

錯愕的司馬靳，看著眼前全然無害的弱小女子，哪裡知道在現代學過女子防身術的牧童，會知道用力踩對方的腳趾頭是最痛的。

機警的雨桐見四下無人，非但如影隨形的士兵不在，連李季也沒有跟來，現下司馬靳又痛得直跳腳，此時的她不逃走，更待何時？

「阿靳，你猜對了，其實我不是楚國人，更不是你們這個時代的人。如果你相信我，就離開白起，你才能保住一條命，這是作為朋友的我最後的忠告。」

雨桐防備地盯著司馬靳，見他痛得滿臉漲紅，連腰都挺不直，心下一虛，拔腿就跑。

「站住！我不准妳離開，給我回來！……」司馬靳怒道。

急著逃離魔掌的雨桐，聽到身後司馬靳的怒吼和拔劍的聲音，嚇得在一片陰鬱的叢林中不斷狂奔。她顧不得前方是否有荊棘或鴻溝，只是沒命地向前跑，並拚命讓自己從混亂的思緒中，找到那一條熟悉的路。

雨桐知道，只要李季和軍士們聽到司馬靳的叫喊，肯定會跟著追上來，以自己的腳程無法躲掉秦國精銳軍士的追擊。現在唯一的機會，就是趕緊回到巫山之臺，找到觀蒯說的那條小路，藉機向楚兵求救。

暮靄的沉重，漸漸遮蔽了殘敗的日光，此時的晦暗，更增加了辨識方向和行進的困難。

雨桐懷著一顆七上八下的心，在一片落了葉的樹林裡，不斷穿梭，她管不了樹梢的尖銳刺進那薄薄的衣袖裡，在自己的手臂和腿上劃出的一道道殷紅。

急促的喘息，在空曠的寂靜裡過分明顯，努力保持警覺的雨桐，依稀聽到了樹枝被利劍砍斷的聲音，豆大的汗珠沿著未乾的髮梢滴下，這時的她才發現，孤獨的脆弱竟是這樣的惶恐無助。

「如果這次再被抓回去，司馬靳肯定不會饒過自己的！」心底的警鐘不斷敲擊著四肢，腳步卻越發難行，雨桐感覺到剛結痂的傷口又冒出一股溫熱，撕裂的痛覺，讓她的腳趾頭不由自主地抽搐。

難道，她真的要被司馬靳抓去秦國，囚禁一輩子嗎？

身後的腳步聲越來越靠近，就在雨桐即將放棄希望時，突見前方出現了熟悉的那條小路。當欣喜的雨桐穿過矮樹叢，就要朝那條小路奔下時，司馬靳已經從前方阻斷了雨桐的去路。

「為什麼要拒絕我？給我一個正當的理由！」

司馬靳原以為牧童和他一樣，彼此互相傾心，沒想到竟是自己一廂情願。以牧童異於常人的聰穎和智慧，如果他司馬靳得不到，那麼誰也別想要得到。

雙目赤紅的司馬靳舉劍指向他的心中所愛，猙獰的鐵青，讓他的俊臉變得不若以往。突然感到害怕的雨桐無力與他對峙，只好一路後退，接著聞聲而至的李季、觀蒯和幾個軍士也趕了過來，退無可退的雨桐只好被眾人逼到巫山之臺的盡頭。

看來此番雨桐已經是在劫難逃，但賭氣的她仍不願屈服：「我愛的唯有宋玉一個人，這輩子除了他，我誰都不會嫁。」

司馬靳本想牧童不願意當自己的妾，是不想要屈居於人下，要是她知道自己心愛的人已經結了婚，並且還生了孩子，或許就會死心，願意回到自己身邊，於是笑道：「是嗎？可惜他早已經娶妻，月前還生下一個孩子，現在的妳如何能當得了他的妻子？」

此時的司馬靳，明知宋玉的消息會讓眼前的人遍體鱗傷，卻再也無法容忍牧童的心裡只有宋玉，而無視於自己的深情。他司馬靳怎可輸給一個楚國人，絕不能！

可司馬靳的這句話像道雷似的，晴天劈下，教滿懷憧憬和宋玉天荒地老的雨桐，瞬時動彈不得。

「妳在這裡為他朝思暮想，宋玉卻早有美人在懷，可見宋玉的心裡從來沒有妳。」

司馬靳的字字句句銳如利刃，已攪得牧童血肉模糊，彷彿只有牧童的心痛了，才能止住司馬靳不斷燃燒的怒火。

「不！不可能，你騙我。」

在郢都時，宋玉明明還親口說要娶自己為妻，執子之手，白頭偕老，就連被熊橫困在郢都城內，宋玉也經常讓項江送來親筆書信，傾訴對自己的相思之情，宋玉怎麼可能在自己離開的這段時間，就和別的女人生下孩子？

「不相信妳可以問李季，是他親口告訴我的。」

司馬靳知道牧童斷然不信自己，但絕不會懷疑李季的話。翻湧的熱液瞬間湧上喉嚨，雙眼視線已模糊成一片，雨桐轉頭看向立在一旁的李季，但見李季低頭不語，連面對雨桐的勇氣都沒有。

難道，宋玉娶妻生子，都是真的嗎？

「不，不——」

摀住耳朵的雨桐搖頭，偌大的淚珠滾滾而下，遍溼了前襟。

宋玉天人般的面容，還深深烙印在雨桐的心裡，過往的濃情蜜意記憶猶新，郢都城外的匆匆一別，還不時抽痛著雨桐，如今這殘忍的事實，將雨桐的情意鞭笞成碎片。

自己不過才離開半年，就算宋玉變了心，也不可能在半年內生下孩子，可見宋玉早有妻室，他一直在騙自己！

因為對宋玉的愛，雨桐才找到在古代生存下去的動力，但如今曾經的海誓山盟都成了可悲的笑話。

傷心欲絕的雨桐捂住淌血的心口，一轉身，才發現自己已站在陡峭的山崖邊。

這延伸出來的巫山之臺，就在那壁立的高岩之上，腳下的溪谷幽深、碧水激石，站在高處的雨桐登時感到一陣暈眩。

「何必留戀那種薄情寡義之人，妳現在反悔還來得及。」

司馬靳知道，眼前這個撐過不少生死關頭的頑強女子，肯定會回頭，投向他的身邊。

木然的雨桐看著腳下的溪水奔騰，轉眼消逝無蹤，曾經的生離死別，歡樂悲傷恍然若夢，彷彿她來到古代發生的這一切，都是虛空。

所謂的一生一世，不過是雨桐這個痴心人的妄想罷了，既然如此……。

傷心欲絕的雨桐，把這一年多來受的酸甜苦澀，全都咽下了肚，然後仰頭對著無邊天際大笑。

淚水怎麼都止不住，但雨桐不想讓司馬靳看到自己後悔哭泣的這一幕。

「觀大夫，我回我的世界去了，你多保重。」

在背對眾人說完話後，雨桐毅然決然地縱身一跳，此去無論是生是死，都比活著受煎熬和屈辱的好。

但就在觀蒯大惑不解，正努力釐清雨桐的這番話時，姑娘脆弱的身影，驟然在眼前消逝無蹤。

見狀的司馬靳和李季大驚失色，立即奔向前去，伸長手，對急墜而下的身影大喊：「牧童——」

心如死灰的雨桐從高處直墜而下，沒有恐懼，沒有牽掛，只求解脫。耳邊呼嘯而過的風聲，眾人急切的叫喊聲，都漸漸消失了，所有的人、事、物，如一幕幕浮光幻影，匆匆地從她的腦海裡穿梭而過。

雨桐清楚記得，宋玉懷抱她時的溫暖，還有親吻她時，口中淡淡的橘花清香。那時宋玉握著她的手，說要與自己攜手隱居世外、共度朝夕，卻在轉眼間就狠心丟下自己進了郢都，為他的楚王盡忠。

宋玉把心魂都獻給了國家百姓，為此拋棄了愛情，哪裡還記得自己這顆遊蕩在時空宇宙裡的，小小塵埃呢？

昔日的甜蜜瞬時化為泡影，落入冰冷的雨桐，只感覺周身一涼，蔚藍水幕瞬間奪走她的所有呼吸。

如果，宋玉發現自己是懷抱著絕望的愛情而死，會為她傷心難過嗎？會為她感到愧疚嗎？

不，已經有老婆、孩子的宋玉，此刻一定過得很幸福、很美滿，如何還會想起雨桐這個意外闖入的第三者呢？

溫熱的淚液凝在冰冷的溪水裡，化為一顆顆晶瑩的珍珠，隨水流逝。雨桐忍住反射性的掙扎，在吐出餘下的幾口氣後，緩緩沉入幽暗的溪底。

四周悄然無聲，一片寂靜，天地有如從空間中抽走似的，喪失了實體，沒有邊際，一股神祕的湧動，朝雨桐的身後靠了過來，在她尚未發覺之前，已經伸手抱住了她的腰身。

「瑤姬。」

熟悉又陌生的溫柔，讓雨桐沉睡的意識再次甦醒，突如其來的暖意，讓她冰冷的身子微微一顫，不知何時已經依偎在男子的懷裡。

驚惶的雨桐回眸，見一張姣美如仙的臉孔，在波光粼粼的水幕裡，深情款款地凝視著自己。

「這不是——夢裡的那個巫琅嗎？」

雖然有著與宋玉相似的面容，但只有巫琅，才會把雨桐錯認為瑤姬。

雨桐想起一年多前，她就是到巫山遊玩時夢見了巫琅，才被楚國軍士帶到古代，如今，巫琅是來救她的嗎？

「巫……」

雨桐才啟開脣瓣，急湧的溪水就灌進她的喉嚨，嗆得她將僅剩的最後一口氣都吐了出來。

胸口痙攣般的緊縮，讓雨桐難受得無法自制，她揮動雙手，急著回到水面上吸氣，但攬在腰側上的掌心一熱，轉回身，溫軟的雙脣，已將救命的空氣渡給她。瞬間睜大眼睛的雨桐，見巫琅黑白的眸光裡，正清楚倒映著自己的臉。

那是幾千年前，巫祝和神女兩人深情歌舞的影像；瑤姬犧牲自己給藥的無奈；在皚皚白雪中，將生命化為縷縷青煙的刻骨情意；還有，為殉情而跳下巫山之臺的巫琅身影，轉瞬間，都如光束般穿過雨桐的腦海。

「來世，等我——」

猶記得傷心欲絕的瑤姬，使盡最後一絲氣力，許下對巫琅永世的承諾，宛若千年前那般遙遠，卻又如昨日般鮮明。

在水潮的波動下，巫琅嫣紅的脣瓣微微開啟，纖長又輕軟的指腹在雨桐的臉上觸碰、游移，透過指腹的溫度，雨桐幾乎可以感受到，巫琅深愛瑤姬的心。

「神女嫻靜，俟我巫山。愛而不見，秋水望穿。神女銜羞，貽我馨香。馨香有靈，神女姣麗。自巫歸南，洵美且香。」

朗朗的優美歌聲，在湍急的溪水裡旋轉迴蕩，懷抱著雨桐的巫琅與她十指緊扣，迫不及待地傾訴著自己等待千年的相思。

「瑤姬，我終於等到妳了，巫琅永生永世都不會再離開妳，永遠都不會。」

第三十三章

再次穿越

雨桐再次醒來時，是在重慶市的第一人民醫院，恍然不知身在何處的她，迷迷糊糊中聽到冷燕的驚喊聲，再來是醫生、護士，一連串莫名其妙的詢問、檢查和餵藥。

因為腳底嚴重的破皮感染，四肢也有明顯的割傷，雨桐在醫院昏睡了好幾天，待醫生確定人已經清醒，燒也退了之後，才讓裹著腳的她領了藥，一跛一跛地出院。

一路上，冷燕不斷向狀況外的雨桐解釋，這幾日發生在她身上的所有事。

「妳都忘了嗎？那時妳穿著巫山神女的衣服，正倚在邊坡的欄杆上自拍，誰知道那欄杆早已腐壞，害妳從邊坡上滾下，掉進了水裡。」

愁眉不展的冷燕，摸摸雨桐的頭髮，擔心說道：「在醫院昏迷的這段期間，妳一直說些奇奇怪怪的話，真是嚇死寶寶我了。」

「我……我說了什麼？」

冷燕口沫橫飛講了這麼多，卻和雨桐記憶中的狀況全然不同，沒想到自己這麼狠心一跳崖，還真的回到了現代。

「我也想知道妳都說了些啥，可聽不清。」

冷燕握住有些發怔的雨桐的手，小心問道：「妳真的都不記得了嗎？」

冷燕是雨桐在湖北武漢大學，第一個認識的同窗兼室友，平時兩個人就焦不離孟、孟不離焦，這次又是冷燕主動邀雨桐出遊才出的事，冷燕自是急如星火。

在戰國經歷的一切雨桐當然都記得，但冷燕卻說她只是落了水，並且昏睡了幾天，但自己是確確實實在古代，生活了一年多啊！

回想在楚國發生的一切，宋玉、周大娘、小狗子、觀大夫、李季和司馬靳，雨桐至今仍清楚記得他們說過的話，曾做過的事，為何兩千多年前的時間，會與現在的時間差那麼多？

還有那個救她的巫琅，在巫琅的眼裡，雨桐彷彿看得到他對瑤姬忠貞不渝的愛情，苦苦等待的遙不可及，那樣淒美、那樣刻骨、那樣教人難以忘懷。只是，看著眼前這一棟棟的水泥叢林，曾是雨桐再熟悉不過的一切，她的思緒，一下子全亂了。

「那，我又是怎麼穿……被救起來的？」

落水穿越到戰國的事，雨桐自然不能說，否則，直性子的冷燕肯定會以為她的腦子摔壞了。

「說到這個。」

原本還一臉憂慮的冷燕，不禁兩眼放光，「算妳運氣好，被一個媲美明星等級，帥到無法形容的善心青年給救起，可惜，妳那時因為落水，整個人都快沒了呼吸，我急著把妳送醫院，就沒留下他的姓名了。」

冷燕不是外貌協會的一員，能承她金口讚譽的男生並不多。為救雨桐的冷燕沒留下對方姓名，甚至對方也不求回報，雨桐只好在心中感激那位男生的救命之恩，希望好心有好報的他能平安、健康。

「妳腳傷這麼嚴重，我不放心妳獨自回上海，不如，先回我老家休養幾天再走吧！」冷燕雖是獨生女，但自小在外生活慣了的她，比起雨桐更懂得照顧人。

重慶距離冷燕的老家不遠，考慮到父母的工作繁忙，行動不便的自己若是此刻回上海，恐怕只會造成家人的負擔。

「可我不想打擾妳的爸媽。」

雨桐沉默了一下後開口，冷燕雖是自己的好閨蜜，但在印象中，冷爸爸和冷媽媽都是務農的，如今自己突然抱著傷過去，怕打擾了他們。

「不打擾，接妳回老家就是我媽出的主意。」

拍拍好友的手背，冷燕示意雨桐放心，「平時我就很少待在家裡，現在多了一個妳，家裡熱鬧，我媽還不樂得開心。」

冷燕人本來就好相處，大方熱情，想必她的家人也是一樣的。放寬心的雨桐點點頭，正想拿出手機撥打微信電話，把暫時留在湖北的事情告知爸媽，誰知摸了摸後背，才驚覺自己的背包留在了古代。

「糟了，我的手機和背包！」雨桐驚喊。

「恐怕沉水底了。」

見好友一臉驚慌，不知情的冷燕安慰道：「沒事，我家裡還有備用的手機，先借妳。」

雨桐擔心的當然不是這個，而是背包裡有許多現代的東西，如今她人是回來了，但留在郢都城的那些東西，要是被當時的人給發現，不知會造成什麼樣的後果。

想到自己曾經教導秦人九九乘法和珠心算，或是砍果樹來煙燻食物等等的生活技能，還有救小狗子逃離軍營，又糊裡糊塗闖進阿靳等人的生命，更別說認識了宋玉，將自己的真心都託付給了他……如果說發生的歷史已無法改變，自己又確實存在過那個時空，自己將會對他們、對戰國，產生什麼影響呢……？

思及此的雨桐，只剩下悠悠沉默。

雖說，冷燕的爸媽並不是什麼富裕人家，但對冷燕這個家裡唯一的掌上明珠，可是百般寵愛。

一聽說閨女要帶好友回來，什麼清蒸武昌魚、酸辣藕帶、蓑衣丸子，還有肥肥嫩嫩的紅燒野鴨，煮得滿滿一桌，硬是讓她們倆吃個飽足。跟著冷燕回老家的雨桐有口福，一下子就品嘗到這麼多湖北的家常名菜。

但一邊吃菜的雨桐，腦海裡卻總想著：若是自己也能煮出這麼多美味的菜餚給宋玉吃，他該有多開心。可惜笨手笨腳的自己，不僅菜不會種，就連生火、燒水都有困難，又如何能煮上一桌好菜給心愛的男人吃呢？

思及此，雨桐懊悔起自己的無用，如果她能多學一些生活技能，那麼與宋玉相處的時光該有多幸福、多快活。

忽然，雨桐對這個生活了二十年的現代世界，感到一陣陌生，左顧右盼，竟找不到一個可以令她留戀的東西。

轉頭看了一眼身邊這個親如姐妹的冷燕，雨桐極力想把穿越前的自己找回來，她要找回那個考上武漢大學，在校園裡追逐夢想，將來在職場上一展長才的劉雨桐。

但在這個充滿五光十色的現實世界，已經讓恍惚的雨桐感到難以適應。雨桐覺得自己的心底被刨了個大洞，空落落的，像失去重心一樣，未來對現在的她而言，變得既模糊又茫然，雨桐的心，根本沒有跟著身體一起穿越回來。

這時的雨桐突然又想起宋玉，如果他發現自己不見了，會不會像夢裡的巫琅一樣，魂魄不散，永生永世在古代尋找她，還是如同雨桐一樣，穿越到現代來呢？

「怎麼可能？」愁腸九轉的雨桐苦笑，既然她選擇了離開，就不該再對已成為遺憾的過去眷戀不捨。明知道穿越的戀情不會有結果，雨桐只能衷心地祈禱，遠在古代的宋玉能過得幸福，過得好了。

雨桐自從回到現代後一直悶悶不樂，冷燕為了緩解好友鬱結的心情，便拉著她逛遍宜城的大街小巷。只是這裡賣的東西雖多，但既比不上臺北的新穎，又不若武漢的花俏，反倒是那些古老的斷垣殘壁，特別吸引雨桐的目光。

位於湖北省的宜城，頂多算是個三級城市，它是春秋戰國末期，楚國鄢城和郢都的所在地，雖然這處久經戰亂的古老城市，眼下已經看不到兩千多年前楚國國都的繁華盛況，但還保留了些許古樸的風氣。

沒有過度開發的城郊，除了流經各地的幾處江河還留下歲月的足跡外，徒剩陳舊的斑駁，印證過往歷史的滄桑。幸而隨著經濟的發展，有了新興的街道和許多時尚的商場和店舖，為宜城的夏日夜晚增添不少熱鬧。

養傷期間的雨桐，曾上網查了很多有關宋玉的事跡，巧合的是，宜城蠟樹村的古街裡，居然有一座宋玉墓。回憶起自己初遇見宋玉時，他正值二十歲的人生頂峰，文采風流、氣宇不凡，怎麼才一轉眼，就成了泥地裡的一抔黃土？

歷史上的宋玉晚景淒涼，連怎麼死的都眾說紛紜，後人是因為看到他留下的詩詞歌賦，爭相詠贊，才讓宋玉得以與屈原齊名。然而，現實中的宋玉，卻是被楚考烈王驅逐，居無定所，因此，那些景仰宋玉的地方官員，僅能以碑銘或衣冠塚造墓，以紀念及歌頌這位偉大文學家的生平。

「明明想忘了他，卻怎麼也忘不了……」雨桐尋著手機上的地圖，獨自來到宜城蠟樹村的古街。

這裡平日的遊客不多，簡單的人行步道順著水流蜿蜒曲折，幾處人家還留有十多年前泊船的小碼頭，因為久未使用，布滿了綠色的青苔和水草，碼頭旁有一塊表面光滑的大石頭，據說是以前洗衣服留下的。

生活在古代的雨桐，也曾到河邊洗過衣服，舀水、澆菜，那時周大娘還取笑她洗衣服的樣子嬌貴，連鞋襪都不敢打溼，肯定是出身名門，沒幹過粗活的大小姐。

微微一笑，徐徐和風自雨桐微溼的雙頰拂過，空氣中飄著淡淡的青草香，一泓曲水綠波盪漾，在璀璨的陽光下粼粼閃耀。雨桐細細看著路邊的一草一木，彷若想藉此找到宋玉留下來的蛛絲馬跡。

轉眼來到一處靜僻小巷，高高的灰色水泥牆上堆砌著仿古建築的磚瓦，朱紅的木門兩側打掃得乾乾淨淨，就像還有人住在這裡一樣。

心中忐忑的雨桐舉步踏進門，一縷熟悉的幽香撲鼻，是院子裡茉莉盛開的芬芳，牆邊兩側還種有好幾棵高大的樟樹，正結滿一顆顆青翠的小果子。

再往前走，就可以發現清朝嘉慶皇帝命人為宋玉重修的墓碑，隱約可見碑上刻著：「陽春白雪千人廢，暮雨朝雲萬古疑。」

雨桐曾聽宋玉說過，鄢城是他的出生地，因此，仰慕宋玉文采的明朝和清朝皇帝，便命人在現今的宜城刻上碑銘紀念他。雨桐沒理會那些咬文嚼字的歌頌，她只見墓碑後那高聳的土堆，就是埋葬自己愛慕之人的所在。

僅僅是隔著一個墓碑的距離，就已經讓痴心難斷的雨桐，淚流滿面。

「南有喬木，不可休思；漢有游女，不可求思。漢之廣矣，不可泳思；江之永矣，不可方思。翹翹錯薪，言刈其楚；之子於歸，言秣其馬。漢之廣矣，不可泳思；江之永矣，不可方思。翹翹錯薪，言刈其蔞；之子於歸，言秣其駒。漢之廣矣，不可泳思；江之永矣，不可方思。」

遙遠時空傳來宋玉熟悉的朗朗聲，雨桐依稀能看到，他牽著自己的手，荷鋤下田的閒適快意。

猶記得他們一起刨土、撒種子，一起澆水、抓蟲子，一起摘菜、玩泥巴，那歡悅的情景，至今仍清晰刻在雨桐的腦海裡，卻不曾想一回身，已經千年。

勾起唇角的一抹笑，原來，自己對宋玉的感情，竟已氾濫到這種程度。但又能怎麼辦？兩千年前的宋玉，已經在陳城娶妻生子，自己只能在兩千年後的宜城，椎心斷腸。命運為什麼要安排她穿越到古代，去愛上一個不可能有結果的人？

滴滴血淚的雨桐撫著毫無溫度的墓碑，泣訴那首遙遠的情詩：「第一最好不相見，如此便可不相戀。第二最好不相知，如此便可不相思。但曾相見便相知，相見何如不見時。安得與君相訣絕，免教生死作相思。」

雨桐摀著臉，雙腳一軟跪倒在地上，痛哭失聲。

整日失魂落魄的雨桐讓冷燕操碎了心，瞧著她的腳傷明明已經好轉，精神卻一日日委靡，不但整個人憔悴不堪，連昔日美麗的神采都難以復見。

「雨桐，聽說有一部電影很好看，咱們下午去瞧瞧唄。」

冷燕整天都在想辦法逗雨桐開心，就是不想讓雨桐一個人待在房裡悶著。

「妳自己去好了，我有點累。」

雨桐明白冷燕的好意，但現在的她除了蠟樹村，哪裡都不想去。

「不管，我票都買好了，家裡又沒人陪我，妳非跟我去不可。」

冷燕擺出一副獨生子女的強勢和楚楚可憐的孤單，拉著雨桐的手柔聲問道：「雨桐，老實告訴我，妳最近老是心事重重又魂不守舍的，是不是發生了什麼事？」

搖搖頭的雨桐不發一語，卻讓冷燕更為焦急。

「就算對我也不能明說嗎？這算什麼姐妹？」

冷燕氣得一甩手，口吻有些責備，「不要以為我不知道，妳近來常一個人跑到蠟樹村，到底是幹嘛去了？」

噙著淚的雨桐咬牙，瘦弱的肩膀不住抖動。

「得了，就算天塌下來也有我冷燕頂著，讓我的好姐妹如此受苦的，到底是誰？快說吧！」

冷燕從未見過如此脆弱的雨桐，一個陽光燦爛的女孩子除了愛，還有什麼能把她傷成這樣？

「我……」

未能說出口的話還哽在嘴裡，心就已經被撕成碎片，雨桐無法說出口的不是傷痛，而是難以抑制的絕望。

「是誰？咱們一起去找他。」

單純的冷燕，還以為是哪個男的欺負了她的好姐妹，恨不得立刻找人來出氣。

「沒有啦，我沒事的。」

就算雨桐說了，冷燕也幫不上忙，何必再多一個人為她操這份心？

「我只是腳痛，走不動。」

勉力一笑的雨桐，硬是將凝在眼中的淚給吞下，假裝調皮的她，抬起結痂雙腳撒嬌，

「這麼嚴重的疤，以後可能都穿不了漂亮的涼鞋了。」

原來，是因為腳上難看的傷疤啊！

「早說嘛！」

鬆了口氣的冷燕跑回自己的房間，沒多久，拿來一瓶青綠色的藥膏遞給雨桐，笑道：「這是親戚家的祖傳祕方，無論多嚴重的傷痕都保證藥到疤除，一點兒痕跡都不會留下，給。」

怎麼冷燕說的話，像極了觀大夫的口吻？

聞言的雨桐一愣，隨即苦笑著點頭，說了聲：「謝謝！」

成功轉移話題的雨桐收下藥，就和冷燕聊起了她提到的那一部電影，原來是關於戰國時期，秦國併吞六國的故事。雨桐雖然明白電影情節不等於史實，但只要是關於宋玉和楚國的一切，她都極有興趣想看看。

也許，正因為雨桐內心深處還是期盼能與宋玉在一起，即使明知那已經成了奢求。所以雨桐待腳傷一好，就迫不及待地拉著冷燕，去市中心看電影。

該部影片號稱擁有最強的明星陣容，一流的編劇、導演，花費好幾億的人民幣才拍成，堪稱是一年一度，最具代表性的歷史大劇。

故事從秦武王開始講起，秦國在歷經幾代的招攬賢才，和商鞅的改革變法成功後，終於擺脫了貧困與被六國歧視的屈辱，走向富強。國力漸盛的秦國，以併吞他國的土地來滿足其稱霸天下的野心，因此，最靠近秦國的富饒楚國，便成了秦王嬴稷眼中亟欲征服的肥羊。

因為楚懷王親小人、遠賢臣，又被鄭袖的美色所迷惑，以至於讓秦國的張儀有可乘之機，後來，耳根子軟的楚懷王被騙到秦國後，便死在異地他鄉。繼位的楚襄王聽信令尹子蘭的讒言，將直言勸諫的屈原驅逐，最終讓秦國的白起攻陷鄢、郢，迫使軟弱無能的楚襄王遷都到陳城。

六國因為彼此猜忌而對楚國冷眼旁觀，又質疑聯軍會助長他國威信，故被秦國的白起各個擊破，此時，積弱不振的楚國被逼到走投無路，最終被秦國給蠶食鯨吞。

電影院裡，迴蕩著震耳欲聾的戰鼓聲，邊城烽火，血染狂沙，千軍萬馬馳騁如雷霆，風聲颯颯，鐵騎揚戈。

尤其是秦軍水淹鄢城，火燒郢都的那一段，磅礡大水沖毀泥沙堆的城牆，場面觸目驚心，因３Ｄ電影的特殊效果，使得無情的水火和死屍，就像蔓延在觀眾的周身般，令人看得毛骨悚然。

在古代差點被送上戰場與秦軍廝殺的雨桐，更能體會到戰爭對這些軍士，以及無辜百姓的殘忍。

雨桐想起當初小狗子為了捍衛自己的國家，小小年紀便投身軍營，吃盡苦頭；還有為逃離秦軍的追殺，騎著馬的項江，為她浴血奮戰的景況；更有那數十萬楚國將士，為了保護郢都安危，各個奮不顧身勇敢殺敵。

只是，鄢郢之役注定是一場沉痛的悲劇，那些為國捐軀的楚國戰士，唯有化作白骨，繼續在江河畔守護他們的家園。

戰爭帶給人們的災難和深刻痛苦，讓強忍住淚的雨桐終於明白，為什麼宋玉寧可丟下她也一定要救楚國，全是因為——「國滅，無以為家」啊！

「宋玉，是我誤會了你，是我不瞭解你胸懷國家社稷，心疼黎民百姓的苦心，是我錯了，我錯了。」

捂著心口流淌的淚，伸手抹去痕跡的雨桐，不敢哭出聲，就怕驚擾了身邊的冷燕，難以解釋自己此刻的激動。

銀幕裡，爾虞我詐的政客繼續你來我往，無不想辦法算盡對方的底細，好趁機掠得別人更多的城池和土地，來滿足自己的私慾。他們憑藉著一張舌粲蓮花，慫恿國君發兵四處征戰，可又有誰，能替這些白白送上性命的百姓們喊冤呢？

過了許久，好不容易撫平情緒的雨桐，緊緊盯著接下來的情節發展。

失去國都的熊橫在莊辛等人的獻策下，一度勇於和秦國對抗，然而野心勃勃的秦國，沒有放棄併吞楚國的企圖，於是幾年後又揮軍南下，直取巫郡和黔中郡兩地。

這時的雨桐，不禁想起在巫山探查軍情的司馬靳，難道，鎮守在巫郡的楚軍沒有任何人發現他們的可疑行跡嗎？

如果當時楚軍能阻止司馬靳，或許，白起就沒有機會拿下這兩處軍事要地，楚國興許還有機會重整軍力，再圖反攻。

回想當初，雨桐開始怪罪自己為何要意氣用事地跳江？那時的她，至少要先弄清楚宋玉娶妻生子的事實，或許是李季的消息有誤，又或許宋玉有什麼難言之隱，她應該要忍住司馬靳的挑唆，等待機會逃回楚國澄清一切才對。

再者，以宋玉的性格，若不是對自己有心，被困在郢都的他又何必託項江一次次送信，保證絕不會背棄自己。若不是被司馬靳抓到秦國，她現在已經在陳城陪著宋玉，與他一起並肩對抗秦國了。

可世間的陰錯陽差，總是這樣折磨著兩個相愛的人，潸然淚下的雨桐悔不當初，只能默禱遠在古代的宋玉，能安然地渡過戰爭，好好活下去。

但就在雨桐懊悔自己任性的同時，四面八方突然傳來淒厲的慘叫聲。受到驚嚇的雨桐定睛一看，劇中的司馬靳，正領著殘暴不仁的秦軍，揮刀砍下投降的趙國四十萬軍士的頭顱。

擅長攻城略地的白起，早已截斷趙軍的糧草，令數十萬趙國軍士斷糧達四十六天之久，飢餓難耐的士兵有的相互殘殺為食，有的餓到無力反擊，任由秦軍將他們亂箭射死。泯滅人性的秦軍，一個個像發了狂的野獸，無情地揮刀舉劍，砍向那些跪地求饒的降兵。

瞬時，鮮紅的血光透過3D效果四濺在周身，令膽小的雨桐遮住雙眼不忍再看，可那殘暴的殺戮聲，如從腦海裡竄出來般不絕於耳。

這時的雨桐才驚覺自己的臉上和手臂，都沾染上點點的溫熱，讓她嚇得從椅子上跳起，急著想拉上冷燕逃離眼前這恐怖的場景。

然而丟掉那副駭人的3D眼鏡，身處暗黑處的她剛一伸手，就感覺掌心黏膩滑手，心中莫名的雨桐低頭，竟看見自己拉著一個身中數箭的士兵。

「救……救我。」

乾涸沙啞的嗓音，讓那張滿是汙血的臉孔更顯嚇人，尖叫出聲的雨桐慌亂地甩開那隻淌滿血的手，踉蹌地向後退了好幾步。

「冷燕！冷燕——」

惶恐至極的雨桐放聲大喊。環顧四周，原本和她坐在一起的冷燕消失了，其他觀眾也都不見人影，只有司馬靳那猙獰的臉孔，和不斷滾落的數十萬顆人頭，不斷朝雨桐的腳邊逼近。

驚慌失措的雨桐一轉身，一群衣衫襤褸、瘦骨嶙峋的古人向她急湧而來。那些人有男有女、有老有少，面黃肌瘦有如難民一般，他們在雨桐身邊不斷推擠，將她遠遠推離戲院那座黑暗的堡壘。

「給一點兒吃的吧！姑娘，行行好，給孩子一口吃的。」

衣著完整的雨桐，在難民堆裡顯得特別突兀，幾個懷抱嬰孩的少婦也不管雨桐的回答，直接就伸長了手往她身上摸。

「不，沒有吃的……我什麼都沒有帶。」

見到難民們沾滿泥水、血汗的雙手瘋狂地伸向自己，嚇極的雨桐，連忙揮掉撲來的幾雙手，但圍繞在身邊的難民太多，她一個人根本抵擋不了。那些難民在雨桐乾淨的身上搜了個遍，才發現她真的什麼都沒有帶。

一個氣急敗壞的婦人，噘起嘴來朝雨桐身上吐了好幾口沫，刻薄地罵道：「沒錢學人裝什麼矜貴，虧妳穿得一身高尚，身上居然連塊餅都沒有，早晚餓死妳。」

原本一襲白淨的上衣和長裙，因為眾人的拉扯而撕破好幾個洞，就連烏黑的長髮也被扯斷了不少。

剛回到現代的雨桐，沒料想會這麼快再次回到古代，以至於一點心理準備也沒有。

雖然，難民的無理行徑讓她既恐慌又害怕，但噙著淚的雨桐心底卻是歡喜的。因為，她知道自己終於又回到了古代，回到可以再見到心愛之人的戰國時代。

「宋玉，等我，這次我絕不會再離開你了，絕不會！」雨桐誓言。

第三十四章

太子質秦

西元前兩百七十七年，熊橫在位二十二年，白起在攻破楚國國都後，再次藉由司馬靳之手，順利拿下楚國祭拜高媒始祖的所在——巫郡，以及銅礦的重要產地——黔中郡，讓原本就疲弱的楚國國力，更加無以為繼。

此時的楚國朝臣各個倉皇失措、束手無策，令尹出使韓國，欲與之聯合出兵攻秦之事才剛談妥，為爭取更多時間讓兩軍將領磨合，莊辛提議讓大王去與秦王議和。

無奈熊橫畏秦，更怕像先懷王那樣一去不復返，但在莊辛和宋玉幾次激勵勸誘之下，熊橫終於振作起精神，決定採納他們的建議，與秦國周旋到底。

郢都既然已經被白起蹂躪殆盡，要想收復重建難上加難，因此熊橫正式遷都陳城，並改名為「陳郢」。

與此同時，熊橫令衛弘率領十萬軍騎，與韓國一起出兵攻打秦國的漢水，秦王嬴稷擔心楚、韓兩國藉由漢水侵入內地，便急著把守在江南的白起大軍給調回北方。

白起原想楚、韓即便聯軍，也不過是自己的手下敗將，根本不足為懼，可秦軍從楚國南方一路趕回北方的漢水已是兵疲馬困，加上秦王覬覦三晉中最為勢弱的韓國已久，韓國大王深恐白起那惡人會屠殺他的百姓，便對攻打漢水一戰不遺餘力。

趙國和魏國見楚、韓聯軍與秦軍激戰許久，絲毫不落下風，於是也聯合起來一齊抗秦，以避免秦軍繼續坐大，威脅到他們的疆域。

宋玉原本只是聯合韓國欲將白起誘出巫郡的調虎離山之計，沒想到居然擴大成三晉一起抗秦，大喜過望的熊橫趁白起轉戰與趙國、魏國、韓國糾纏時，命衛馳把早先被秦國占領的十五個郡都給奪了回來，讓長期委靡的楚軍，一度士氣大振。

擁有數百萬人口的楚國募兵迅速，再加上聲勢浩大的楚軍越戰越勇，熊橫在位二十三年時，衛馳又順利奪回江南的巫郡及黔中二郡。

比起兩年前，被白起打得潰不成軍的楚國，楚國軍士在宋玉機智的謀略和衛馳英勇的領軍下，得以恢復以往的勇猛強悍。他們不畏生死深入敵營，衝鋒陷陣，終於將秦軍徹底驅逐出楚國的邊境。

就這樣打打殺殺過了幾年，楚國雖然還能固守僅有的城池，但貪圖安逸的熊橫，覺得這種日子過得辛苦，也過得膩煩，於是又開始沉迷在奢華淫慾之中。沒多久，伺機而動的秦兵突破楚軍的防線，再次兵臨城下。

有了失去郢都的慘痛教訓，楚國上下對當時的形勢也有了些準備，所以打算使用拖延戰術，派使臣先跟秦國議和。

要說辯才無礙這件事，能言善道的宋玉理應當仁不讓，但熊橫想起多年前的巫姑曾交代，絕不能讓宋玉離開他的話，堅持不讓宋玉出陳郢半步。最後，熊橫聽從莊辛的意見改派黃歇，反正只要說服秦王不打仗，任何條件楚國都可以接受。

果然，遊學各國又博聞善辯的黃歇，直言勸諫秦王嬴稷，認為戰國諸雄中，只有秦國和楚國最為勢均力敵，兩國交惡只會讓韓、趙、魏、齊等國坐收漁翁之利，一點好處都沒有，倒不如化干戈為玉帛，使兩國城池不受他人威脅，對彼此都有利。

黃歇的這番建議，恰巧中了嬴稷的軟肋。

白起長年征戰不僅勞民傷財，也讓秦國的百姓叫苦連天，男子未及弱冠就上了戰場，既無法生養也不能勞動，國家生產力更因此節節衰退。再者，白起雖然戰功頻頻，然而殘忍的暴行，也令嬴稷這位國君遭受其他國家人民的唾罵。

嬴稷想要一統天下，除了軍事武力，也懂得必須籠絡民心。加上朝臣對功高震主的白起早有不滿，排擠白起的臣子更是贊同黃歇的建議，要嬴稷儘早與楚國休兵議和。

於是，經黃歇這麼一說，嬴稷便樂得與楚國和平共處，但唯一的條件，是必須讓楚國的太子——熊完，待在秦國當人質。

熊完自幼性子軟弱，膽小又怕事，要不是凡事有王后嬴樂替他撐著，怕是這個太子之位早被廢了。

然而，熊完是熊橫與王后唯一的嫡子，要讓身分如此尊貴的孩子遠去秦國當人質，實在令熊橫這個當父親的感到相當為難。於是，猶豫不決的熊橫便跑去飛鸞殿找巫玉借酒澆愁。

「大王，太子能為您這個國君和楚國百姓分憂，是太子求之不得的福氣呢。」

為熊橫斟滿酒的巫玉，表裡不一地稱讚太子仁孝。

「但完兒畢竟是楚國未來的儲君，遠離國都不但會與朝臣們疏離，日後，也會難以應付繁雜又陌生的朝政。」

早年曾在齊國當過人質的熊橫，明白那種恥居人下的屈辱，回國後的自己又受到子蘭和貴族們朝政上的脅迫，更不願見到兒子重蹈自己的覆轍。

「大王想多了，秦王不過是畏懼大王的神威，故而讓太子到秦國作客，免得大王一聲令下，又將那些秦軍打得落花流水。若身為儲君的太子，能到秦國彰顯大王的聖明，想必日後，秦王定會好好與楚國相處，不再兵戎相向。」

摸清熊橫性子的巫玉，無不把好話說盡，為的就是將太子熊完困死在秦國。

因為巫玉深知熊橫怕死，更怕秦軍打來後，連陳郢都保不住，所以，要熊橫犧牲一個兒子不難，難的是沒有人慫恿而已。

在聽完巫玉一席話後的熊橫，便下定決心。

「夫人說得有理。完兒若能替寡人阻止秦王，不但於社稷有功，日後，朝臣們也定會更加敬重他這個儲君。」

思及此，熊橫迫不及待招來侍者，「來人，替寡人擬旨，命卜尹算個良辰吉日，好讓太子完啟程前往秦國，為我楚國化干戈，為百姓造福祉。」

「大王聖明，太子聖明。」

勾起脣角的巫玉一笑，將那份得意隱沒在面紗之下。

嬴欒是熊橫初登王位之時，秦國公主嬴瑩陪嫁的媵妾。當時秦王藉兩國聯姻的名義，把她們兩姐妹強嫁過來，實則是要嬴瑩將楚國的軍事機密傳與白起，助秦消滅楚國。可沒想到洩密一事被宋玉和莊辛揭穿，一心為母國效命的嬴瑩被熊橫打入冷宮。

沒多久，得知嬴瑩被幽禁的秦王嬴稷大怒，便指派白起率軍南下攻打楚國。為了安撫秦王，莊辛勸熊橫改立嬴欒為后，而嬴欒為了避免重蹈嬴瑩的覆轍，不但將身邊的秦人全都送回母國，在楚宮也始終深居簡出，安分守己。

當上王后的嬴欒看似位分尊貴，可惜與熊橫的夫妻情分有名無實，沒想到郢都城破，性格溫柔的嬴欒，適時撫慰了逃亡中熊橫擔驚受怕的心，這才給了她懷上子嗣的機會。

嫁到楚國多年的嬴欒，不久後生下一個兒子，取名為「熊完」，欣獲嫡子的熊橫暫時忘卻了國仇家恨，無不認為這是陳城給楚國帶來了新希望，於是立刻封熊完為楚國太子。

然而就在熊完被立為太子沒多久，喜新厭舊的熊橫很快又迷戀上了巫玉。嬴欒知道留不住丈夫的心，心想只要兒子能坐穩太子之位，其他的自己都可以不計較。

誰知，在巫玉枕頭風的慫恿下，為了躲避戰事的熊橫，居然狠心將兒子送去秦國當質子。

想當初為了安然待在楚宮，嬴樂屢次拒絕再當秦王的一枚棋子，如今被母國遺棄的她若將兒子送回去，還不知會受到秦王怎樣的報復？於是可憐的王后嬴樂，帶著惶惶不知所以的年幼太子，在熊橫的寢殿前跪了一日一夜，哭求熊橫絕對不能讓兒子前去秦國送死。

一早走出熊橫寢殿的巫玉紅光滿面，但見脂粉全無的王后，跪到全身顫抖，臉色發青，卻仍不放棄救兒子一命，便冷哼道：「恕妾直言，娘娘您貴為王后，怎能如此不識時務？」

聞言的嬴樂抬頭，用一種睥睨又怨恨的眼光，看著立身在她面前的這個巫女。

自打巫玉入宮後，熊橫便夜夜召巫玉侍寢，不再臨幸其他美人，更遑論嬴樂這個王后。

嬴樂雖然憤恨，但礙於自己是秦國公主的媵妾，本就不討熊橫喜愛，為了保住后位和太子，不得不對這個巫女忍氣吞聲。

如今，巫玉竟藉質秦一事，想要將太子趕出楚宮，嬴樂無論如何也不能讓這個巫女得逞。

高高在上的巫玉，不屑與嬴樂對視，淡道：「大王的聖旨既下，事情就已經沒了轉圜的餘地，就算王后在這裡又哭又跪，也只會讓朝臣埋怨您這一國之后為了私情，不懂得體諒大王和國事的艱難。」

反正除掉王后是早晚的事，勾起脣角的巫玉逕自說道：「況且，秦國是您的母國，太子也算是半個秦人……」

「住口！巫玉，妳居然敢公然詆毀太子，還不知罪？」

嬴樂深知大王畏秦，所以她才斷了一切和母國的聯繫，因此絕不容許巫玉這個巫女，給兒子安插這種大逆不道的叛國罪名。

「詆毀？知罪？」

全然不放在心上的巫玉蔑笑，「待太子去了秦國，妾是不是詆毀了太子，自會見分曉。」低下頭的巫玉，輕聲在嬴樂的耳邊說道：「王后，您就祈禱秦王別對太子太好，否則，屆時大王認不認太子這半個秦人，就難說了。」

巫玉的警告，讓嬴樂早已脆弱的身子為之一顫，當下兩眼一翻，倒了下去。

跪在一旁的太子熊完見母后昏倒，立刻抱著嬴樂放聲大哭，守在殿外的侍者、宮女見狀趕緊奔了過去，將不醒人事的王后和痛哭的太子送回宮。

寢殿外的喧譁，讓正在更衣的熊橫不勝其煩，一旁侍候的司宮見大王面色不善，趕緊召來侍者詢問，這才知，跪在殿外的王后昏倒了。

熊橫和王后畢竟是十幾年的夫妻，即使沒了男女情分，也還有親情，所以沒等司宮稟報，熊橫就提腳趕赴嬴樂居住的鳳儀殿。

被抬回鳳儀殿的嬴樂氣息奄奄，太子完跪在榻前，哭得上氣不接下氣，殿內的侍者、宮女見狀慌成一團，全亂了套。

熊橫前腳剛進，觀紹後腳就到，太子完見父王來了，瞬間止住了哭聲，徒留顫抖的身子，靠在隨侍的侍者上身。

「王后這是怎麼了？」見診脈的觀紹久久不語，熊橫忙問。

「王后應是近日不思飲食，導致體虛暈厥，待臣開幾服藥，讓王后喝下便無礙。」

嬴樂再怎麼不受寵，也是一國之后，觀紹這個上醫自是要好好醫治。只是心病還需心藥醫，太子完眼下都還沒去秦國，王后就病成這樣，若真成行，還不知要苦成什麼樣了。

「那就好。」

鬆了口氣的熊橫抬頭，不忘指著殿內的眾人罵道：「養你們這些是廢物嗎？連王后的飲食都侍候不好，各個都去領二十大板子，教你們以後都長記性。」

聞言的侍者、宮女見大王發怒，無不跪地喊冤，「大王饒命，饒命啊！」

一旁的熊完嚇極，連忙向熊橫拜倒，為這些奴僕討饒。

「父王，如今母后病了，若是這些宮女再受罰，怕是無人照顧母后了，兒臣懇求父王饒了她們，將功贖罪吧！」

熊完說的似有道理。沒想到這孩子才六歲，就已懂得顧全大局，頗為欣慰的熊橫點點頭，伸手招兒子過來。

自小到大，雖然熊完見父王的機會不多，但畢竟是自己的親生父親，如今母后病倒，熊完若不依靠熊橫，又還能去依靠誰呢？

帶著滿滿孺慕之情的熊完，跪行到父王跟前，忍住即將滴下的眼淚，伏在熊橫的腿上哽咽道：「兒臣，願去秦國。」

聞言的熊橫一驚，想不到兒子會說出這樣的話，連忙一把將瘦弱的他扶起，問道：「完兒，此話當真？」

「兒臣身為太子，救楚國百姓是兒臣的責任。」

眨了眨即將滿溢淚水的眼眶，熊完挺直腰杆道：「兒臣絕不讓秦軍鐵騎，再踐踏我楚國河山半步。」

「好好好！好樣的，不愧是我熊橫的兒子，我楚國的太子。」

難得見兒子如此鏗鏘有力的誓言，既感動又安慰的熊橫，熱烈地抱住孩子，拍了又拍。楚國有救了，他這個國君也有救了。

「父王，兒臣還有一事請求。」

熊完知道，父王等的就是自己願意質秦的結果，但熊完還不能安心離去。

「說，你要什麼父王都答應你。」

「母后身子向來虛弱，為了兒臣病得又更加嚴重，兒臣希望父王能代兒臣，好生照顧母后……」

救社稷難，割捨親情更難，此去秦國能不能再見母后一面都未知，再也忍不住悲痛的熊完終於潰堤。

「當然，當然，你的母后就是楚國的王后，父王一定會好生照料，不讓她費半點兒心。」

即便熊橫的保證從來都只是空話，但熊完明白，總比讓母后空守著鳳儀殿，無人聞問的好。於是，抹去淚的熊完退一步，對著熊橫躬身再拜，「兒臣，謝父王。」

雖然熊完自願去秦國為質，但熊橫也擔心，以兒子平日在宮裡養尊處優，凡事都沒主見的個性，如何能應付得了秦國的那些莽夫，怕光是秦宮裡的侍者、宮女，都能把兒子欺凌到死。

為此幾經考量的熊橫，認為還是要尋個得力、能信任的臣子，陪太子一同前去秦國。只是，這殺頭的生意有人做，有去無回的差事卻沒人敢諾，心焦如焚的熊橫在朝中放眼望去，竟找不到一個願意和太子共患難的人。

不得已，熊橫只好找莊辛和景差來商議。

「臣以為，黃左徒既能說服秦王退兵，想來也唯有他，能保太子在秦國無恙。」景差建議。

黃歇出使秦國一次便立下大功，即便要太子質秦的條件引得朝中老臣不滿，但熊橫卻對黃歇巧言如簧的本事讚不絕口。尤其這位新升任的左徒大人，其才華不在宋玉與景差之下，景差更不能任由黃歇在朝堂中，與自己爭長短，當然得利用這個機會，讓黃歇遠離陳郢。

莊辛對黃歇赴秦的看法，雖不若景差這般小人懷揣著自己的心思，卻也贊同景差的意見，於是附議道：「太子完是楚國儲君，非不得已這才涉險，若有機智如黃左徒者，陪太子一同前往秦國，必能力抗秦王，護太子周全。」

熊橫眼見自己信任的兩位愛卿都力薦黃歇與太子同行，身為國君的他，自然樂得將此事做一個了結。於是，待卜尹算出個好日子後，護送熊完出使秦國的軍士隊伍，便浩浩蕩蕩從宮門口出發。

神情肅穆的熊橫帶著王后及後宮姬妾立在殿外，給太子送行。平日尊貴的嬴欒，因連續幾日夜不安枕、食不下嚥，就連厚重的妝容和精美的黃金頭飾，都難掩她的憔悴，這和蒙著面紗，身姿曼妙的巫玉比起來，簡直是雲泥之別。

站在熊橫身後的那些姬妾，即便有些顯得神情凝重，但大多數心中都是暗自欣喜的。

熊完雖為太子，但此去秦國不僅路途遙遠、凶險不斷，就連數年後，能不能安然回到楚國，都是一個問題。王后唯有這一個兒子，若是熊完在秦國有個萬一，那太子之位豈不是就要易主？

育有公子的姬妾，有好幾個因為懷抱著這種惡毒的想法，露出詭異的笑容，但也有些只想在宮裡找個安身立命所在的姬妾，開始為後宮新一輪的腥風血雨，感到惶惶不安。

然而，不論這些姬妾在心裡打的是什麼主意，都不會影響最受熊橫寵愛的巫玉的計畫。

現在的後宮除了巫玉，就算是王后也不能左右熊橫的心意，即便巫玉現在還沒有孩子，不代表以後不會有。所以，巫玉自然不能讓這個難得空出來的太子之位，輕易被人奪去。

與秦國議和的事情告一段落後，楚國終於又偷得幾年的和平，但一直守在陳郢的宋玉，卻在這時萌生了離開新都，遊學各國的想法。

這幾年，宋玉與莊辛將陳郢建設得煥然一新，來往的各國商人齊聚，貿易量也與日俱增，為國家爭取到不少額外的財源。

可是，對照此番立下大功的黃歇，宋玉卻顯得相形見絀。

論口才，黃歇不見得比得過宋玉，而宋玉即使能夠透過莊辛及其門客那裡，得到各國一些細微末節的大小事，但畢竟沒有真正與這些國家的朝臣交流過，分析起他國政事，也總是少了那麼一點自信和堅持。

可是，長年遊歷在外的黃歇，不但熟稔各國的軍事、政治，還對每一國君王、大臣的愛憎好惡、忌憚猜疑瞭若指掌，這種了然於心的自信，是宋玉望塵莫及的。因此，興致勃勃的宋玉立即上書，請求熊橫准他離開楚國一年，以彌補自身在才學上的不足，誰知，旋即遭到熊橫的否決。

有些錯愕的宋玉，不瞭解熊橫為何屢屢阻止他出城，這幾年，宋玉為楚國做的事夠多了，現下沒了秦軍的威脅，此時不走還更待何時？

猜不準熊橫意圖的宋玉無法可想，只好來找莊辛當說客。

「你以為那年郢都城破之日，老夫為何要冒著被秦軍砍頭的危險，去綁走你？就是因為老夫在秦國的門客捎來消息，說秦王耳聞你的才學膽識，也知道是你平定了昭奇禍事，便命白起無論如何都要將你活捉回去。」

莊辛大剌剌地將滿滿的一碗酒喝盡，趁著三分醉意，抖出當年不欲人知的祕辛。

「那又如何？下官一心為楚國，就算被秦王捉了去，也絕不會有二心的啊！」

宋玉心中感到一陣委屈，難道自己的這點忠心，大王都不相信嗎？況且，就算他和莊辛的謀略再怎麼仔細，楚國若是有兵無將，又如何能與秦國的白起相較量，秦王未免也太瞧得起他。

「可是白起那老匹夫陽奉陰違，明的說要活捉，暗地裡，卻使各種詭計要你的項上人頭。」

莊辛回想當年，若不是大王執意保住宋玉，宋玉的人頭，早就被三姓王族拿去獻給白起，哪還有今日？

「不過宋老弟無須掛心，雖然我軍目前無法與秦國相抗衡，但楚國疆域遼闊，任他白起再怎麼能打，天高地遠，軍糧也必定後繼無力。忍得一時風平浪靜，你就是樹大招風，沒事長那麼俊做啥？」

愛開玩笑的莊辛，冷不防地拍了下宋玉的肩膀，害得宋玉吃痛。

「大人說笑了。要說樹大招風，單憑您和黃左徒此番立下的功勞，在楚國可說是無人能及，下官又怎麼敢與之相比。秦王誤信傳言也就罷了，還讓大王白白替下官操這個心，真是罪過。」

宋玉不愛喝酒，僅用脣抿了下杯緣，對莊辛以示敬意。

「那是。秦王若真把你捉去，頂多也只能當個『陪侍』，難不成，要你獻計如何攻楚嗎？現如今，白白把這功勞給了黃歇，也算是老天長眼，沒便宜了你的少年得志。」

自以為如此的莊辛，拿起碗與宋玉的那碗撞了下，又自顧自地喝盡。

宋玉苦笑，若真是少年得志，自己也無須這般辛苦了。

陳郢的冬日較南方來得嚴寒，院子裡紛飛的雪花如絮，落了一地冰冷。受到熊橫嚴重打擊的宋玉輕嘆了口氣，正打算到書房看點書，待走到迴廊下才發現，麗姬房裡的燭光還亮著。

宋玉雖貴為楚國的議政大夫，但從不收賄的他，僅僅靠著那份微薄的俸祿，要養大王送的這座大宅第，還真是不容易。

雖說他和麗姬吃慣了粗茶淡飯，兩個奴婢懂事，小廝們要求也不多，但家裡的幾個侍衛，可是大王從宮裡派來的，總不能委屈了他們。所以，宋玉還得經常拿錢，打賞侍衛們到外頭去吃喝。

麗姬自從生下孩子，經大夫調養個幾年後，身子總算有些好轉，但只要天一冷，她咳嗽、畏寒的老毛病便會再犯，整個冬日總是湯藥不斷。為了養好麗姬的身子，宋玉沒少花錢，但大夫總說這是孕中落下的病根，再也治不好。

宋玉自己酒醉犯的錯，卻要麗姬背負一輩子的病痛，麗姬何罪之有呢？

走到房門口，宋玉見到讓孩兒躺在榻上睡覺的麗姬，在殘弱的燭光下縫補衣裳，她口裡哼著哄孩子睡的曲調，青絲隨歌曲的韻律搖擺，溫馨的慈母天性一覽無遺。

專心縫衣裳的麗姬，只覺得有道影子遮住了月光，抬頭一看，見宋玉站在門前，正無聲無息地盯著自己瞧。

「大人，何事？」

近來，宋玉總會露出一副悵然若失的樣子，讓麗姬十分憂心。

聽到叫喊聲的宋玉回神，略略頓了下，才回道：「大王賞了根山蔘，說要給妳補補身子，回頭叫蘭兒買隻雞回來，燉一燉吃了吧！」

其實，山蔘是熊橫賞給宋玉的，宋玉看著單薄柔弱的麗姬，不知道還能為她做些什麼，至少讓她能吃點東西補補吧。

「大人日夜為國事操勞，更應該補一補。」

「妳也看到了，我近來無事，何來操勞？倒是妳，這麼晚了為何還不睡？」

瞧麗姬那瘦弱的身形，一點兒都不像生過孩子般的珠圓玉潤，宋玉還真是有些替她擔心。

「孩子長得快，我瞧靈兒今天穿的衣服又小了些，想趕緊再做幾件。」

雖然衣服做了一件又一件，彷彿怎麼都跟不上孩子成長的速度，但身為母親的心情卻是喜悅的，暗淡的燭光讓麗姬瞇了瞇眼，又低頭縫了起來。

「孩子長得再快，也不急在這一時。」

宋玉踏進房，有些置氣地將桌案上的燭火拿開了些，夜晚風大，萬一燭臺倒了豈不危險。

宋玉很少在入夜後進房來，可說是幾乎沒有。見宋玉倒了杯熱茶要給她，麗姬忙放下手裡的針線，可她兩手才剛觸及茶杯，一陣冰冷就傳到了宋玉的指尖。

「妳房裡太冷了，為何沒放火盆？」

宋玉轉身，忙將炭火點上，並移到靠近床鋪的位置，而後又幫麗姬和孩子加了條被子，叨唸道：「這兩個奴婢也太偷懶了，連盆火都忘了加。」

「蘭兒要照顧孩子，小翠要忙家務，是我自個兒懶，火熄了，忘記再點上。」

麗姬搓了搓手指，竟是凍到沒知覺，難怪手腳越來越不靈活。

「奴婢不夠就再找，以後這些事都讓丫鬟們去做，妳就別再忙了。」

見麗姬緊握的雙手關節發紫，宋玉不忍，伸手用自己的掌心將對方的雙手包住。

「大人……」

麗姬盈盈情愫禁不住滿溢，打從初夜過後，宋玉就再也沒有和自己如此親密過了，一直都沒有。

掀開被子，宋玉坐在床頭，讓麗姬靠在自己身側，柔聲道：「夜深了，妳睡吧！我把被子暖好了再回去。」

僵直緊繃的身軀，被身旁傳來的溫暖化開，空寂的身心終於得到慰藉，麗姬緊抓著宋玉袖袍的一角，感激得淚如雨下。

也許寂寞等待是值得的；也許身子虛弱是值得的；也許，麗姬注定要用這種方式，才能得到丈夫的同情與憐憫，那麼，體弱又何妨，冷些又何妨呢？
懷抱暖意的麗姬，希望這年冬天的雪都不要停，就這麼，永遠地落下去……。

第三十五章

將錯就錯

因著太子熊完的離開，後宮又開始暗潮洶湧。

巫玉雖然侍候熊橫多年，卻奈何一直未有身孕，那些早年就誕下公子、公主的姬妾，也漸漸不再畏懼巫玉，時而冷言冷語，譏諷巫玉是下不了蛋的母雞。

值得安慰的是，熊橫並沒有因為巫玉不能受孕而嫌棄她，即使初識的激情不再，但熊橫仍常要巫玉侍寢，讓那些久久才得以蒙受君恩的姬妾們，憤憤不已。

即便如此，巫玉並不因此感到滿足，她進宮的目的便是為了成為一國之后，而不是聽命於他人，對別的女子頂禮膜拜的小小姬妾。所以，巫玉只好託人再去找巫姑，希望能得到巫姑的幫助，助自己早日誕下一子。

「巫姑讓人拿了一劑祕方，說是助孕的。」

巫玉最為信任的貼身宮女芸秀，悄悄將藏在袖子裡的布條，轉交給主子。

「義母果真願意助我。」

欣然打開布條的巫玉，盯著上面不甚熟悉的藥名，瞧了又瞧，而後趕緊將布條捲起，遞給芸秀，並仔細叮囑道：「這方子絕不能教宮裡的醫官知道，妳須到宮外配好藥再取來。」

「唯。」

芸秀機伶，自然明白不能讓宮裡的醫官知道玉夫人從巫女那裡求祕方生子，否則肯定會被制止並呈報給大王知曉的。為此，配好的藥除了到宮外抓取之外，還是經芸秀親自煎煮後，才呈給巫玉。

為了早日懷上孩子，深信巫姑會給她希望的巫玉，忍著又澀又苦又令人作嘔的草腥味，整日湯藥不離口。但未經醫官檢閱的祕方，在巫玉不管不顧地狂飲後，竟連月事都不來了。

這讓手足無措的巫玉一下子芳心大亂，一來，熊橫有了年紀，要懷上孩子已經是難上加難；二者，月事不來，巫玉要如何生下得以繼位的太子？

在宮裡急如星火的巫玉，趕緊派人去找巫姑，誰知，木屋裡的巫姑竟然不知去向，讓焦慮不安的巫玉遍尋不著。

「怎麼可能？義母她……她怎麼可能丟下我獨自離去？」

聞言的巫玉緊抓著芸秀的手腕，一臉的難以置信。

「奴婢也不知。」

被抓疼的芸秀也著急，可還是要按下玉夫人的心，「派去的侍者，抓到一名聲稱要找夫人您的童子，夫人何不叫來問問？」

「好，快去叫來。」

終於放開手的巫玉揮袖，催著芸秀將人提來。

芸秀讓童子扮成侍者的模樣帶進宮，年紀尚輕的巫悔一見巫玉，馬上就跪在地上痛哭。

「姐姐，巫姑不要我們了，她拋下我們自個兒走了。」

「悔兒別哭，到底發生了什麼事，快告訴姐姐。」

原來，這名叫巫悔的小童和巫玉一樣，都是巫姑從外頭撿回來的孤兒。巫玉貌美如仙，當下就被巫姑收為義女，並賜名為「玉」，而巫悔年齡最小，就成了隨侍巫姑的小童。

「巫姑說姐姐心軟成不了大事，要讓姐姐吃吃苦頭。」

巫悔邊抹淚邊泣道：「她知道姐姐吃了藥後定會尋她出氣，便早早另覓住處離開，我因為聽到巫姑和她的養子巫奇的對話，這才偷偷溜出來等姐姐。」

驚惶的巫玉強裝冷靜，扶起巫悔問道：「你聽到了什麼？」

「巫姑說，給大王吃的丹藥，根本無法強身健體，而是令女子無法受孕的藥丸，姐姐吃的雖可保住青春，卻從此不能生養，就連後來給的生子祕方，也是用來騙妳的。」

聞言的巫玉雙腿一軟，幾乎跪坐在地上，幸好芸秀及時扶住她。

「當年巫姑送姐姐進宮的目的，不是因為姐姐是一人之下，萬人之上的富貴命，而是要利用姐姐讓大王斷子絕孫，讓楚國絕後的啊！後來因為姐姐遲遲沒有奪去王后之位，又不肯加害大王的公子和公主，巫姑才會大動肝火，假意給姐姐助孕藥方，實則那藥方有毒，根本不能常服。」

原來，巫玉只是一枚被巫姑利用的棋子，她這麼多年的苦心經營，耐心等待，換來的，竟是如此不堪的結果。

眸光渙散的巫玉，雙頰滾下兩行淚。

春秋時期的陳國人與楚國人一樣，都好巫風、喜祭祀，因此，擅長卜卦的巫氏一族，在陳國也受到君臣和百姓極大的愛戴與尊重。

兩百多年前，因為吳王夫差攻打陳國，讓無力反擊的陳緡公求助於鄰近的楚國。當時的楚昭王親自率領大軍，打敗吳國，卻也開始覬覦陳國這個重要的東北要塞。

有鑑於吳國的日益強大，一向畏吳的陳緡公，不得不臣服於吳國的威懾，可卻因此得罪了楚國。新繼任的楚惠王，得知陳緡公非常信任巫覡之術，於是便用重金收買了當時的巫者，並製造謠言，說陳國即將被吳王所滅。

陳國的朝臣在聽到這個消息後，無一不向陳緡公建言，要再次聯合楚國趕走吳國，膽小又沒有主見的陳緡公，果然再次向楚國求救。

計謀奏效的楚惠王，派兵長驅直入陳國國都，當場殺了毫無防備的陳緡公，並滅了陳國。事後，楚惠王還教人散播巫覡造謠的事實，讓國破家亡的陳城百姓到處追殺巫氏一族，喊著要他們償命。

直至許久，隱匿在各處的巫氏一族才又開始在陳城聚集，用占卜重拾百姓們的尊重。

只是，為逃命而四散的他們，再也無法回到往日那輝煌的歲月。

被楚惠王利用的巫氏後人，一直在陳城等待復仇之日的來到，終於，兩百年後，讓巫姑等到了熊橫。一心只想著報復楚國的巫姑，算出熊橫與水神的前世恩怨，於是，利用夢魘讓熊橫求助於她，這才有機會將撿來的巫玉送進宮。

擅長作法的巫姑施下咒術，只要巫玉待在熊橫身邊，水神就無法再入熊橫夢中，並告訴巫玉要陷害王后，剷除熊橫的所有子女，才能儘早登上后位。

可即便巫玉常向熊橫吹枕頭風，但王后賢淑，巫玉根本無從抓到王后嬴樂的錯處，又如何能將嬴樂趕下后位？再加上亟欲求子的巫玉，擔心加害熊橫子嗣會受到神靈懲罰，更不敢有所動作。

巫玉在宮中種種狀似無能的舉動，令精心策劃的巫姑大動肝火。所以，當巫玉為了懷胎再次求助於巫姑時，巫姑便假意給她祕方，還騙巫玉要耐住性子，順應天命，都是為了讓自己有充裕的時間離開住處。

殊不知，從小就被傳言剋死父母，在巫氏一族中嘗盡人情冷暖；進宮後，又要忍受後宮爭鬥的巫玉，將那個祕方視為救命稻草，這才揭露了巫姑的真面目。

悲傷的巫玉此刻腦中快速地飛轉，她必須、必須為自己找到退路才行。若是找宮裡的醫官來把脈醫治，自己不孕的消息肯定馬上就會傳出去，屆時自己不僅會成為整個後宮的笑柄，恐怕，連熊橫都不會再召她侍寢。

思及此，巫玉的雙手不自覺揣緊，在低垂的長睫下，眼神漸漸變得銳利……事到如今，不能生養的巫玉已經沒有退路了，沒有退路了啊！

橫行後宮多年的巫玉，過去的種種作為不僅令那些姬妾恨她入骨，單單蠱惑熊橫讓太子質秦一事，就足以令王后將她生吞活剝。未來沒有子嗣的巫玉將如螻蟻一般，日日受人踐踏、荼毒，除非她願意給熊橫陪葬，否則肯定屍首無存。

但這幾年在熊橫的庇護下，自視甚高的巫玉，早把後宮的各種爭寵和算計都給摸了個半透。在得知自己不能生養後，巫玉決心做一件事，一件須置自己於死地才能後生的事，但在時機到來之前，她還需要耐心等待。

然而巫玉自從得知巫姑的計畫之後，連日來的焦慮和不安，連熊橫都看出詭異，他多次傳醫官為巫玉診治，都被拒於門外，便懷疑起其中的蹊蹺。

為瞞住熊橫及眾人的耳目，巫玉只好先將錯就錯。於是，她找芸秀想辦法要脅一名新升任的趙姓醫官替自己做偽證，佯言自己已有了身孕。

「真的？寡人的玉夫人，真的有喜啦！」

被醫官告知喜訊的熊橫，立刻從朝堂上直奔了過來，眉開眼笑的熊橫，摟著寵幸多年的愛妾，開懷不已。

「趙醫官說，還不到兩個月。」狀似嬌羞的巫玉，軟若無骨地偎進熊橫的懷裡，還不忘對身旁的醫官趙胥使使眼色。

「啟稟……稟大王，玉夫人這是頭胎，又未滿三個月，所以，凡事都得仔細著，免得動了胎氣。」

趙胥抹抹額上不斷流下的汗水，吞吞吐吐地說著，玉夫人交代他要對大王說的話。

「當然、當然，來人啊！賞。」

樂不可支的熊橫，哪裡還有心思去管趙胥的心虛，滿心歡喜的熊橫廣袖一揮，即刻命司宮領趙胥去打賞。

「謝……謝大王！」

渾身是汗的趙胥躬身退下，趕緊跟著司宮逃離現場。

「原來，妳這陣子身子不適，是因為有孕，為何不早點告訴寡人？」

後宮已經好幾年都沒傳過喜訊了，雖然，熊橫自己也經常服食丹藥，但體力卻是每況愈下。巫玉的孩子來得突然，讓經常力不從心的熊橫，瞬時信心大增，他終於又可以有子嗣了。

「妾怎麼敢隨意佯言自己懷有龍裔？若非今日趙醫官好心來為妾把脈，妾還以為是自己胡亂吃藥，把身子給吃壞了。」

音量漸小的巫玉，用餘光瞥向身邊的熊橫，見他猶自沉浸在欣悅與自滿當中，對自己的話全然沒有丁點的懷疑，這才敢放下心中的一塊大石。

「夫人這幾年湯藥不離口，還不都是為了替寡人生下一男半女，妳的這份苦心，寡人全都看在眼裡。」

坐在榻上的熊橫，將巫玉抱在腿上，握著她白嫩的雙手，細細撫著。

雖說熊橫當初讓巫玉進宮，是因為巫姑說，巫玉可以鎮住夢裡的妖物，而事實也果真如此。每每只要巫玉侍寢，熊橫就睡得特別安穩，不再惡夢連連，加上巫玉又與宋玉長得相似，多少能撫慰熊橫無法親近宋玉的缺憾。

「只可惜，楚國這幾年遭逢多事之秋，寡人牽掛朝政，自是難以顧及後宮姬妾。但此番才剛與秦國議和，夫人就有喜，可見楚國要轉危為安，天下太平了。」

在巫玉面前，熊橫總不忘將自己塑造成一個愛國親民的好國君，因為巫玉懂得奉承熊橫，不會像那些朝臣，總是拂他的臉面。

「方才趙醫官說，妾的左脈穩健有力，是懷龍子的陽脈，如今又蒙大王金口玉言，那這孩子豈不成了庇佑楚國的福星？」

巫玉自是不能放棄抬高腹中骨肉身價的機會，即使她現在肚子裡是空的，但不代表八個月後，自己不能無中生有，弄出個兒子來。

「那是，那是。」

熊横伸手摸了摸巫玉平坦的肚腹，揚聲道：「寡人這麼多年才又生出一個兒子，肯定是楚國先祖，要庇佑我國運昌盛啊！哈哈哈！」

這一男一女，各自解讀一個虛假的謊言，但現在的巫玉已經管不了那麼多，她得趕緊想辦法，圓下這個謊才行。

司宮一路上帶著趙胥去領賞，但見大冷的天，那趙醫官還像身處炎炎夏日般冒著汗，熱氣騰騰。閱人無數的司宮，直覺這個人的心裡有鬼，當下卻也沒敢多問。就算司宮平日裡，對著那些宮女和侍者頤指氣使，但在得寵的玉夫人面前，他不過就是個小小奴才，又如何敢得罪那個「疑似有喜」的娘娘。

想到這裡，司宮這老人家直嘆了口氣，其實他心裡，是有幾分同情玉夫人的。先別說玉夫人的出身本就不矜貴，進宮多年又一直無所出，現下連唯一的娘家人都不知去向，難怪抑鬱多時的她，連大王派來的醫官都不願意見。

不若其他仗著娘家勢力在宮中立足的美人、娘娘，這些年要不是仗著大王的寵愛，玉夫人哪能在這舊去新來不斷的楚宮當中，横行這麼多年？但那些嫉妒玉夫人，恨不能把她拆食入腹的美人娘娘們，無不等著有朝一日，玉夫人會因人老珠黃而被大王遺棄。

宮中歷代的規矩，大王一旦賓天，那些無所出的娘娘，就會被趕出宮去，下場雖然不怎麼好，但至少可以保住一條命。可是以大王疼愛玉夫人的程度，怎麼可能放她一個人獨活，肯定會要玉夫人一起陪葬。難怪，玉夫人要想盡辦法生孩子，因為，那才是她唯一的活路啊！

司宮雖然不知道，玉夫人和這位趙醫官在搞什麼鬼，但在證據不足的情況下，司宮還是睜一隻眼，閉一隻眼的好。

然而，那個趙胥才戰戰兢兢地領了大王的賞，人都還沒來得及出宮門，就被一名宮女給攔了下來。

「大人。」

清脆的嗓音裡帶著幾分強勢，趙胥一聽這聲音，腿就軟了一半。

「是……是是。」

即使站在他面前的不過是個位階低下的宮女，趙胥也不敢有絲毫怠慢，誰叫她是玉夫人身邊，最受信任的貼身宮女芸秀。

「夫人說，這些是額外給大人的。」

芸秀見四下無人，才將懷裡的錦袋迅速拿了出來。

「臣不……不敢。」

兩手發抖的趙胥不敢拿，額上的汗流得更凶了，就連後背也溼了一大片。

「要你拿你就拿，囉嗦什麼？」

芸秀不耐煩地將錦袋放在趙胥手上，沉甸甸的，應該有不少餅金。

壓低聲響的芸秀繼續說道：「這只是前金，待八個月後，夫人還會有更豐厚的謝禮贈予大人，屆時，大人可別忘了幫夫人物色好，剛出生的男孩兒。」

「男……男孩兒？」

一臉錯愕的趙胥瞪大著眼，大惑不解地看向芸秀，記得玉夫人只有要他在大王面前，假稱玉夫人有孕，從未說過要找什麼男孩兒啊！

「就是未來的太子殿下。」

芸秀和悅地看著趙胥，一字一句、仔仔細細叮囑著：「現下的太子困在秦國回不來，王后年老，自然無法再生養出兒子，後宮的那些娘娘都不及我家夫人受寵，夫人若生下兒子，必然會被大王加封為太子。」

芸秀高傲地抬起頭，因著主子得勢，讓這些低下的奴婢，也跟著目中無人。

「下……下官不能這麼做。」

趙胥想都沒想，斷然拒絕。欺君可是抄家滅族的大罪，趙胥沒料想，玉夫人竟然膽大至此，連龍裔都敢動手腳。

亟欲離去的趙胥，憤而將手中的餅金丟還給芸秀，轉身就要走。

「不能做也得做！」

芸秀在趙胥身後喝斥道：「不要忘了，你全家十幾口人的性命，還在夫人手中。」

聞言的趙胥一怔，兩行男子淚溼了前襟。

芸秀見堂堂醫官也不過如此，不齒地白了趙胥一眼，媚眼笑道：「夫人聽說，大人的娘子好似也剛有孕，她若是有福氣，生下個兒子，興許，你日後還能當上楚國的令尹大人呢！」

既然趙胥不敢收餅金，那芸秀也不客氣地將錦袋收回懷裡，反正收賄一事趙胥必定不敢張揚，芸秀樂得多賺筆意外之財。只是可憐那被綁上賊船的趙胥，已經一步步陷入巫玉設的圈套之中，無法脫身了。

令尹大人！趙胥就算有十個腦袋也不敢妄想，可他的妻子若真生下了兒子，如何能逃過巫玉那個惡女人的耳目？

想他趙胥入朝為官，一心只想讓自己所學，受到大王的賞識與重用，雖然入宮多年都沒能見上大王一面，但能照顧後宮娘娘、王子和公主們的健康，趙胥亦覺得滿足。沒料想，心思單純的趙胥，竟然會被巫玉給相中，讓他淪為欺君罔上，擾亂皇室血脈的共犯。

此時的趙胥，只恨自己沒有一個顯赫的家世當靠山，才使得一家十幾口人，輕易得被巫玉給擄獲。可是，現在的趙胥已經是騎虎難下了，無論揭不揭發巫玉的惡行，他都只有死路一條。

「老天啊！這就是你懲罰好人的方式嗎？」

滿腔怒火的趙胥淚如雨下，可又心酸自己的莫可奈何。

就在趙胥痛恨自己的無用時，當下一股惡念竄起，雙手緊握的他昂首，朝家裡快步而去。

在順利瞞過熊橫後，假孕的巫玉，終於又得以在後宮呼風喚雨，可她沒忘記巫姑在自己身上種的因，如今，巫玉就要把這個果，再還給那個陰險老婦。於是，巫玉讓巫悔到陳郢，散播自己懷有龍嗣的消息，並以巫氏一族的預言宣稱，熊橫會廢除嬴樂那個王后，改立巫玉為新后。

此話一出，崇巫拜覡的陳郢百姓無不信以為真，將此謠言瘋傳開來。

「夫人果然神算，現在的都城百姓，都盼著大王趕緊立夫人為后，相信民意很快便會上達天聽。」

跟了巫玉這麼多年，芸秀終也等到主子出頭的一日。

「民意？」不以為然的巫玉冷哼一聲。

「大王要是真的聽從民意，就不會流放屈左徒，以至於丟了郢都，逃到陳郢來了。」

巫玉挑了支紅玉簪花，在滿是珠翠的髮髻上，比了又比，卻總找不到一個合適的位置插上。

巫玉雖然不干預朝政，但每每熊橫在朝堂受了氣，就到她這裡來撒潑，巫玉聽多了自然懂得幾分。

「可夫人不就是為了讓大王廢后，才讓巫悔去……」

就擔心隔牆有耳，芸秀不免遲疑地看向左右。

「大王廢不廢后都不要緊，可巫姑的這筆帳，我不討回來誓不為人。」

憤怒至極的巫玉用力丟下手上的簪花，上頭鑲嵌的紅玉撞擊地面，頓時碎成兩半。

「夫人息怒，千萬保重玉體。」

芸秀連忙撿起簪花，並將碎掉的紅玉用帕子包起來。

「只有巫姑死了，才能消我的心頭之恨。」

咬牙的巫玉深吸口氣後，又恢復往常慵懶的神色，緩緩道：「讓妳準備的東西，都備好了嗎？」

「都備好了，夫人。」

巫玉瞬間就變臉的本事，在外頭蒙著面紗自然看不出來，但日日貼身侍候的芸秀最是清楚，也就見怪不怪了。

「那便好。現下，就只等巫姑自個兒撞上來受死了。」

因為趙胥的囑咐，熊橫就算要巫玉侍寢，也不敢碰她半分，再加上熊橫自恃身子好轉，又命人新納了更多年輕貌美的女子進宮，自然無暇再寵幸巫玉。所以，巫玉假孕之事，一直未被揭發。

漫長的冬日過去了，初夏的暖風，讓整座宮殿變得又悶又熱，巫玉的腹肚，因為長期塞著棉襖，無法透氣而起了許多小疹子，紅癢難耐。

假裝有孕的巫玉，整日悶在自己的寢宮裡，連門都不敢出，心情鬱悶至極。又聽宮女們說，大王今日寵幸這個美人兒、明日又宿在那個娘娘那裡，氣更是不打一處來。

「這都什麼時節了，還給我這麼燙的茶水，是想作死嗎？」怒氣沖沖的巫玉雲袖一揮，將桌案上的茶杯掃碎一地。

「夫人恕罪！夫人恕罪！」

嚇極的小宮女，跪在地上對著巫玉猛磕頭，就怕夫人又要罰她挨板子。

「臭丫頭，妳服侍我這麼久了，連我想喝什麼、不想喝什麼都弄不清楚，我還留妳何用？來人啊！」

氣頭上的巫玉，正打算找人修理這丫頭，但見芸秀匆匆跑了進來，對著巫玉附耳悄悄說了句話。

「妳，妳……我平日待妳不薄，妳就是這樣忤逆我的嗎？」

下一刻，猛然起身的巫玉突然語氣一轉，手指著地上犯錯的奴婢，抖個不停。

猶自跪著的小宮女見狀，嚇得眼淚直流，不知道自己犯了什麼錯，竟惹得夫人如此生氣。

「啊！肚子……我的肚子！」

滿臉漲紅的巫玉慘叫一聲，瞬時癱倒在芸秀的身上，捧腹直喊肚子疼。

「夫人要生了，快！快傳趙醫官和穩婆。」

扶著巫玉的芸秀立刻大喊出聲，滿屋子的侍者和宮女頓時慌了手腳，夫人還未足月，怎麼說生就生了呢？

第三十六章

狗急跳牆

趙胥帶著穩婆趕到巫玉的寢殿時，巫玉已經移到內室準備生產，本來還在與莊辛、宋玉等人議事的熊橫聞訊，飛也似的趕了過來，焦急的他守在殿門前，不斷踱步。

「兒子、兒子，巫玉，妳若能為寡人生下一個兒子，寡人什麼都給妳，什麼都給妳。」興奮異常的熊橫，已經歡喜得語無倫次，忘了君無戲言這個道理。

幸好熊橫說的這些話，只有一旁的司宮聽到，而司宮是絕不會把大王的這種囈語，當一回事的。

「大……大王，啊——」

隔著殿門，巫玉在內室裡喊得淒慘又響亮，就怕熊橫不知道她的辛苦。但其實，是因為趙胥的夫人昨晚剛生，而且真是個兒子，所以，巫玉才不得不假裝早產。

當穩婆把藏在布巾裡的孩子，抱來給巫玉看時，那紅潤的臉龐，微翹的小嘴，吸吮著白胖胖的小指頭，立即讓渴望有孩子的巫玉，雙眸生光。

「好俊的孩子。」

雖然趙胥長得一副忠厚老實樣，但他的孩子卻十分俊俏，讓巫玉越瞧越歡喜。

「夫人是頭胎，沒有那麼快順產，還請夫人您再多喊幾聲。」

趙胥特別交代穩婆，要玉夫人喊得久一點，才裝得像，所以立在一旁的穩婆，不忘提醒。

那是。太容易得到的東西，男子永遠都不懂得珍惜，在後宮多年的巫玉，又怎麼會不明白這個道理？於是，嫣然一笑的巫玉，又開始有一聲、沒一聲地尖喊著。

「怎麼回事？都快一個時辰了，孩子還生不出來。」

在殿外的熊横等得不耐煩，便要裡頭的趙胥出來回話。

意外冷靜的趙胥，躬身回道：「玉夫人體弱，又是這個年紀才有了頭胎，本就不容易生，臣現在就給夫人催產，還請大王再等等。」

心急如焚的熊横揮袖，直催，「快去、快去！」

司宮見大王站了好一會兒，額上正冒著汗，便遣人去準備涼茶、扇子，好讓大王解熱。

趙胥進屋後，又過了半個時辰，終於傳來巫玉的一聲淒厲慘叫……。

「怎麼、怎麼了？發生什麼事了？」心神才剛穩住的熊横，聽聞這一聲慘叫近乎整個人都跳了起來，直催司宮進屋裡去看。

誰知司宮才剛到殿門口，裡頭的趙胥便開門走了出來，懷裡還抱著一個嬰孩。

「大人？」司宮見趙胥面色不善，有些猶疑地走向前。

雙目赤紅的趙胥，抖著關節泛白的手，將裹住孩子的錦布攤開，露出嬰孩巴掌大的小臉蛋。

「這……這是？」

只瞧了一眼的司宮大駭，連退了兩步，正要回頭稟報大王時，熊橫已經三步併作兩步走來。

「究竟是男、是女，快說！」

情急的熊橫推開司宮，一把將趙胥懷裡的孩子給搶了過來，可那孩子面色紫黑，早已經斷了氣。

「怎麼會這樣？怎麼會這樣！」

難以置信的熊橫大吼，怒目而視地將那個死胎，丟還給趙胥。

「是個小公子。可夫人的氣力不足，即使臣給了催產的湯藥，夫人仍無法即時生下公子，公子他……給悶死在夫人的肚子裡了。」

涕淚縱橫的趙胥，抱著自己枉死的孩子，跪在熊橫面前激動抽泣，「臣無能，無法救公子，請大王賜臣死罪。」

「你……你是該死，寡人好不容易盼來這孩子，而你……你居然！」

咬牙切齒的熊橫大怒，一腳踢開跪在地上的趙胥，「來人啊！把這個無用的庸醫和穩婆，通通押入大牢，擇日問斬。」

守在殿外的御衛聽旨，將倒地不起的趙胥給拉了下去，另外兩個御衛則闖進殿裡抓穩婆。

「孩子，是為父無能，需犧牲你來救全家。孩子，不用怕，為父很快就來陪你了，很快。」

苦笑的趙胥，喃喃地將這些話說給自己，也說給他那個可憐才剛出世就枉死的孩子聽，九泉之下，他和孩子一起作伴，誰也不會孤單。

依據宮裡的規矩，產房裡的血腥氣重，身為一國之君的熊橫，是不宜直接到產房探視的。所以，叫到口乾舌燥的巫玉，非常安心且悠然地躺在榻上，喝著芸秀剛泡好的菊花茶，滿心歡愉地等著大王的賞賜。

什麼奇珍異寶、珍珠玉飾，她宮裡都已經多不勝數，巫玉想要的，當然不只有這些。可巫玉不能急，太子完還沒死，王后也仍健在，巫玉還得花更多心力，籠絡更多有力的朝臣為她效命。

趙胥不過是個開始，入宮多年的巫玉，終於明白怎麼用權勢去駕馭他人。

然而等了許久，巫玉都不見司宮進來宣旨，但聽得外頭瞎嚷成一片，不知道在吵些什麼。狐疑的巫玉忙叫芸秀出去看看，誰知不一會兒，芸秀便慘白著一張臉，跑了進來。

「夫人，不好了！」

慌了手腳的芸秀，不知道該從何說起，站在榻邊的她絞著十指，跺著腳，一句話都說不出來。

「出了什麼事？」直覺不對勁的巫玉挺直身子，等著芸秀的解釋。

「公子……小公子，死了。」

顫抖著雙唇的芸秀話才剛落下，殿外的御衛就直闖了進來，將站在一旁，完全狀況外的穩婆給抓了起來。

「救命啊！夫人，救我！」

穩婆一聽抱來的孩子死了，自己又被抓個正著，以為是欺君的事跡敗露，大王要判她死罪了。

御衛沒等巫玉發話，當場硬是把穩婆給拖走，巫玉還想著方才白白胖胖的孩子，怎麼說沒就沒了？

孩子是巫玉唯一的希望，唯一的活路啊！怎麼可以死？絕不可以！

激動非常的巫玉掀開被，正打算衝到殿外看個清楚，卻被剛踏進門的司宮橫身給擋下。

「玉夫人，大王有旨，夫人身子不適，應留在殿裡安心靜養，不要到處走動的好。」

宣完旨的司宮一抬頭，乍見巫玉的真面容後怔了怔，心下便明白這麼多年來，巫玉為何始終要蒙著面紗，又為何能獨寵聖心了。

見巫玉茫然不知所以，司宮當下朝身後一招手，命殿外的御衛全都進來。

「將殿裡服侍玉夫人的侍者、宮女全都押下去逐一審問，務必將事情查個水落石出。」

聽服侍在大王身邊的司宮這麼一發話，整個飛鸞殿裡，馬上就響起了一陣失措的尖叫聲，連巫玉的貼身宮女芸秀，也一起被抓了起來。

「公公，這是為何？」

才剛被孩子死了的事攪亂了頭緒，現下司宮又來這麼一鬧，巫玉擔心假孕的事已經被大王揭穿，一顆心提到嗓子眼。

「老奴方才說了，大王下旨讓夫人靜養，老奴怕人多口雜，便將這些奴僕都打發走，免得擾了夫人清靜。」

司宮見巫玉面色鐵青，渾身顫抖，卻全然不像個剛生產完的虛弱之人，不禁嘆了口氣。

「夫人侍候大王多年，大王就算不念及往日情分，多少也能體諒夫人的苦心，夫人就安心在這裡待些時日，等候大王發落吧！」

司宮一語道盡，略略向巫玉躬了身後，揮手帶著若干人等，全都消失在殿外。

偌大的宮殿，一下子沒了半個人影，渾身疲軟的巫玉跪坐在榻前，思前想後，怎麼也不能相信這個事實。

自以為萬無一失的巫玉，怎知把狗逼急了也會跳牆，那個一直受她擺布的趙胥，竟會在最後一刻背叛了她。

食君俸祿的趙胥，早就已經打定了主意，無論他的妻子生的是男還是女，都要在巫玉假裝生產結束之時，把孩子弄死在大王面前。如此一來，盛怒的大王即便會將自己處死，但沒有孩子的巫玉，陰謀也就無法得逞，而且，極可能會因此失去大王的寵愛。

只要他不主動揭露巫玉假孕的事實，就不算欺君，且至少，還能保住妻兒和全家人的性命。所以，趙胥先讓穩婆抱著健康的孩子，給巫玉確認無誤後，再趁著將孩子抱出去給大王看時，忍住淚，狠心地摀住孩子的口鼻，硬是讓自己的親生骨肉在懷裡斷了氣，才走出來。

只是千算萬算，趙胥卻沒算到那作賊心虛的穩婆，一被御衛拿下後，便跪在地上求熊横饒命，還把巫玉要脅她將趙胥的孩子抱來偷換的事，全都說了出來。

滿心期盼再得一子的熊横，剛沒了孩子，又聽聞那孩子是從宮外抱來的雜種，根本不是自己的親生子，當下被欺騙、被利用，從天上跌落谷底的心情，令他這個一國之君怒不可遏。

於是，熊横命司宮著手處裡巫玉的所有事後，連聽聽寵妾辯解的耐心都沒有，直接擺駕回宮。

巫玉假孕生子的醜事，在楚宮裡傳得沸沸揚揚。

那些被抓走的宮女、侍者，在主管刑獄司敗的嚴刑逼供下，把巫玉平日如何欺凌後宮姬妾，如何責打宮女致死，如何利用巫覡的預言挑撥百姓廢后一事，全都招了出來。甚至添油加醋，造假巫玉設計陷害年幼的公子、公主，以報平日巫玉欺壓奴僕的惡行。

更令人震驚的是，巫玉還曾讓巫姑，派人企圖暗殺宋玉好幾次。只是，宋玉經常搭莊辛的馬車回府，再加上，熊橫也有人手保護宋玉的安全，以至於巫姑屢屢沒有得逞。

一時間，整個後宮因為巫玉被軟禁一事，上至夫人、命婦，下至宮女、御衛，無不落井下石，拍手叫好。長期被巫玉無視的王后，更因此放寬了心，不再害怕巫玉的孩子，會奪走她兒子的太子之位。

然而，巫玉暗殺宋玉一事，卻讓狀況外的朝臣吵翻了天，大家紛紛猜測，定是宋玉私自進宮那次惹惱了玉夫人才會惹禍上身。只是，司宮對外宣稱是大王要宋玉進宮議事，這又與後宮的玉夫人有何干係？

眾人的諸多揣測令宋玉感到莫名，但巫玉的罪行既然已經揭露，宋玉又安然無恙，也就無須再去追根究底了。

情緒低落的熊橫，一直躲在自己的寢宮裡借酒澆愁，整日渾渾噩噩，要不就是坐著發呆，連早朝都上不了。

巫玉雖然犯下欺君大罪，但畢竟是宮裡王家的醜事，因此在熊橫未發話之前，朝臣沒人敢對這件事多說一句話。只是巫玉勾結外戚，暗殺朝臣，如此重大的罪行，可不是熊橫一句話就能擋得了的。

掌管刑獄的司敗，知道大王對玉夫人的寵愛非比尋常，過往每每有人舉發玉夫人的不是，大王經常是一笑置之，要不就是用罰俸祿這種無關痛癢的方式以示懲戒，才會導致玉夫人越發無法無天。

如今，玉夫人不僅闖下誅九族的欺君之罪，甚至，還派人暗殺大王最信任的宋大人，大王若還要對玉夫人加以偏袒縱容，日後，要如何約束眾多的後宮姬妾，如何確保龍嗣的純正呢？

熊橫當然明白巫玉不能輕饒，而且非死不可，但熊橫掙扎的不是巫玉的生死，而是沒有了巫玉，誰來鎮住他夢裡的妖物？

雖然，熊橫從宋玉那裡得知，那妖物就是秦國的白起，但巫姑曾說，白起是他前世的仇家，能避則避。況且，楚國目前根本無人可與白起抗衡，要殺白起談何容易？

再者，巫玉進宮的這幾年，熊橫確實從她身上，得到未曾有過的滿足，每當熊橫想念宋玉時，只要看著巫玉那張相似的臉，就能得到無比的慰藉。所以，熊橫更擔心巫玉一死，自己又要像以前一樣，朝思暮想地過日子，他不想、也不願意。

可日子一天天過去，朝臣可以不干涉後宮之事，但王后和那些等著巫玉死的姬妾們，卻不會坐視不理。熊橫被後宮的眾美人吵得實在別無他法，只好問問司宮的意思。

然而司宮這個閹人，不過是服侍熊橫的時日久了些，比起那些年輕易惹禍的渾小子，更懂得逢迎拍馬，揣測君王的心意而已。但現如今，被堂堂的一國之君，問他的家務事該怎麼辦，還真是令司宮這個老人家，有點受寵若驚。

「依老奴看，大王還是親自去問問玉夫人吧！」

想那巫玉再怎麼仗勢欺人，這幾年對司宮始終都是客客氣氣，沒給過他臉色看。

雖然，巫玉面紗下的真容，確實令司宮震驚許久，難怪大王會為她神魂顛倒，時時刻刻都離不開。既然如此，司宮何不做一次好人，給巫玉一次辯駁的機會，倘若能說動大王饒她不死，也算是巫玉的造化。

矛盾不已的熊橫，依司宮之言來到巫玉的殿前，猶豫了許久才推門進去。

但見偌大的宮殿，不見昔日的歌舞歡騰、奢華熱鬧，徒剩殘敗的燭光在風中閃爍，搖搖欲墜。殿裡深處坐著一孤單人影，正若有所思地仰著頭，望向遠方。

剛知道巫玉假孕時的盛怒，早已經消逝無蹤，熊橫朝那抹熟悉多年的身影，低喊了一聲：「夫人。」

緩緩回首，以往巫玉最喜歡配戴的那些華麗首飾，早已不復見，黑緞似的青絲僅用一隻碧玉簪子挽住，仙人般的面容變得憔悴又消瘦，就連黑白分明的雙眸，也不再閃耀光芒。

表情空洞的巫玉，漠然地看著眼前盛裝的王者，沒有起身跪拜，更沒有哭求饒命，那一身的白衣素淨，在晦暗的宮殿裡更顯超脫，就如熊橫初見她時一樣。

「寡人，來看妳了。」

見狀的熊橫心中一痛，又往前走了幾步。

「大王是來見妾，最後一面的嗎？」

細軟的語調依然那樣溫柔，然而熊橫感覺不到以往的熱度，反而有幾分寒冷。

「寡人想聽聽妳的說法。」

一如司宮所言，熊橫該給巫玉一次辯駁的機會，興許，事情還有轉圜的餘地。

「那大王，就沒什麼要跟妾說的嗎？」

巫玉站起身，拿掉面紗的她即使清瘦，但在大紅羅帳的照映下，更添了幾分嬌柔與嫵媚。

熊橫被問得一愣，不明白巫玉說這句話的意思。

「當年巫姑將妾獻給大王，說是能鎮住大王夢裡的妖物，不讓那妖物擾大王清夢，但其實是巫姑作法，讓大王惡夢連連……」

見聞言的熊橫不可思議地瞪視著自己，巫玉竟有些同情起，這個被愚弄的國君。

「妾根本不是巫姑的女兒，她讓妾進宮的目的，是為了取代王后，成為後宮之主，但妾更希望自己有一個兒子，能繼承王位，成為楚國國君。」

巫玉想起穩婆抱來的那個孩子，俊俏的模樣多討人喜歡，如果自己也能生下一個孩子，肯定會更好看。

「沒想到巫姑卻害得我，從此不能懷孩子。」

瘦弱的雙肩禁不住顫抖，讓巫玉忍不住伸手懷抱，好給自己一點溫暖，可又悔又恨的她仍抹掉淚，故作堅強。

「妳侍候寡人多年都沒有孩子，寡人何曾嫌棄過？妳為何要使出如此下作的手段，讓自己陷於萬劫不復？」

其實，有沒有孩子熊橫都不打緊，就算巫玉是巫姑送來禍亂後宮也沒關係，反正王后和太子都沒事，熊橫只要巫玉能陪在自己身邊就好。

巫玉千不該、萬不該找人對宋玉下手，那是熊橫的致命傷，絕對無法容忍的事。

「大王愛妾嗎？」

回身的巫玉抬頭，凝著一對肅冷的眸子，與熊橫對視，像要把他穿透，「倘若不是因著這張臉，大王會愛我嗎？」

聞言的熊橫一怔，過了許久，才在巫玉的逼視下，木訥回道：「夫……夫人何出此言？」

「妾自認貌美如仙，入宮當盛寵不斷，因此妾一心向著大王，期盼與大王長相廝守、白頭偕老。」

巫玉深吸口氣，她看著熊橫的眸光，變得深邃。

「可妾不想，這天地間，竟然還有跟妾長得一模一樣的男子。」

見呀然的熊橫，心虛地避開自己的直視，巫玉更加確定自己心中所想，不禁淒楚一笑。

「這麼多年了，後宮嘲笑妾醜陋的謠言未曾止息，可大王從不讓妾拿下面紗，澄清謠言，不就是怕被人發現，我與他的相貌相同嗎？大王每每與妾歡好，口中喊的不是玉，就是愛卿，何曾喊過夫人我？」

隱忍多年的屈辱，巫玉終於能在此刻一吐為快，可面對熊橫的不言不語、不辯不駁，深惡痛絕的巫玉更感到悲憤。

「大王不替自己辯駁？不替自己開脫嗎？」

咄咄逼人的巫玉揚聲，直讓垂首的熊橫連退兩步。

「寡……寡人……」

被巫玉一語道破的熊橫無處可躲，原來她什麼都知道，知道得一清二楚。可巫玉怎麼會明白他對宋玉的心意，怎麼會明白宋玉在他的心中，就是個完美無瑕的神人，那是一種精神上的嚮往，一種可望不可及的戀慕啊！

無論熊橫在夜裡占有巫玉多少次，如何在巫玉身上發洩自己永無止境的慾望，熊橫都覺得不夠。宋玉就像在熊横的心裡刨了個洞，讓他越陷越深、越陷越深，終至沉溺在宋玉的那口深潭裡，無法自拔。

「即便如此，寡人對妳的心意，也不會有所改變。」

終於默認的熊横低喊，他的確對巫玉有愧，但並不表示願意承認自己有錯。

「寡人可以讓司敗宣稱是趙胥醫術不精，穩婆失手才導致孩子悶死，還可以命人把巫姑找出來，說暗殺一事都是巫姑主使的。寡人會將宮中那些不利妳的傳言，全都封鎖起來，不讓他們再議論妳一個字。」

熊横極力為寵妾開脫：「巫玉，寡人是真心希望妳留在寡人身邊，真心的。」

「真心？」

覺得這兩個字分外刺耳的巫玉，仰頭笑了起來，笑得淒美，笑得動人，卻也笑得斷人心腸，「大王的真心是因為巫玉這個人，還是因為這張臉？如果沒有了這張臉，大王依然要巫玉，那巫玉就相信大王的真心。」

就在熊横還來不及弄清楚巫玉話裡的意思時，狠心決然的巫玉，已經拔下髮上的玉簪，用力朝自己的臉劃下。

見狀的熊横亟欲阻止，可剛要搶下巫玉手中的玉簪時，才發現一道恐怖的血痕，已經將那張仙人般的面容，撕成兩半。

「大膽!妳……妳竟然敢!」

熊橫心目中的巫玉,向來都是善解人意、溫柔婉約的,她怎麼能如此殘忍地,毀掉那張完美無缺的臉?

熊橫指著巫玉癱軟倒下的身子,氣得全身發抖。

巫玉見昔日與之纏綿床榻的君王,對自己的任性只是一昧的惱怒,卻無半分憐惜,當下淚如泉湧。

「巫玉就算是死,也不願當他人的替身,大王既然要保住自己和他的名聲,巫玉自當成全。」

語畢,巫玉再次拿起簪子,而這回刺的不是臉,是致命的胸口。

「不——」

嚇極的熊橫快步向前,並奪下巫玉手中的簪子,可傷口刺得太深,鮮紅的血液直從那一身的白衣裡,透了出來。

「醫官,來人啊,快,快傳醫官!」

熊橫顫抖著雙手,不知道該如何是好,只能抱著倒地的巫玉,朝著殿外大喊。

癱倒在熊橫懷裡的巫玉,終於有了一種復仇的快感。

她再次看向這間住了多年,金碧輝煌,讓自己曾有過無限憧憬的宮殿,這才瞭解,所有的愛恨情仇、富貴榮華，不過都是過眼雲煙。

胸口尖銳的刺痛感漸漸消失，體內溫熱的流逝，竟讓巫玉原本緊繃的身子，感到一陣輕盈與放鬆。

巫玉將變得幽暗的眸光，移向生命中唯一的男子，艱難地吐出，埋藏在心底已久的話：「妾……生不能，得到大王的心，死了也……也要讓大王……永記不忘。」

雖然身為一國之君，殺伐決斷從不是熊橫介懷的事，但眼見侍候自己多年的寵妾，用如此激烈的手段示愛，還是讓熊橫覺得於心不忍。

「巫玉，妳這是何必。」

低沉的嗓音裡隱隱透著哽咽，熊橫竟為即將殞落的寵妾，流下兩滴男兒淚。

熊橫憶起了初見巫姑之時，曾要巫姑幫宋玉避開夢裡的死劫，巫姑雖然沒有應允，但也沒有拒絕，不想，最後竟是巫玉為自己的宋愛卿，化解了劫難。

熊橫眼裡的不捨，讓意識漸失的巫玉勾起脣角，淡淡一笑，她終於用死，打動了這個無視女子情意的男子，終於……。

依偎在熊橫的懷裡，巫玉聆聽他因激動而劇烈振動的心跳，慢慢闔起的眼角，流下兩行最後的遺憾。

思緒飄渺的她，希望來生再也不要進宮，當什麼高高在上的夫人、王后，就算自己醜若無鹽，只要能和一個自己愛，也愛自己的男子相守一生，恩愛永遠，便不枉此生了。

巫玉死後，滿懷愧疚的熊橫，本欲追封她為王后，但眾朝臣皆以玉夫人利用假孕爭寵，暗殺朝廷重臣等重大罪責進而勸阻。最後在熊橫的堅持下，巫玉以王后之禮下葬，也算是彌補了熊橫對愛妾情感上的缺憾。

只是，巫玉的驟逝，對熊橫造成不小的衝擊，他萬萬沒想到自己千防萬防，竟還是落入巫姑的圈套當中。

即使，死去的巫玉，並沒有對後宮和宋玉造成嚴重的傷害，但下落不明的主謀巫姑，還是讓熊橫感到極為不安。

巫玉說她不是巫姑的女兒，難道是因為長得像宋玉，才被巫姑找來獻給自己的嗎？那巫姑對自己與宋玉之間的事，豈不是早就瞭若指掌？

驚惶不定的熊橫，為了避免他的宋愛卿再遭到不測，便命御衛暗中盯住巫姑的住處，並下令嚴查陳郢城內的不明人士，任何人均需有進城許可才能出入。不僅如此，熊橫更要司敗加緊審問侍候巫玉的宮女芸秀，就希望能從芸秀的口中，套出一點端倪來。

巫玉既死，身為宮女的芸秀守著祕密也沒什麼用，倒不如死得乾脆點，還可以少受些折磨，於是，便將自己所知的全都吐露了出來。

拿著芸秀畫押的口供，司敗這才來求見熊橫。

「什麼！巫玉已經讓人將巫姑給祕密處置了？」聞言的熊橫大驚。

「宮女芸秀說，因為雄黃能滅五毒、防蟲咬，所以，巫姑向來有喝雄黃酒的習慣。可火燒過的雄黃酒有毒，玉夫人便命人偷偷將加熱過的雄黃酒，與巫姑家裡的對調，因而將巫姑毒死。」

跟隨巫姑多年的巫玉，自是最清楚巫姑的弱點。

「可巫姑既然能預知世事，為何獨獨算不出巫玉會對她下毒手？」難以置信的熊橫疑惑。

「據芸秀說，巫姑收養了一童子名叫巫悔，與玉夫人情同姐弟。玉夫人放出有孕又即將為后的消息後，半信半疑的巫姑便潛回陳郢打探虛實，而奉玉夫人之命守在巫姑住處的巫悔，則假意稱自己無處可去，願意繼續侍候巫姑。信以為真的巫姑，本想利用巫悔到宮裡打探玉夫人懷孕的真偽，卻不知他兩人早已沆瀣一氣，巫悔趁巫姑不防，將玉夫人給他的毒酒與巫姑平時喝的雄黃酒掉包，這才……」

巫姑害巫玉終生不能受孕，結果卻遭反噬，也是因果循環。

「巫玉即便不是巫姑的親生女兒，但畢竟是由巫姑一手養大，沒想到，巫玉的手段竟如此狠毒。」

語畢的熊橫身子不禁一凜，幸好巫玉對他有情，否則，日夜與她共處的自己豈不死得更慘。

「幸好玉夫人先下手了，否則，臣還真擔心巫姑會使出什麼下作手段，再來加害大王和王后。」

司敗慶幸。不許巫女進宮本就是防著這一點，可惜大王被美色迷了心竅，這才讓巫姑有了可乘之機。

可即使巫姑死了，在這陳郢的眾多巫覡中，會不會再有下一個巫姑，預謀對自己或宋玉不利？

思來想去的熊橫，腦子突然一陣激靈，連忙交代司敗。

「對了，那個名喚巫悔的童子，肯定也知道巫姑的計謀，務必要將他抓起來處死，陷害寡人的巫覡，一個都不能放過。」

「唯。」奉旨的司敗作揖，即刻調派人手找人。

當然，這樣的事，除了熊橫和親自審問的司敗外，是絕不能透露給任何人知道的，否則，還不知道要引起多少人對宋玉的覬覦。

只是，熊橫突如其來的嚴格審查，卻讓警醒的宋玉起了疑心，於是下朝後，宋玉便想去找衛馳問清楚始末，但護衛國都的職權是掌握在令尹大人的手中，身為將軍的衛馳也不甚清楚。

「興許，只是莊大人和叔父不在，大王為加強陳郢的防衛而已。」

雖然，玉夫人行刺宋玉的事件被揭露之後，衛馳也曾替宋玉的安危捏了把冷汗。但如今的玉夫人已經伏法，娘家人也被殺害，衛馳不好再讓宋玉感到擔驚受怕，只好出言安慰。

況且，大王素來畏秦，雖說楚國已與秦王允諾兩國互不侵犯，但白起那廝始終覬覦著楚國疆域，不肯輕易罷手。正所謂防人之心不可無，堅守紀律不鬆懈和小心提防，才能避免後患無窮。

「秦王此次聯合我軍共同討伐燕國，莊大人與衛弘將軍，卻只帶了三萬兵騎前去，實在危險，不知，衛將軍可有他們的消息？」

宋玉雖疑心，但衛馳既然不清楚事情的狀況，他也不好再追問。

再者，秦王以太子熊完威逼，讓大王不得不派衛弘領兵去做做樣子，莊辛還得長途跋涉去秦國，使宋玉不得不憂心他老人家的安危。

「燕王新立，朝政不穩，況且，這次是秦王欲插手燕國政務，才讓我軍帶人去壯大聲勢，叔父只要作壁上觀即可。而且聽聞，莊大人到了秦國後，即面見了秦王及太子殿下，據隨行的侍者回報，秦王久聞莊大人陽陵君盛名，不僅設宴款待，且有歌舞助興，還讓他在宮中作客多日，相信不久即可返回陳郢。」

莊辛是文人，受眾人推崇又無須行軍打仗，衛馳自是認為沒什麼風險。

聞言的宋玉終於放下心。只是，衛馳的這一番話讓宋玉想起，當初莊辛執意帶著莊夫人一同前往，想必就是為了避免秦王用美人計，誘惑他老人家，果然有先見之明。

「如此甚好。」

「大人笑什麼？」衛馳自是猜不到宋玉此時的想法，便對著宋玉曖昧的笑問道。

「將軍年紀不小，也該娶妻了。」

突然轉移話題的宋玉，讓三十好幾仍未娶妻的衛馳一時語塞，木訥地回不出話來。

「大人哪壺不開提哪壺。」

難得嚴肅的面容，露出些為赧色，只懂得號令軍士的衛馳被宋玉笑得有些尷尬，連忙低頭抱拳離開。

衛馳一走，難得一展笑顏的宋玉立即凝了臉色，仰頭長嘆道：「雨桐，這麼多年了，我始終在等妳，盼妳能早日與我團聚，妳能知否？」

第三十七章

逃過死劫

楚國聯合韓國發兵滋擾秦國的漢水邊境，引來魏國和趙國的覬覦，魏國與趙國相繼出兵攻打韓國，使得韓國這塊彈丸之地的百姓，飽受兩強圍剿之苦，民不聊生。後來楚國與秦國交好，在軍事上，自然就助長了韓國不少威信。

然而，韓國經年累月的戰事，把許多年輕力壯的好男兒，都抓去了征戰，貧困農村只剩無力種出莊稼的老弱婦孺，千萬良田變成一片荒漠，看著好不淒涼。

為了幫宋玉瞭解楚國最後是如何被強秦併吞，雨桐拉著閨蜜冷燕看了一場歷史電影，不想竟被電影銀幕裡的難民，再次推回到了古代。

相較於上一次穿越就被宋玉所救的好運氣，這次跟著難民流離失所的雨桐，不僅沒有居住和歇腳的地方，就連果腹的食物都只能到處乞討。可韓國的百姓過得實在太苦了，他們連自己都吃不飽，更遑論分食給這麼多的難民。

但為了宋玉，為了不讓一生盡忠的他，落了個孤獨終老的困境，雨桐無論日子過得再怎麼困苦艱難，也堅持要回到宋玉身邊。所以挖樹根、刨樹皮、喝泥水，穿著草鞋一步一血淚的雨桐，一路從趙國路經魏國，好不容易來到了韓國邊境，終於也快到了楚國的陳郢。

前幾日才逃過盜匪和流寇的追殺，終於能安心喘口氣的雨桐，和剩餘的難民聚在一片沼澤地休憩。附近的村子因戰事荒廢了，有難民在村民的地窖裡找到一小袋粟米，正開心烤著餅子與大伙兒分食。

「姐姐，別發呆了，妳這塊餅再不吃，一會兒就要給人搶走了。」一個不到六歲的小女孩，拍拍手裡不到巴掌大的餅上的泥沙，遞給呆坐在樹下的雨桐。

「雨兒，妳吃吧！姐姐不餓。」

穿越到古代已經快三個月了，逃過一劫的雨桐一路上見餓死的老人、小孩曝屍四處，連挖墳埋葬的工具都沒有，難過得食不下咽。

「妳都兩天沒吃東西了，怎麼會不餓？」

在難民堆裡長大的雨兒不懂，她只知道有東西就得趕緊吃，否則會被別人搶走。

雨兒將餅塞到雨桐的手裡，裝出一副小大人的模樣，對著雨桐訓道：「身體髮膚，受之父母，不敢毀傷，孝之始也。姐姐如果不吃，餓壞了身子，就是對父母不孝。」

這名喚南宮雨的小女孩，是雨桐在難民堆裡認識的，因為兩個人名字都有個雨字，覺得分外有親切感，便結伴同行。

原本南宮雨和娘親與難民們居無定所，並沒有預期的去處，但在得知雨桐欲到楚國尋親後，便決定與她一同南下，也好相互照應。

聽雨兒說起《孝經》朗朗上口，聞言的雨桐不禁一笑：「雨兒真是博學，是娘親教妳的嗎？」

「是爹爹教我的。」

憶起父親的南宮雨低下頭，「爹爹說，為人子女，最重要的就是盡孝，所以自小就教雨兒讀。」

雨桐只知道雨兒母女流浪多年，卻不清楚這孩子小小年紀就念過書，於是好奇問道：「妳爹是何時與妳們走散的？」

眼眶泛淚的南宮雨搖搖頭。

「爹爹是被秦軍抓走的，我和娘躲在井裡沒有被搜到，才跟著宮裡的侍者一起逃出來。」

宮裡的侍者？雨桐記得，雨兒的娘親曾說自己是齊國人，難不成，雨兒是齊國的皇親國戚嗎？

但又轉念一想，當年的春秋五霸，號令天下諸侯，如今不但為戰國七雄所取代，不久的將來還會逐漸被秦國統一。所謂的社會變遷、世代交替，人類未來都不知道會演變成什麼樣子，是不是皇親國戚又如何呢？

「姐姐又發呆了？」

雨兒見雨桐望著遠方不理自己，便搖搖她的手臂提醒。

「姐姐覺得雨兒的爹爹說得對，餓肚子不孝，所以這塊餅我們一起吃，好不好？」

將餅掰開的雨桐，遞給雨兒另一半。

其實雨兒是真的餓得狠了，剛分到的一小塊餅根本不夠她吃，所以她怕雨桐再不吃，自己會忍不住偷吃掉。但見雨桐毫不吝惜地將餅分成兩半，舔了舔唇的她猶豫了會兒，便趕緊接過來一口吞下。

孩子吃得開心，雨桐也笑了，只是這樣的苦日子還要撐多久，雨桐的心裡完全沒底。

秦國之所以日漸強大，不外乎是廣納賢才、嚴懲重罰，因此，對莊辛這種勇於直諫國君，剛正不阿的性格極為欣賞。

雖然，礙於莊辛與自家夫人同行，秦王嬴稷難以用美人計動搖他老人家的心，但金銀財寶、瑪瑙玉飾，慷慨的嬴稷還是給得起的。

而對於這種收買人心的饋贈與賄賂，莊辛雖然不屑，但也沒有拒絕。

其中的原因之一，是因為楚國目前財政困窘，為了配合秦王伐燕，急需大量的金錢購置兵器和糧草，秦王給的這些珠寶，剛好得以貼補楚國空虛的國庫。其二則是，秦國長年侵擾楚國邊境，使得百姓生活困苦難當，這些賞賜不過是百姓們損失的九牛一毛，莊辛不拿白不拿。

只是，自以為是的嬴稷，還以為莊辛與普通世人一般，都可以用金錢收買。私下還時不時地與秦國的朝臣們暗自嘲諷，說楚國的陽陵君也不過爾爾，哪裡會懂得莊辛心中懷揣著這些迂迴曲折的想法，以及忠心為楚國，愛護百姓的大仁大義。

至於此時的楚國太子熊完，由於有黃歇的庇護，在秦國並沒有受到屈辱或不公平的對待，相反的，因為嬴稷對黃歇的敬重，反而得到秦王宮裡奴僕們的善待。

莊辛在得知公子完的事情後，甚感欣慰，打算讓自家夫人先帶著自己的親筆書信回去楚國，好讓擔心太子殿下的大王與王后，能早日安心。

從秦國一路返回楚國的陳郢，經過韓國境內是最快的路徑。

與莊夫人隨行的門客、奴婢眾多，再加上百來個侍衛隨行，聲勢浩大，只要車隊一停下來埋鍋造飯，就會招來附近諸多飢民的窺視。

不過，心地善良的莊夫人同情這些苦難百姓，特別命侍衛將餘下的飯菜，優先分給年老體弱者，也因此博得許多韓國百姓的讚譽。

就在車隊進入楚國邊境後，連日的舟車勞頓，讓年邁的莊夫人感到不適，便命人在一處湖畔落腳，心想等身子的疲憊緩過之後，再趕回陳郢。

時日正值初夏，剛下過雨的湖岸邊，透著誘人的點點青翠，輕掃而過的微風徐徐，吹得荷葉上的雨珠輕顫，抖落如人間的繁星一般。遠處的湖水澄清，倒映著渺渺山影，煙霧繚繞於黛色的叢林之中，如詩如畫，美不勝收。

莊夫人讓隨侍的奴婢們都下去休息，獨留一貼身婢女，同她沿著湖邊散散心。

雖然，莊夫人以前也常跟著莊辛出使各國，但畢竟有了歲數，整日悶坐在顛簸的馬車裡，實在難受得很。

「雨兒，乖，再多吃點，病才會好得快。」

眼見一處座落在岸邊的破亭子有一大一小的人影，且傳來細微的說話聲，心善的莊夫人聽到不遠處有情況，不免好奇一探。

「姐……姐姐，妳……妳吃吧！雨兒不餓。」

南宮雨氣若游絲，斷斷續續地推辭。

「姐姐沒關係，雨兒聽話，再多吃一口，一口就好。」

原來，雨桐和南宮雨母女早在一個月前，就已進到楚國境內，可惜，不習慣潮溼悶熱的母女先後染上了疫病，南宮雨的娘親在前幾日便已亡故，雨桐為了讓雨兒有一口乾淨的水喝，才將病重的她抱到湖邊。

可沒想到，長期營養不良的南宮雨，也快撐不下去了。

雨桐無助地哽咽，讓莊夫人忍不住向前，見到亭子裡那個清瘦又全身髒兮兮的女子，正低著頭把手上的烙餅撕成小塊泡在水裡，餵給懷裡的女娃兒吃。那女娃兒身上，僅裹著一件單薄的破衣服，不僅面色紫紅，額上也冒著汗，手上、腳上不但長滿了膿瘡，還散發出難聞的惡臭，令莊夫人不得不舉袖掩住口鼻。

南宮雨勉強含住一口烙餅，卻怎麼也吞不下去，可她原本空洞的眼神突然放亮，對著遠方淺淺笑道：「娘……娘親，在那裡。」

「雨兒！別嚇姐姐，雨兒不可以離開姐姐，不可以……」

對著懷裡逐漸失去力氣的南宮雨，故作堅強的雨桐再也忍不住抱緊她，痛哭起來。

雨兒沒有理會雨桐不捨的哭泣，她艱難地伸長手，想努力捉住眼前的虛幻，「娘……娘親在那裡，叫我過……過去。」

一旁的莊夫人見到這一幕，驚覺孩子的性命就快保不住，連忙放聲，朝遠處的侍衛們大喊：「快，快讓隨行的大夫過來。」

聽到喊叫聲的雨桐抬頭，見一慈眉善目的婦人衣著不凡，不但沒被她們嚇跑，居然還願意幫自己，於是抱著氣息奄奄的孩子，對著莊夫人直磕頭道：「夫人，謝謝您願意救雨兒一命，謝謝！」

「姑娘先別客氣，老身瞧這孩子病得不輕，得先讓大夫看過再說。」

莊夫人語畢，還頻頻焦急地回頭，許久才見大夫拿著藥箱匆匆趕來。

「大夫，快！」

莊夫人催著，雨桐也趕緊讓南宮雨躺下，可惜，大夫還未來得及把脈，孩子就已經斷了氣。

「不，雨兒，妳不能死，不要啊！」

放聲大哭的雨桐抱著南宮雨，不斷喊著她的名字，卻已經喚不回一條活生生的性命。

「姑娘，人死不能復生，還是節哀吧！」

這種生離死別的苦痛，莊夫人經歷太多，但即使她有心，也無法救濟全天下的百姓，所以，除了安慰哭得柔腸寸斷的雨桐外，餘的也無能為力了。

「雨兒……」

莊夫人見雨桐衣衫襤褸又孤身一人，怕是連孩子如何下葬都難以處理，當下喊來侍衛，吩咐道：「去岸邊找一處高地，刨好坑，將孩子就地埋了吧！免得屍骨日後遭到野獸的啃食。」

雨桐見莊夫人對一個陌生孩子如此心善，連孩子的後事也絲毫不馬虎，人飢己飢、人溺己溺的人道精神，令雨桐佩服不已。

只是，沒想到她和南宮雨的緣分這樣淺，兩個人相識不到半年便天人永隔，雨桐心中即便萬般悲痛，但眼下處理好孩子的後事還是比較重要。

流著淚的雨桐，跪在地上對著莊夫人磕頭道：「夫人大恩大德，小女子無以為報，請容小女子替雨兒對恩人一拜。」

「姑娘客氣了，老身沒能幫上什麼忙，這些銅貝，就留給姑娘過日子吧！」

莊夫人朝身後的奴婢一點頭，那奴婢便向前將一錦袋遞給雨桐。

「小女子無功不受祿，承蒙夫人幫忙，能將雨兒安葬已不勝感激，怎麼好再拿夫人的錢？」

流浪在這樣的窮鄉僻壤，雨桐就算有錢也買不到希望，況且，這些銅貝放在她一個弱女子身上，肯定很快就被其他的難民搶走，要來又有何用？沒了相依為命的南宮雨母女，在古代的雨桐舉目無親，即便陳郢近在眼前，恐怕她一個人再也到不了了。

然而心善的莊夫人沒料想，在這亂世之中搶錢都來不及了，竟有人寧願餓著肚子，也不願白拿他人錢財。點頭一笑的莊夫人，不禁在心裡暗暗讚許這個孩子有骨氣。

茫茫不知未來的雨桐起身，對著莊夫人又一拜，誰知，多日未進食物的身子虛弱不堪，才站起來沒多久，就感到眼前一陣天旋地轉。

見狀的莊夫人正想伸手扶住，突然雨桐耳邊轟的作響，兩腿一軟後倒地不醒。

高掛楚國旗幟的豪華馬車，走在寬敞的官道上，引來不少異國商賈們的注目。陳郢因為熊橫下令嚴防，使得人車進城的速度變得極為緩慢，大隊人馬都堵在城門外，動彈不得。

「發生什麼事了？」

坐在馬車裡的莊夫人，見隊伍許久不動，外頭又嚷得聲大，正覺得奇怪，便對著車外的奴婢問了聲。

「回夫人，聽說大王下令，凡是入城者均須仔細盤查身分，所以慢了些。」

奴婢夜兒侍候莊夫人久了，自然事先就把狀況給打聽好。

聞言的莊夫人，從懷裡拿出莊辛給她的一塊令牌，遞給夜兒。

「妳把這塊令牌拿去給侍衛長，讓他交給守城官，就說大人有要事要交與宋大人，請他速速讓我們通過。」

「唯。」拿過令牌的夜兒，依莊夫人所言對侍衛長說明，果然，守城官很快便另闢了一個通道，讓莊夫人等人進城。

「守衛國都向來都是令尹大人的職權，大王很少干預，怎麼我和大人不過才離開陳郢一個多月便嚴查了起來？難道，是有他國的奸細趁機混進城了嗎？」

莊夫人在心中暗忖，雖然她不管政事，但人還在秦國的莊辛一時半會也回不來，為了避免這段期間發生什麼難以預料的事，莊夫人不得不先為丈夫注意著陳郢的變化。

進城回到府邸之後，莊夫人立刻喚來夜兒，讓她把莊辛交代要給宋玉的書信，盡快送到宋玉手上。

宋玉是聞名全楚國的美男子，又經常往來莊辛府上，莊府裡眾多的僕人、奴婢，無一不對著這位宋大人懷抱景仰、愛慕之心。只是夜兒是服侍莊夫人的奴婢，並不能常見到宋玉，難得夫人有事交辦，歡喜至極的夜兒便想趁此一睹宋大人的丰采。可惜，宋玉不在家，夜兒只好將信交給侍衛，讓滿心雀躍的她撲了個空。

正午的夏日灼灼，把幽暗的深遠都給驅散，篩過紗簾的陽光流瀉，在地上灑下點點金黃。夢裡仙人般的俊逸臉孔，悄然無聲地走近，淚如雨下的雨桐伸手，卻遙不可及。

雨桐這一昏倒便躺了三天三夜，幸好路過的莊夫人救了她，否則一個弱小女子倒在荒山野地，後果可真是難以預料。

夜兒讓另一個奴婢萍兒扶著雨桐的上身，小心翼翼地將熬煮好的湯水，餵進她的嘴裡，溫熱的湯水一入喉，雨桐便覺得身子一暖，慢慢睜開了眼睛。

「姑娘醒啦！」

夜兒見雨桐醒來，便趕緊和萍兒一起將她扶起坐好，再讓萍兒趕緊去通知夫人這個好消息。

雨桐見自已躺在軟軟的榻上，身上的衣服也已經煥然一新，瞧著房裡的陳設雖然普通，卻透著一股淡淡的清香，不禁呀然問道：「請問，這裡是哪裡？」

見雨桐怔怔地看著自己不明所以，夜兒淺淺一笑，回道：「這裡是莊府，我是夫人特別交代照顧姑娘的夜兒。」

「夜兒？」

雨桐想起來了，是那天隨侍在夫人身邊的奴婢，「可是，我怎麼會在這裡？」

夜兒最喜歡宣揚夫人行善的事跡，於是，便把雨桐昏倒在亭子裡，繼而被夫人帶回家中靜養的事，都對雨桐說了一遍。

這會兒，夜兒的話才剛落下，莊夫人就已經步履款款地踏進門來。

雨桐連忙起身，感激不盡地對著莊夫人盈盈一拜，哽咽道：「感謝夫人救命之恩，雨桐沒齒難忘。」

雨桐？聞言的莊夫人，乍然覺得這個名字有些熟悉，卻又想不起來曾在那裡聽過。

瞧這孩子得以逃過死劫，必定是有福氣的命，於是，莊夫人趕緊向前扶起雨桐，欣慰地說：「醒了就好，醒了就好。」

仔細端詳著雨桐的莊夫人，見那原本憔悴的面容多了些血色，顯得清麗不凡，一對黑白的眸子分明，卻隱隱透著亂世的滄桑，身形即使瘦弱卻挺得筆直，就連禮教也全然不輸給官家子女，想必是出自知書達禮的好人家。

「老身見姑娘長得好看，應對又有禮，出身定不凡，但不知，為何流落至此？」

聞言的雨桐解釋道：「小女子孤身一人，無親無故，千山萬水來到楚國，只為尋找一位熟識的友人。」

雨桐本以為，一穿越就可以見到宋玉，沒料想，老天竟跟她開了這麼大的玩笑，不但讓她和那些流浪的難民混居一起，還飽受飢餓苦寒。

之前在路上孤身一人的雨桐，經常被流民們藉機親近，甚至動手動腳。怕受到欺負的她，想起自己在軍中女扮男裝的土樣子，便整日以泥炭塗臉、抹四肢，把自己弄得又臭又髒，才得以嚇跑那些別有居心的男子。

幸好沒過多久，雨桐便遇到南宮雨和她娘，並與她們母女倆相互扶持，沿路乞討，才能安然來到陳郢。只是，一想到病死的雨兒母女，雨桐還是忍不住紅了眼眶。

「原來，妳到楚國是來尋人。但不知，姑娘的友人姓甚名誰，興許老身可代為尋一尋。」莊夫人好人幫到底，況且，這姑娘若真是官家出身，應該也不難找。然而雨桐卻不敢再勞煩莊夫人，便佯言自己只認識對方的樣子，並不知道名字。

再次回到古代的雨桐，從他人口中得知，現在已經是熊橫三十年，照推算，宋玉應該有三十歲了，若司馬靳沒有騙她，此時宋玉的孩子，最少也有十歲了。

依史書記載，三十歲的宋玉仍受到楚國國君熊橫的重用，而古代有地位的士大夫多是妻妾成群的，宋玉是否還記得十年前的自己，雨桐一點也沒有把握。

想當初執意跳下巫山之臺遠離古代的人是自己，誰知道失去了才知道，沒有宋玉，即使生活了二十年的現代時空，對雨桐而言也只是空虛的破碎。可如今的宋玉仕途順利，自己卻是個乞食來的難民，若是貿然託人去找宋玉卻遭到拒絕，那她死過一回的心，豈不是要再碎一次？

「既然如此，那姑娘就暫且在這裡住下，等身子好全了再說。」

莊夫人膝下無女，瞧著相貌、談吐皆不凡的雨桐，頗為喜歡，就想著能多留她一日是一日。

雨桐沒想到流浪多時的自己，還能找到一處安身之所，當下感動得淚如雨下，便對著莊夫人下跪磕頭道：「多謝夫人！」

第三十八章

救命之恩

雨桐在莊夫人和大夫近半個月的調養下，身子漸漸康復，不僅容貌更為姣美，身形也豐潤許多，令整個莊府的僕役、小廝們，日日對她投以愛慕的眼光。莊夫人因為顧及雨桐的身子剛好，不宜做太粗重的工作，便讓她跟著夜兒，學著打點府裡的採買。

由於雨桐之前在秦軍裡做過點收糧草的工作，相較於莊府採買的這點小事，做起來則是駕輕就熟。也因此她精明幹練的計算能力，馬上就令辛苦持家的莊夫人刮目相看。

今日天氣晴朗，夜兒打算帶雨桐去陳郢的市集見識見識，順便去找她口中的那一位「友人」。

打從雨桐來到莊府後，莊夫人就不若以往那樣看重夜兒，府中上下的奴僕，對夫人收留的這個女子也總是關愛有加，讓侍候莊夫人多年的夜兒，心裡很不是滋味。

雖說，雨桐現在的身分也是個丫鬟，但以夫人喜愛她的程度，興許雨桐在莊府的地位，很快便會淩駕夜兒之上。

夜兒不止一次私下打探，雨桐口中的友人究竟是誰，好趕緊把雨桐送走，但雨桐堅稱不知道對方姓名為何，讓夜兒無力著手。所以，夜兒只好把雨桐帶到市集逛逛，興許有機會能遇到熟人。

當然，有點小聰明的夜兒心思藏得深，這些嫉妒和算計，是讓視她為救命恩人的雨桐，無從揣測的。

雨桐雖然在古代待了不少時間，但不是和宋玉住在郢都城外的鄉下，就是跟著司馬靳和秦軍南征北討，要不就是和一群難民流離失所，根本沒有在城鎮裡真正生活過。

現在，她終於有機會親眼目睹這個歷史上，楚國著名的另一處國都——陳郢，更可以私下打聽宋玉的消息。畢竟，這才是她孤身一人，在古代活下去的最大動力，思及此的雨桐不禁又對這次的市集之旅有了些期待。

「雨桐，我先到前面店家買個東西，妳待在這裡等我一會兒，可好？」

巧笑倩兮的夜兒笑得一臉詭異，但此時的雨桐已經被街上那些精巧的飾品，迷得眼花撩亂，於是隨口就答應了夜兒。

直覺雨桐就是那種鄉下來的沒見識的野ㄚ頭，耍心眼的夜兒又對著雨桐指向路邊小販賣的胭脂水粉後，揚眉一笑地扭身離開。

輾轉來到小販前，雨桐見那些刻有不同花紋的小木盒，裝著不同味道的香粉，既天然又迷人，便好奇地一個個拿起來聞了聞。

小販見好不容易有客人上門，忙不迭地熱情介紹自己的商品，還直誇雨桐生得好、膚色白，忙把各色胭脂都給拿出來炫耀。

這些小東西看得雨桐興致盎然，待她把所有的東西都看了個遍後，正想再到別處逛逛時，那小販卻伸手攔住雨桐，怎麼也不放她走。

「誰說看了就一定得買？我……我又不用這種東西。」

眼見方才還和顏悅色跟自己閒聊的小販，怎麼一翻臉就成了惡棍，雨桐又想到自己身上一毛錢都沒有，就算想掏錢脫身也沒辦法。

「臭丫頭，妳把老子的每樣東西都摸了個遍，這才想一走了之，天底下哪有那麼便宜的事？」

小販見雨桐穿的不像農家女，還聽出她說的不是楚國口音，跟著一起來的小姑娘又走了，作惡的膽子便大了些，伸長手就想往雨桐的身上掏錢。

「放手，你走開！」

在難民堆裡打滾多時的雨桐，什麼無恥小人沒遇過，當然不會被小販這種張牙舞爪的樣子給嚇著。理直氣壯的她，下一刻便用雙手攔住小販無禮的舉動，但小販也沒打算輕易放過她，兩個人在街上對峙，僵持不下。

在陳郢，除了莊府裡的人外，雨桐沒有半個認識的朋友，更何況，看盡人間冷暖的她，也明白沒有身家背景的弱小女子，就算喊救命，都不見得有人願意相助。孤身一人的她爭也爭不過，跑也跑不遠，正不知要如何是好時，身後傳來一句低沉的揶揄聲。

「你小子膽大啊！天子腳下也敢公然行搶？」

有些呀然的雨桐回頭，見一丰采翩翩、衣著華麗的男子手持搖扇，正不疾不徐地向她走來。

這個人雖然面帶微笑，卻笑得有些張揚，身上掛了一塊玉飾，隨著移動的步伐，在陽光下透著晶瑩的翠綠，叫人不注意都難。

小販見男子衣著不凡，肯定是來頭不小的富家公子或大人，未免得罪高官或權貴，小販自是抽回賊似的手，縮著頭，連忙噤聲。

然而雨桐的一回眸，卻教來人腳步頓時慢了半拍，手上的搖扇停在半空中，宛若停格的畫面。

這女子的打扮看似普通，可姣美的體態纖細卻不孱弱，一對眸子黑白分明有如朝日，泛著紅暈的雙頰，有股難以言喻的嬌媚。如此風情的女子，恐怕只要是男子，都會忍不住對她投以愛慕的眼光。

男子再笑，又向前朝雨桐近了一步，問道：「姑娘不是本地人？」

這小販惡名昭彰，專門欺負外來行走的女子，陳郢人人都知道，自然不會主動與小販打交道。

雨桐見這個男子長得風流倜儻，眼神卻不怎麼安分，短短一句話的時間，就把自己全身上下都看了遍，恐怕也不是什麼好人。

剛剛是自己不小心，一時情急說了太多話，讓小販聽出她說的不是楚國口音，但為避免惹來更多不必要的麻煩，雨桐心想，還是趕緊離開現場，去找夜兒比較好。

「多謝公子相救。」

斂下眉眼的雨桐一個欠身，轉頭就要走。

「怎麼救命之恩，就只值這幾個字？」

誰知男子將扇子一收，伸手攔住雨桐的去路，再問道：「還未請教姑娘芳名，家住在何處？」

「小女子家住何處，與公子有什麼關係？」

這種死皮賴臉的男子最討厭，想必就是人家說的紈褲子弟，不甚客氣的雨桐抬頭瞪視，不予理會。

「當然有關係。」

男子心想這丫頭好大的脾氣，見到自己的樣貌，沒有幾分羞怯仰慕，反而急著要走，倒是令他覺得有趣極了。

「若在下一走了之，想那小販能放過姑娘嗎？」

「公子方才不也說了，天子腳下誰敢公然行搶，難道，陳郢沒有王法了嗎？公子現下攔著小女子，與那小販的公然行搶，又有什麼不同？不過一個想搶錢，一個想搶人而已。」

雨桐毫不客氣地譏諷了男子一番。

聞言的男子微愣了下，而後仰頭大笑。

「哈哈哈，好個公然行搶！姑娘有膽識，竟敢說我景差的不是，那麼在下失禮，給姑娘賠罪了。」

男子說完雙手一揖，眼睛卻沒離開過雨桐半分。

「你，就是景差？」

不會吧！怎麼陳郢這麼多人，剛穿越過來的雨桐就先撞見宋玉的仇人。

「姑娘識得在下？」

陳郢的女子雖多，但凡是景差見過的都不會忘記，更何況是眼前這樣的美人兒。

「豈止認識。」

雨桐回答的同時還不忘對這個心懷鬼胎，陷害忠良的景差上下打量，好記住這副奸佞小人的模樣，「景大人的名聲響亮，小女子想不認識都很難。」

瞧女子睥睨的眸光滿是輕蔑不屑，語氣更是挑釁，景差真不知是何時，在哪裡得罪了美人兒，笑著搖頭的景差說道：「姑娘既然認識在下，為何不肯透露芳名？也好讓景差登門拜訪，以期能與姑娘盡釋前嫌。」

「不用了，再怎麼解釋，也抵不過你的所作所為，好自為之吧！景——大——人。」

雨桐又斜睨了景差一眼，而後不留情面地轉身走了。

看來這誤會真的很大，彷彿結了仇似的，完全狀況外的景差實在不解。但回頭細想的他一笑釋懷，反正，以後有的是機會慢慢解釋，肯定會有的。

在市集到處找不到夜兒，雨桐一直找到累了，才獨自尋路回到莊府，誰知，夜兒不但丟下自己先回府，還在莊夫人面前告上一狀。

「夫人，雨桐是為了貪小便宜，這才得罪了小販，夜兒為了避免丟了莊府的臉面，到處跟人賠不是後，才趕緊回來向夫人稟報。」

「夫人，不是這樣的。」

隨後進府的雨桐急辯，可夜兒卻搶在她前頭，硬是栽贓她。

「還說不是，小販說妳把那些胭脂、水粉都摸過一遍，小販勸妳不買別摸，妳還氣得將水粉撒得一地。」

雨桐瞧夜兒說得有鼻子有眼，一時不知如何辯駁。

夜兒在莊府待得久，做事又鮮少出差錯，莊夫人自然信她。

「雨桐剛到陳郢不久，遇到新鮮物品多瞧上幾眼也是有的。」

一向和顏悅色的莊夫人並沒有因此責怪雨桐，反倒對夜兒說道：「雨桐的歷練不足，以後妳就帶著她多多學習，假以時日一定會有所長進的。」

夜兒沒想到莊夫人如此偏袒雨桐，即使自己心裡有一百個不樂意，也不好反駁主子，只好回道：「唯。」

雨桐雖然不清楚夜兒為何要在莊夫人面前詆毀她，還造謠出莫須有的罪名。但礙於日後還得跟夜兒在莊府共處，雨桐也不打算替自己辯駁，便道：「謝夫人體諒，雨桐日後定會多加注意。」

莊夫人對雨桐這種謙讓有禮，懂得自我反省的態度很是嘉許，於是再說：「這樣吧！老身近來身子骨懶，府裡的瑣碎雜事又多，不如妳就留在老身身邊，多幫我看照著點。」

為了避免再生風波，雨桐只好答應。

「唯。」然而如此一來，雨桐便無從打聽宋玉的近況，這讓她原本期盼的一顆心，又直落了下來。

莊辛此去秦國，不僅是為瞭解太子殿下在秦國是否得到妥善照顧，另一方面，也是想實地勘察秦國的國力究竟有多強，好回到楚國準備應對之策。所以風塵僕僕的莊辛一入城，便遣人先行知會莊夫人，打算回府書寫諫言，好在隔日上奏國君。

收到通知的莊夫人領著一干奴僕，等在大門迎接丈夫的歸來，隨侍莊夫人的雨桐從沒見過這麼大的陣仗，忍不住好奇問向一旁的萍兒：「看來我們家大人的身分很尊貴啊！」

「那是自然。陽陵君莊大人的盛名即使放眼天下，也是無人不知，無人不曉的。」

兩眼放光的萍兒也與有榮焉。

「陽陵君！那不正是宋玉的老搭擋——莊辛嗎？」聞言的雨桐這一驚非同小可，原來救自己的人，正是莊辛的妻子。

雖然雨桐與莊辛只見過一次面，而且還是在十年前，且那時的雨桐不但女扮男裝又灰頭土臉，莊辛不見得會認得出現在的她來。但如今雨桐在莊夫人的身邊當差，總會經常碰到莊辛，屆時萬一讓他給想了起來，那莊辛肯定會告訴宋玉，雨桐就在莊府的事。

在沒弄清楚宋玉現況，甚至還記不記得她之前，雨桐不敢冒險讓宋玉知道自己人在陳郢，而且，還是離他這麼近的地方。心慌意亂的雨桐無法可想，只好趁著沒遇到莊辛之前，先離開莊府。

沒料想雨桐才剛走到大門前，莊辛就被一群仰慕他的門客給簇擁著進來，只是甫踏進家門的莊辛憂心忡忡，以致未特別注意到，刻意隱身在眾人身後的雨桐。

暗鬆一口氣的雨桐，繞過莊辛身後的侍衛，正要朝大門跨出時，夜兒突然伸手攔下了她，語氣還極度不善，「夫人找妳呢！想偷什麼懶？」

被逮個正著的雨桐不斷在心裡叫苦，只好一邊硬著頭皮回到府中，一邊祈禱莊辛已經忘了自己。

雨桐跟著夜兒輾轉來到書房時，莊夫人正在裡頭喝茶，大批的竹簡被僕人一車車搬到書房裡堆著。雨桐發現眼前這間書房不但大得有些誇張，裡頭堆的成山竹簡更為嚇人，可見平日莊辛有多喜歡讀書，不愧是盛名於世的陽陵君。

莊夫人見雨桐到來，親切地招手喚她進去，莊辛正忙著打理自己的書籍，聽到莊夫人喚他後，也才整整衣袍坐了下來。

雨桐低著頭走到莊夫人身邊，緊張得手心直冒汗。

「大人舟車勞頓，這麼多的東西，一時半會也弄不完，不如先休息休息，晚些再整理吧！」

莊夫人示意，讓夜兒奉了茶進來，莊辛仰頭飲盡，好一會兒才發現，夫人身邊多了一個陌生女子。

「這位是……」莊辛指著低頭不語的雨桐問道。

「正是妾身要給大人的驚喜。」

笑容可掬的莊夫人，伸手將怯怯的雨桐拉近了些，並拍拍她的手背說道：「我們兩個兒子都相繼遊學各國去了，也不知道何年何月才會回來，大人忙於公務難得在家，妾身想找個人作伴，不知道大人意下如何？」

聞言的雨桐瞪大眼，直覺莊夫人說的「找個人作伴」意思沒有這麼簡單。

莊辛知道夫人很喜歡女孩，生的卻都是兒子，自從兒子離開楚國後，守在家裡的夫人更是鬱鬱寡歡，甚少言笑。家裡的奴婢雖多，也只有夜兒能和夫人說上幾句話，況且，奴婢再親也有主僕之別，身分畢竟是不同的。

所以，經莊夫人這麼一提，莊辛便多少猜出她話裡的意思。他瞇眼仔細打量眼前的女子，見雨桐容貌麗美卻不妖嬈，舉止端莊也不輕浮，不禁質疑起這樣好的女子，怎麼會流落到自家來？

「姑娘芳齡幾何？是否婚配？」莊辛直白問道。

「小女子……未曾婚配。」

一聽到莊辛問起自己的年齡，緊張的雨桐，身上的熱氣便直往臉上冒。

雖然，現實世界的雨桐只有二十歲，但在古代距離與莊辛的第一次見面卻已經過了十年，所以莊辛認識的自己應該有三十歲了。雨桐心想自己頂著一張二十歲的臉孔，要如何說是有三十歲的年紀，便直接跳過問題不答了。

莊夫人見雨桐臉紅似火燒，以為是姑娘害羞，便主動把自己知道的事，都跟莊辛解釋了一遍。

「雨桐知書達禮卻身世可憐，倘若大人不嫌棄，妾身想將她收為義女。」

「什麼，義女！」呀然的雨桐轉頭看向莊夫人，見她拉著自己的手如此溫暖，臉上的笑容和藹親切，全然不像在開玩笑。

原來，莊夫人這陣子一直將自己留在身邊，教導她幫忙打理府裡的事物，還教自己許多應對的禮節，是因為想收她為義女？

沉沉一吟的莊辛撫鬚。雖然這女子的身分來路不明，但沒有顯赫的家世又不曾婚配，確實還可陪著自己的夫人幾年。

莊辛對妻子長年跟著自己四處奔波，年老也沒有兒女承歡膝下的孤單，多少是感到愧疚的，所以思量之後決定就不在這件事上多琢磨了，當下一點頭，便遂了妻子的心願。

「妾身謝過大人。」無限歡喜的莊夫人起身，拉著雨桐走到莊辛面前笑道：「來，快給義父行禮。」

夾雜著感激與難以言喻的苦澀，雨桐見救自己一命的莊夫人如此高興，不忍心拒絕，而原本擔心被莊辛認出來的矛盾心情也落了空。究竟自己已是離開古代十年的陌生人了，被遺忘是應該的，又能期望什麼呢？

「女兒拜見義父、義母。」

雨桐對著莊辛和莊夫人磕頭跪拜，瞬時淚如雨下。

自從再次穿越後，雨桐就一直過著顛沛流離、吃不飽、穿不暖的苦日子，那時的她一心想著，只要能找到宋玉吃再多的苦都不怕。

卻不想，沒能先找到宋玉的雨桐，不但有幸遇到莊夫人相救，有了遮風避雨的住處，現下居然還多了一對能照顧自己的義父母，這樣的機緣，真不知道是自己幾世修來的福分。

「即使無法和宋玉在一起，但能從莊辛口中得知宋玉的近況，也是好的結果吧。」雨桐心想。

「快起，快起！」

雨桐的身子才剛好，莊夫人哪裡捨得讓她跪，連忙伸手扶起，「既然當了我們倆的女兒，義父、義母自然不會虧待妳，我已經讓人把後院的房子打理好，今日妳就可以搬過去住了。」

「多謝義父、義母。」

雨桐偷偷拭去眼裡的激動，對著莊家兩老微微一鞠。

「大人應該還有不少事情要處理，那妾身就不打擾了。」

欣喜的莊夫人再次拉住雨桐的手，就像真的母女那樣親暱，轉身一起離開。

猶自想著國事的莊辛又「嗯」了一聲，拿起桌案上的竹簡反覆思量，斟酌著明日要與宋玉如何研究這些治國的新理念。但就在莊辛正欲落筆提字時，一個熟悉又遙遠的名字，突然竄進他腦海。

「雨桐？雨桐！」

這個名字好似在哪裡聽過，怎麼特別熟悉啊！

莊辛唸著唸著，驟然清醒的他，猛然敲了自己一記腦袋，大喊，「原來是她，真的是她嗎？」然後，朝著後院狂奔而去。

第三十九章

初遇敵手

莊辛不但從秦國帶回不少珍貴的書籍，在回陳郢的路上也觀察了秦國許多城鄉的風土民情。秦國在幾經歷代的變法圖強後，不但建立了專制的君主制度，以法治國，而且崇尚武力，才得以在這麼短的時間內，降服天下諸侯國。

被困在陳郢出不了國門的宋玉，自然從莊辛那裡聽到不少奇人異士的傳奇，每每莊辛提到經過韓國境內時，沿途百姓們艱難困苦的生活，也令感同身受的宋玉動容。

宋玉年幼喪父，要不是靠著變賣父親遺留下來的書籍以及屈太傅的收留，也許宋玉和母親早就餓死在家裡了。因此，宋玉極度推崇民本思想和德治主張的儒家學說，這也讓他的政治作為，始終有著強烈的平民意識。

其實，宋玉並不贊成黃歇、莊辛等人主張與秦國交好的觀點，放眼天下，如果連楚國都放棄與秦國相抗衡，那餘下的諸侯各國，便無一是秦國的對手。

但不論宋玉再怎麼努力，都無法讓楚國擺脫日漸衰敗的厄運，正所謂：「有氣則生、氣弱則衰，氣斷則亡。」

宋玉想起多年前，雨桐就曾預言，未來的戰國七雄最後都會被秦國所滅，秦王將成為統一天下的第一人。現下看來，雨桐預告的事情都將一件件成真，不知還有多少事情，是雨桐沒來得及與自己提到的？

說得口沫橫飛的莊辛，見一旁宋玉的臉色越來越凝重，安慰道：「宋老弟莫要再為出城遊歷的事喪氣了，不如，老夫把家裡那些罕有的書籍，都贈予老弟可好？」

「當真？」

莊辛的話才剛出口，就令原本頹喪的宋玉立即轉憂為喜。

「當然是真的。」

莊辛巴不得宋玉趕緊到他家，於是誘道：「想搬什麼儘量搬，搬久一點也無妨。」

搬久一點？這個用詞有些令宋玉摸不著頭腦，不過，很快便被莊辛的爽快給打動，「下官謝大人。」

「不著急、不著急，以後你有的是機會謝老夫。」

曖昧一笑的莊辛撫鬚，樂得心花開。

可惜，莊辛的這番美意，卻因為雨桐隨莊夫人出城遊玩，而錯失機會。

好不容易等到雨桐回來，莊辛便向雨桐提起與宋玉相認之事，誰知，雨桐一聽到莊辛說，宋玉早在認識她之前屈太傅就已經為他訂下了婚約，腦筋頓時一片空白。

當年，雨桐並未聽宋玉說過他有妻子，也從沒聽周大娘與小狗子提起，所以自己一直認為宋玉是孤身一人，因此才願意和他一起離開郢都，共度一生。而今想來，當年若是真的跟宋玉私奔，那自己豈不是成了破壞他人家庭婚姻的第三者？

「女兒啊！喜歡宋老弟的女子有如過江之鯽，這幾年多少名門貴族、王公世家之女，自願下嫁以求得宋老弟的垂愛，但他始終不肯納妾，興許，就是因為還惦記著妳啊！」莊辛安慰道。

「如今你倆好不容易得以相聚，女兒更應該趕緊和宋老弟相認，怎麼反而躲起來呢？」

都說女子的心思千迴百轉，莊辛自是猜不透雨桐的想法。

身為古代人的莊辛如何懂得，受二十一世紀一夫一妻制影響的雨桐，怎麼可能為了和心愛的男子在一起，就自私地去犧牲別的女子，甚至和他人共侍一夫，這是她想都沒想過的啊！

「義父，別再說了，無論如何，女兒都不會當一個破壞他人家庭的第三者，義父也別向宋玉提及我在此處，否則……女兒只好離開。」低頭垂淚的雨桐慎重說道。

「好好好，不說、不說。」捨不得女兒難過的莊夫人，拉住雨桐的手拍著。

莊夫人明白雨桐表面上看似溫順，但其實骨子裡很要強，可憐她才剛有了安身之所就要為情傷神，於是反勸丈夫。

「大人就給女兒一些日子，緩緩心情，再做商議吧！」

既然夫人都這麼說了，莊辛也怕再這樣下去會把雨桐逼走，屆時豈不是對宋玉更難交代？

「就依夫人。」總之，只要雨桐在他的府裡，兩個人就有機會碰得到，宋玉十年都等了，也不差這幾日。

莊辛從秦國帶回來的新知識，很快便成為宋玉研讀的重心，因此，這段時間宋玉除了上朝外，整日都埋首在家中，並教導兒子勤讀這些書籍。

宋玉的兒子靈兒年歲漸長，在父親的耳濡目染下，小小年紀便把《詩三百》和各家書籍都背了個遍。

孩子自小受麗姬疼愛，宋玉對他的管教則嚴格許多，希望孩子不要因為生在官家，就忘了體恤百姓們的辛勞。

莊辛與宋玉府邸相近，每每下朝兩個人都是邊坐車，邊議政事，再各自回家。然而，原本對政事總是叨唸不斷的莊辛最近卻惜字如金，若是宋玉提問起原因，便支支吾吾不敢直言以告，實在令人疑惑不解。

但宋玉又怎麼知道莊辛的難處？宋玉苦苦尋找十年的心上人，現下就住在自己的家中，自己卻又不能向他坦白，還要冷眼瞧著宋玉因為找不到思念的人，而整日眉頭深鎖。

雖然莊辛幾次向雨桐解釋，宋玉這幾年一直都有派人到處打聽她的下落，奈何遍尋不到，可雨桐就是不願意再提兩個人相認一事。

為了緩和雨桐的心情，莊夫人便經常帶她到各處商家添購衣物和飾品，雖然雨桐並不注重這些身外之物，但看在義母為自己如此熱絡的份上也不好推辭。

果然，陳郢新鮮有趣的事物多，很快便轉移了雨桐鬱悶的心情。

古代的大戶人家，都有按月給例錢的習慣，雨桐身為莊辛的義女，自是有錢可領。這日，莊夫人吩咐帳房按例給雨桐些許銅貝，讓她去買自己喜歡的東西，但銅貝這種錢幣品質粗糙又笨重，雨桐覺得每次帶進帶出，甚為不便。

帶著雨桐去帳房領錢的夜兒，見雨桐身上連個錢袋子都沒有，便體貼道：「小姐若是覺得銅貝笨重，上街買東西的小錢可以先放在夜兒身上，走起路來也會輕鬆許多。」

雖然夜兒說得有道理，但鑑於前次被夜兒放鴿子且汙衊一事，雨桐還是留著一小袋銅貝以備不時之需。果不其然，待雨桐需要用錢時才發現，夜兒又不見了。

原本雨桐還慶幸自己身上的錢剛好夠用，可沒想到那賣蜜餌的小販不老實，買前說的一套價錢，待雨桐吃了蜜餌才說是另一套價錢。這下可好，吃了東西卻付不出足夠的錢，陷入尷尬處境的雨桐，拿著咬剩的蜜餌央求小販讓她找家人來付錢。

「瞧妳這姑娘，人長得美，心地卻壞，吃了東西給不出錢，還想等著哪位達官貴人來救？妳當俺好糊弄是吧！」

賣蜜餌的粗漢子捲袖，舉起手來作勢要打人。

雨桐用手擋頭，就怕被人高馬大的小販打到臉，她委屈地直嚷著：「又不是不給錢，只是錢不夠讓我回家拿，就不能通融一下嗎？」

「我這是小本生意，一份蜜餌才幾個錢，妳都要賒欠，要是人人都像妳這般無賴，我還怎麼養家活口？」小販不理，仍舊要打。

「你這所有的蜜餌我都買了，要多少？」

一聲凜然正氣，喊得囂張的小販縮手，趕緊陪笑喊價，沒想到還真有達官貴人來救。

雨桐逃過一劫，樂得正要謝謝好心人，剛轉身卻發現，居然——「又是你！」

「正是在下，我們又見面了，姑娘。」

景差一揖，諂媚得意的笑容藏不住。

雨桐沒有那個閒功夫理會這種奸佞小人，轉身正想走，卻被還沒拿到錢的小販攔住去路。景差見小販不識趣擋在自己與姑娘之間，甚是不耐，便從懷裡掏出一小塊金子丟給他，並取走兩份蜜餌。

瞧著掌心那錠黃澄澄的金子，小販還以為自己眼花看錯了，回過神又把金子咬了咬才知道，確實是真金，歡喜得差點沒跪在地上對景差叩謝。

樂壞了的小販怕景差反悔，趕緊收拾餘下的東西離開，心想這一個月的生意都不用再做了，還可以給孩子留幾份蜜餌解解饞。

雨桐雖然有些不情願，但景差出手相救也是事實，這份人情不欠也難。

「姑娘喜歡？」

蜜餌這種路邊小吃，自然不是什麼閨閣千金們喜歡的東西，身為貴族的景差當然也沒吃過。但景差方才見姑娘吃得開心，有如天上美食一般，不禁又感到好奇，因此，他把蜜餌遞一份給雨桐，自己則狐疑地拿著另一份端詳。

可惜，雨桐根本不領他這個情。

自己兩次出手解圍，這姑娘皆沒有丁點的感激之意，不禁讓景差暗忖：「小丫頭未免太不解風情。」只是，這個姑娘老是拿了東西不給錢，難道，真的是從外地到陳郢訛人的？

景差記得第一次見面時，這姑娘的打扮簡樸，脂粉不施，然而，她這次穿的衣服不但料子極好，做工也不差。

雖然她簡單的髮髻上，僅僅插著一隻珠花簪子，但上頭的寶石一看就知道不是凡品，這姑娘短短數日便有如此天差地遠的變化，倒教景差有幾分看不明白。

雨桐見景差一雙眼睛又開始不安分地打量自己，感覺十分厭煩，便想儘快擺脫他。且雨桐雖不知景差剛剛替自己解圍的金子代表多少錢，但不論價值多少，她都不想欠下景差的這筆人情債，於是說道：「你剛剛給小販的錢，我找時間還給你。」

「相逢自是有緣，就當是景差送給姑娘的見面禮，不用還了。」

景差詭譎的笑容更深了些，「不過，若是姑娘願意到舍下作客，景差甚為歡迎。」

「作客就不用了，以後是敵是友還未可知。」

雨桐見景差僵著的笑容，轉眼成了皺眉苦思，料他也猜不到這句話的意思，更對自己在這個古人面前未卜先知的能力，感到大大的得意。

「我知道你住哪裡，就乖乖在家等著收錢吧！」冷哼一聲，雨桐看也不看扭頭離去，驕傲至極。

嘿！這丫頭怎生得這般有趣，景差還未曾打探她的丁點消息，而她竟像是對自己的事已經瞭若指掌。

景差從未見過這樣的女子，驕縱、狂妄，卻又靈動得可愛，當下揚揚眉，收起扇子尾隨她走去。

打算回莊府的雨桐才剛步出市集，夜兒氣喘吁吁的叫喊聲，就從她身後傳來。雨桐停下腳步，等著這個專耍心眼的奴婢，給自己一個合理的解釋。

誰知夜兒人沒到聲先到，淚眼汪汪的她，對著雨桐哭說：「夜兒本想買個飾品給小姐驚喜，結果被那可惡的小販坑了錢，夜兒與那小販吵了半天，不但東西沒買成，還把身上的錢都弄丟了。夜兒該死，這事若讓大人知道，肯定要把夜兒打得半死，小姐救命！」

「怎麼，她演的居然是這一齣？」雨桐在心底暗笑。

夜兒第一次丟下雨桐，就到莊夫人面前告狀，說雨桐因為貪小便宜，得罪了小販，讓莊府丟盡了臉面。現下雨桐成了莊府的小姐，夜兒就說是為了給雨桐驚喜，才不得不把雨桐丟在街上。

雨桐再怎麼笨，也不可能看不出這丫鬟心裡打的主意。夜兒幾次想方設法讓她難堪，就是要讓她背負白吃白喝的罪名，好在莊府待不下去。這兩次若不是景差，雨桐興許就要白白被人毆打了，也說不定會被抓進官府。

以前看在夜兒是被賣身的可憐奴婢，雨桐不想與她為難，但夜兒不僅不知悔改，反而變本加厲，雨桐實在是忍無可忍。不想聽夜兒狡辯的雨桐，憤憤地甩開夜兒緊抓的手，氣得掉頭就走。

完全被嫉妒蒙蔽了心眼的夜兒，本以為心軟的雨桐好欺負，定會像上次那樣啞巴吃黃蓮，然而這回，雨桐的反應卻不若自己所想。倘若雨桐回府反告她一狀，那自己豈不是要遭大人與夫人的責罰？

「小姐？」才把事情想仔細的夜兒，瞬時嚇出一身冷汗，如今的大人和夫人都極寵愛雨桐，若是他們知道自己把雨桐獨自丟在街上，回去肯定要挨板子的。

「小姐，原諒夜兒吧！」追上前的夜兒哭求。

「小姐？」

景差記得莊辛的兩個兒子，都到外地遊學去了，哪來這麼個女兒？但追著那姑娘的確實是莊辛府上的丫鬟，難不成莊辛表面道貌岸然，私下卻跟別的女子暗度陳倉，還生下女兒？

有趣！好久沒遇到這麼盤根錯節的戲碼，不理清楚，還真有些對不起自己的機智。一直跟在雨桐身後，卻完全不清楚前因後果的景差再笑，自以為聰明的他收起摺扇，反身轉回府裡。

怒氣沖沖的雨桐回到莊府，正打算把夜兒令人不齒的行徑都告訴義母，以懲罰這不知好歹的丫鬟，但夜兒拉著她的衣角，跪在地上苦苦哀求。

「小姐，夜兒真不是故意的，小姐饒命！」莊府的家規甚嚴，若被莊大人知道一個奴婢竟敢這樣欺負主子，自己肯定會被打個半死。

思前想後的雨桐最終還是不忍心，便告誡道：「好吧！既然妳知錯，我就再饒妳一次，但妳需要幫我做一件事，好將功贖罪。」

「小姐有事儘管吩咐，夜兒一定辦好。」為了不挨板子，夜兒只好乖乖聽話。

「妳去外面找個可靠又口風緊的小廝，拿著這一小錠金子，送去給景差，並交代小廝什麼話都不許講，給了錢景差自然知曉。」

「是……上大夫，景差景大人嗎？」

瞠目的夜兒不懂，雨桐何時識得貴族景氏的嫡長子，又為何要送錢給景大人？是不是上大夫雨桐不清楚，但景差這個名字肯定沒錯。

「就是他，記得務必要親自交到他手上，絕不可透露給任何人知道。」

雨桐不願與景差有任何瓜葛，但欠的錢若是叫府裡的人去送，景差肯定猜得到雨桐就住在莊府，為了避免麻煩，她只好讓夜兒找人處理。

「唯。」

莊府向來不與景府的人打交道，夜兒雖不瞭解雨桐送錢的動機，但才剛被訓過的夜兒不敢多問，當下便找人把事情給辦了。

只是收到錢的景差，見來的不是莊府的奴僕，心下不免又開始暗暗揣度：「看來，那丫頭的心思若不是分外緊密，防我防得嚴實；要不就是見不得光，所以才須叫個外人送錢來給我。」

呵笑兩聲的景差拋著手上的金子，然後緊緊抓在手掌心。

「不管如何，那丫頭的底細肯定不簡單，倘若她真是莊辛的私生女，那平日視莊辛為敵的朝臣們，光是一人一口沫，恐怕也要把莊辛給淹死。」

思及此，景差迫不及待地叫人趕緊去查，雨桐真正的身分與來歷。

第四十章

死也不嫁

這日，雨桐正要出門，誰知左腳才剛踏出莊府，餘光便掃到了某個討厭鬼，雨桐頭一扭，拉著隨行的丫鬟拔腿就跑。

那丫鬟名喚萍兒，因為夜兒要侍候莊夫人，所以莊夫人便指了處世機伶的萍兒，讓她照顧雨桐。

萍兒日常雖然也會做些粗活，但到底是個姑娘家，怎堪得住和拉著裙襬滿街跑的雨桐一般粗魯的舉動？於是不到一會兒時間，萍兒便癱在街角的某處，氣喘個不停。

「小……小姐，不行了，萍兒跑……跑不動了。」

萍兒從未見過哪家閨閣千金如此不計形象，居然在街上像個男子一樣狂奔亂跑，這要是讓大人和夫人知道還得了？

「情非得已，委屈妳了。」

曾跟著司馬靳行軍的雨桐，體力自是比萍兒好的多，她偷偷瞄了下街道盡頭，那個人好像沒有跟來。

雨桐怎麼感覺見到他像看到鬼一樣，真是惹人討厭。可靜下心的她這才想清楚，對方明明是知道自己住在莊府而刻意在那裡等著的，這下子可好，他根本不用追上來，在莊府守株待兔不就得了？

雨桐沒料到景差這個人有兩下子，才一天的時間就能查到自己的住處，足見景差在陳郢的勢力有多大。

不想與景差碰個正著的雨桐，和萍兒在街上無趣地走著，因為景差的出現讓雨桐又想起了宋玉，一時竟連看新鮮的興致都沒了。雨桐轉頭向萍兒打探一些景差的近況，心想也許可以替宋玉先防著。

「上大夫的職權，比議政大夫大嗎？」

聽萍兒說了景差的狀況後，雨桐才怪起自己沒有先把景差的底細給查清楚，沒想到他在楚國已經高居上大夫之職。

「上大夫有沒有比議政大夫的職權大，萍兒不知，但我家大人的官職，肯定比景大人高上許多。」

揚起頭的萍兒驕傲地說：「現下楚國除了令尹大人，就屬我家大人陽陵君最受大王器重，朝臣們見了他都要禮讓三分呢。」

萍兒這小丫鬟自是不知莊辛在朝廷的難處，那些朝臣不屑與莊辛往來，萍兒卻自我解讀為懼怕莊辛的職權，因而禮讓於他。然而因著萍兒錯誤的引導，使雨桐也以為自己有莊辛當靠山，便可以不用怕景差。

話一聊開時間就過得特別快，主僕二人逛到午飯前才回莊府，雨桐見景差那個討厭鬼已沒了蹤影，便在心裡暗自竊笑。

正所謂道高一尺、魔高一丈，這大熱的天，要在太陽底下比誰的耐力強，還真需要有點本事才行。只是剛進院子的雨桐，就見坐在上位的莊夫人，好像在跟誰說著話，難道，家裡有客人來了？

莊府平日出入的除了自家人，大多是莊辛養的門客，此外鮮少有人來訪。更何況，現在還是上朝的時間，那眼下來的人肯定是找莊夫人的。

不疑有他的雨桐斂起心神，理理衣服、髮飾後，和萍兒一起踏進大廳，低眉斂目的雨桐，小心翼翼地瞧向側邊的位置一看，居然又是景差！

「這個人怎麼陰魂不散，老是跟著自己？」收起氣，表面寧靜的雨桐，對著上位的莊夫人微微欠身，「女兒給義母請安。」

莊夫人本就與景差不熟，也不知道景差為何突然到家裡閒話家常，聊了許久又不肯離開，莊辛不在，莊夫人正煩惱要如何招待這位景大人時，幸好雨桐回來了。

像是被解了圍的莊夫人神情一鬆，指著坐在一旁的景差說：「女兒回來啦！快來見過景大人。」

「給景大人請安。」

來者是客，雨桐不能給莊夫人和莊辛丟臉，她抽了抽臉上的神經，勉力地勾起脣角向景差行禮。

得意的景差揚揚眉，似乎早料到雨桐會有這種反應，微微點頭算是還禮的他，連正眼都沒瞧上雨桐一眼，便逕自轉向莊夫人說道：「這位女公子氣質出眾，又如此懂規矩，夫人真是有福氣。」

「氣質出眾？他哪隻眼睛看到自己有氣質了？擺明是講反話。」雨桐怒眼瞪著景差，但景差刻意避開眼神，裝作沒看見。

「不瞞景大人，這是老身自秦國返回陳郢時收的義女，名喚雨桐。」

莊夫人有些欣悅地看向這個懂事的女兒。

聞言的景差一笑，心想終於知曉了對方的名字。不過，這也讓景差突然想起，雨桐的聲音有點耳熟，好似很久以前他曾在哪裡聽過似的。

雨桐直覺景差根本就是來打探自己的底細，為了避免莊夫人不小心透露她與宋玉的關係，雨桐只好插嘴道：「景大人是第一次到府裡來的吧？不如讓小女子陪你四處逛逛？」

「這怎麼好？雨桐是宋玉的心上人，雖然兩人未有婚配，但也不宜與別的男子太過靠近，萬一讓宋玉知道怎麼得了？」見狀的莊夫人心下大驚，正要攔下雨桐。

然而她還未開口，景差便快一步站起身來，拱手道：「那就有勞女公子了。」

雨桐領著景差，來到莊府花園的小涼亭後，便想遣萍兒去燒茶水。

萍兒是在官邸中長大的奴婢，孤男寡女不能共處一室的這種禮儀規矩，萍兒自是知曉幾分。眼見雨桐想要支開自己，怕對方會有危險，硬是立在雨桐與景差之間不肯離開。

「萍兒，我只是與景大人有些話要說，妳先迴避一下，沒事的。」

來古代已經有些時日的雨桐，又怎麼會瞧不出萍兒這小丫頭的擔心。只是，雨桐暫時還不想讓莊府介入自己與景差的恩怨當中，所以才會遣萍兒離開。

「那……小姐有事儘管喚萍兒，要記得喚萍兒哦！」

欲走還留的萍兒踩著小碎步，直到雨桐用力揮袖，萍兒才皺著眉頭離去。

雨桐見丫鬟走遠，才對景差說：「想打聽什麼，直接問我，不用拐彎抹角找別人麻煩。」

「姑娘爽快！那在下就直言了。」

勾起唇角的景差坐在石椅上，把打聽到的消息一一道來。

「姑娘孤身一人千辛萬苦來到楚國，不僅遇到路過的莊夫人相救，因此堂而皇之住進莊府，還被楚國的陽陵君收為義女，一躍成了高高在上的鳳凰。妳不覺得，這一連串的事情都發生得太過巧合嗎？」

景差搧著手上的扇子，見聞言的雨桐眼睛睜得雪亮，便知他所收買來的情報不假。

雨桐轉念細想，景差這個人真厲害，什麼都打聽到了，且能夠打聽得這麼細節，搞不好，景差連莊辛家裡的奴僕都收買了，否則，怎麼會對自己的來歷如此清楚？但唯獨沒有說出她此行最終目的是來找宋玉的，難不成透露給景差消息的人，不知道她真正的來意？

「真人面前不說假話，餐風露宿的苦日子我過怕了，承蒙義父、義母願意收留，小女子實在沒有理由拒絕。」

既然景差都費心打聽了，那雨桐就坦白承認。

「姑娘可能不知，近來大王頒了道旨意，要下令嚴查外地到陳郢的異國人士，就是為了避免有心人混進城裡對大王意圖不軌。子逸身為楚國朝臣，理當要為大王盡心竭力，有來路不明的人出入大臣府邸，當然要多加關切。」景差說得一副頭頭是道。

「如果小女子真想意圖不軌，義父身為楚國重臣，難道他老人家會看不出來嗎？況且我是義母所救，義父基於愛妻心切，才遂了義母的心意收我為義女，景大人莫要冤枉了義父。」

雨桐極力辯駁，景差想趁機嫁禍給莊辛，門兒都沒有。

「在下怎麼敢冤枉楚國盛名的陽陵君呢？只不過，莊大人早年周遊各國，又與莊夫人聚少離多，興許，與異國女子一夜風流也是有的。莊大人若是年輕犯下錯誤，承認姑娘是他的風流債也就算了，否則，楚國的陽陵君府上莫名其妙出現個奸細，這可是誅九族的大罪……」

「喂！你講話客氣點，什麼一夜風流？什麼奸細？」

雨桐惱了，這個人信口雌黃，硬是要把白的給抹成黑的嗎？

「倘若兩者皆非，那姑娘何故出現在莊大人的府邸？」

景差瞧雨桐這架勢，似乎真不是莊辛的私生女。

「義父身為楚國重臣，難道連認個義女都要經過景大人的同意嗎？」

甚為不悅的雨桐擰眉，這個人鐵了心要胡攪蠻纏，恐怕不是自己一個人可以應付得了的。

「姑娘要知道，陳郢是楚國都城，進出者若非楚國人士，皆需申請才得以進入，而妳……」

景差走到雨桐面前，不忘再次打量。

「若是經由莊夫人私帶進城，知法犯法，可是罪加一等。」

景差是宋玉的死對頭，雨桐若表明身分說是來找宋玉，那通敵叛國的罪名，恐怕就要換成安在宋玉的身上。但若不說清楚，雨桐又擔心會牽連到莊辛，屆時景差硬是給莊辛扣上一個私藏奸細的罪名，那該如何是好？

沒想到，景差是這麼難纏的傢伙，難怪宋玉會栽在他的手上。

「你想怎樣？」

雨桐在心中暗罵景差是個奸佞小人，她第一次見到景差還覺得他長得一表人才，現在才發現，這個人滿腦子都是害人的主意，真是敗絮其中。

「想怎麼樣，在下目前還沒想到。」狡笑的景差，用扇子輕輕托起了雨桐的下顎，並向她傾近，眼神極為曖昧，「但想到時，定會通知姑娘。」

啪！一肚子火的雨桐揮袖拍開，正想開口罵人時，萍兒已經端著茶水，急匆匆走來。

「小姐。」見狀的萍兒嚇極，景大人與小姐那樣親近，教人看見了豈不是要誤會？

「在下還會再來的，這段時間，姑娘應該要好自為之，不要出了什麼岔子，免得惹禍上身才是。」

聽到聲響的景差背著手，享受著雨桐高傲的盛怒，大笑三聲後，得意揚長而去。

「小姐，妳沒事吧？」

萍兒聽出景差的威嚇，又見雨桐氣得滿臉通紅，真是急得想死的心都有了。

「沒事，當然沒事。我們還有義父呢！誰怕誰？」雨桐怒言。

話雖這麼說，但確實受到不少驚嚇的雨桐，之後便整日待在莊府裡足不出戶，就怕景差又來抓她什麼把柄，栽她的贓。這個看似年紀不大卻老奸巨滑的男子，不若單純衝動的司馬靳，景差狀似輕佻實則深謀遠慮，城府極深。此次景差以莊辛要脅自己，但不知目的究竟為何？

就在雨桐努力推敲景差的下一步時，夜兒喜孜孜地來報，說莊辛夫婦有找，要她趕緊去書房。

夜兒這丫鬟自從被雨桐訓過一頓後，見了她都是能避則避，何時變得如此積極又諂媚，一副想討好她的樣子？

只是，雨桐現在沒心思去想夜兒的事，景差既然敢要脅她，那她乾脆就把景差的事一道說出來與莊辛討論，總比自己一個人關在房裡，瞎琢磨的好。

雨桐畢竟不是古代人，景差腦袋裡想的那些封建制度和手段，她根本無從應付，所以也唯有莊辛這種同等級的古代人，才能破解。

思及此，雨桐便隨著夜兒一起走進書房。但剛踏進房裡，雨桐就見義父、義母兩個人面色凝重，似乎準備討論什麼重大的事情。

「女兒來得正好，老夫有事與妳商量。」

莊辛指了指莊夫人旁邊的位子，示意雨桐坐下。

瞧這一副要開家庭會議的樣子，讓雨桐有些小緊張，只好把景差的事先咽到肚子裡，看情況再說。

「女兒可識得景大人？」

莊辛說話向來直來直往，對雨桐當然也無須拐彎抹角。

「認識。」

雨桐不安地點點頭，心想應該是莊夫人告訴了他景差今日來訪的事，便據實以告，「前兩次女兒在街上遇到麻煩，是景差幫女兒解了圍。」

「景差與宋玉是舊識，眾人以為他們兩人交好，但那是表象，事實並非如此，女兒可知？」

語帶保留的莊辛，不忘多瞧了雨桐一眼，因為不知當年宋玉曾與她透露過景差多少事。

雨桐點頭。雖然不清楚莊辛到底想說什麼，但宋玉是如何被景差陷害，以至於被迫流落異鄉，這些歷史都有記載，就算宋玉不說，雨桐也都知道。

只是雨桐這麼一點頭，莊辛便以為是宋玉對她推心置腹，所以才無任何隱瞞。

「那女兒對景差印象如何？」

莊辛回府後，得知雨桐不但邀景差同遊花園，還遣走萍兒與景差獨處，這種交情，可不是景差兩次出手解圍能有的。

莊辛想知道，雨桐和景差，究竟熟識到哪一種程度？

然而，莊辛這話卻問得雨桐難以回答。

以前，宋玉從未在她面前提過景差的事，要說對景差有什麼印象，除了這幾次見面，就只有網路上查來的資料而已……。

「義父為何這麼問？」

莊辛與宋玉交好，就一定與景差不合，雨桐不敢擅自揣測莊辛的意思，乾脆把問題丟還給莊辛。

「今日下朝後，景差來與老夫提親了。」

莊辛嘆了口氣，都怪他自己太過於疏忽大意，雨桐長相清麗人又聰敏，莊辛早就應該替宋玉防著他人的覬覦才對。

「什麼！」不可置信的雨桐瞪大眼睛。

「老夫雖然不知道，妳執意不與宋玉相認的原因，但妳到底是未嫁之身，有人上門求親也是理所當然，如果，妳有比宋玉更好的對象，老夫絕不會阻攔。但是景差……」又嘆了口氣的莊辛甩袖。

「女兒既然知道他與宋玉的關係，想必不會答應入景氏的門。但即使老夫想要幫女兒擋掉這門親事，恐怕也是有心無力，倘若被拒絕的景差不死心，直接跟大王要一道旨意，到時，即便女兒不願意，也非進景氏的門不可了啊！」

景差即使不若宋玉那般受大王寵愛，但擁有貴族身分的他，想要納一名女子為妾，大王必定不會逆了景差的心意，莊辛怕到時雨桐就沒得選擇了。

「不，我死也不嫁！」

態度堅定的雨桐跪在莊夫人面前，解釋道：「那日景差來，其實是來要脅女兒的，他硬說我是義父的私生女，不然，就要我承認是異國來的奸細，否則，他就要到大王面前告上義父一狀。女兒不服，就與景差吵了起來，所以，他肯定是為了報復女兒才這麼做。」

「果真如此？」

刻意撇開莊夫人質疑的眼神，莊辛把雨桐拉到一邊，輕聲問：「景差真的去查老夫，有沒有私生女？」

雨桐用餘光偷瞄了莊夫人一眼，掩嘴咬耳：「是啊！景差說我若是義父年輕時的風流債，他會跟大王要求讓您坦白從寬的。」

「好啊！沒想到景差那廝居然無端生事，陷害無辜，真是氣死老夫！」

吹鬍子瞪眼的莊辛跺步，一臉鐵青。

「但如今他若真要納妳為妾，女兒要如何拒絕？」

怎麼又是妾！當初司馬靳也說要納自己為妾，甚至願意專寵她一人，雖然雨桐看得出司馬靳的情意是真，但也明白，大家族裡的妾室永遠是比不上正妻有地位。而如今，栽贓自己是奸細又是私生女的景差也要納她為妾，這種高興就要據為己有的自私心態，實在令雨桐氣憤。

隨著在古代生活的時日漸久，雨桐慢慢發覺，無論女子的身分、地位為何，都離不開任人擺布或受人要脅的命運。在這裡，女子不能拋頭露面，不能與男子平起平坐，每日只能困守在閨閣之中，要不就是守著丈夫、子女過日子。難道，穿越到古代的她，也逃不過這種卑躬屈膝的命運，無法選擇自由自在地過日子嗎？

「義父怕他？」

記得萍兒說過，莊辛要比景差的官位大得多，雨桐原本還指望莊辛能幫自己壓壓景差的氣焰，甚至躲開景差的陷害，如今看來，官位高也不見得有用。

「說什麼呢！老夫作啥怕他？那廝連老夫的一根毛都比不上。」揮袖的莊辛從鼻孔裡噴氣，滿臉不屑。

「大人……」

皺眉苦思的莊夫人終於出聲，怎麼在女兒面前，莊辛話也說得沒分寸了。

嫁給莊辛多年的莊夫人，當然非常清楚景氏在楚國的勢力，就算莊辛高居陽陵君一職，但與屈、景、昭三姓王族比起來，實在勢單力薄。而且自己好不容易有個聰明伶俐的女兒可以與之為伴，實在不忍心這麼快就讓雨桐嫁出去。

「那是。女兒就想，以義父的聰明才智，他景差算什麼？以為要脅女兒就等於抓到義父的錯處，豈不是自討苦吃？」

這幾日相處下來，雨桐已把莊辛的脾氣給摸熟，便趁機火上澆油了一番。

「呸！這廝仗著景氏勢力就想顛倒黑白，他還沒到那個火候呢。即使栽贓也要有憑有據，捉姦還得拿雙，大王又不是五歲孩童，任景差三言兩語就能唬弄過去。」

話雖這麼說，但大王耳根子軟，莊辛也難保大王不會因為景差的挑唆而對自己起疑心。

雨桐見莊辛越講越激動，聽得都有點不好意思了。

「不過女兒身為女子，終究要為自己尋個依靠，何不早早與宋玉相認，也免得他為妳日夜相思。」

其實莊、宋兩家，能親上加親是最好不過，也省得景差再打雨桐的鬼主意。

「女兒現在若與宋玉相認，恐怕景差便要把私藏奸細的罪名，加諸在他身上。宋玉不若義父在楚國位高權重，若是連義父都保全不了女兒，宋玉又怎麼能與貴族身分的景差相抗衡？」

雨桐明白，倘若她堅持不嫁，日後，也只會給莊辛夫婦帶來更多麻煩，但她更不願意讓宋玉為自己去冒險。

莊夫人見雨桐急得落淚，便從旁再添了些力道，勸莊辛說：「大人若連自己的女兒都保不住，還談什麼救國救民？難道，大人就任由那景氏在楚國恣意妄為，強搶官家女子為妾嗎？」

莊夫人這短短兩句話，正中莊辛要害，他平日受這些貴族的窩囊氣也受夠了，怎堪讓景差無端再踹他兩腳。

慷慨激昂的莊辛，於是揚聲道：「夫人說得極是，老夫若連自己的女兒都保不住，豈不枉費了陽陵君的盛名。景差想跟老夫鬥，那老夫就與他比試比試，看他能從莊府搶走誰？」

第四十一章
亂世重逢

宋玉從莊辛自秦國帶回來的許多書籍中，領略到不少法家治國的理念與想法。秦國雖然因法而得以富強，但宋玉卻認為，這樣的治國方式，即使能得天下於一時，卻也終難長久。一直推崇儒家思想的宋玉，極力主張孟子的「民為貴，社稷次之，君為輕。」的理念，認為君王應以「禮樂教化」作為治國的方式，以「愛民」作為治國的目的。相反的，法家認為君主必須「貴法治，賤仁德」，把人與人之間的關係利益化，用嚴刑峻法使臣民服從於國君，根本就與儒家的觀點背道而馳。

然而，儒家治國的理念雖好，但偃武崇文的精神卻成了最大的致命傷，也導致今日的楚國陷於積弱不振、難以翻身的境地。

因此，宋玉綜合了法家與儒家的各項優點，打算邀莊辛聯合上奏熊橫，推行新政，並趁著與秦國休兵的這段期間，期許楚國變得更加富強，讓將士能力抗強敵，百姓得以安居樂業。

誰知，宋玉才剛下朝，莊辛便已不見人影。

難得勤於政務的莊辛今日早早回府，想必家中有事，宋玉也不便去打擾，他轉而到一家茶莊，想買個好茶以酬謝莊辛的贈書。只是宋玉腳才剛踏進茶莊，身後便響起一句激動的叫喊：「大人，多年不見，不知大人還記得小的嗎？」

聞言的宋玉回頭，見一年輕俊朗的小伙子，朝他咧著嘴笑，不禁有些遲疑，「敢問公子是……」

「我是周大娘的小兒子，小狗子啊！十年前，若不是大人教我讀書、識字，還送我桂花糕鼓勵，哪有今日的小狗子？」說完，那年輕男子撩袍，就要朝宋玉跪下。

「萬萬不可！」

宋玉急忙向前扶起對方，還不忘再次打量，才欣悅說道：「沒想到還能在陳郢遇見你，如今，都長成這般俊秀的好兒郎了。」

「是啊！白起水攻鄢城那年，小人一時意氣用事，丟下自己的娘親跑去從軍，幸好，被女扮男裝、潛入軍營的姐姐所救。」

小狗子將當年的事情一五一十地跟宋玉解釋清楚後，才讓宋玉明白，雨桐為何會和他陰錯陽差地分開。

當時宋玉隨著熊橫逃到了陳郢，無法再回頭去找小狗子，幸好，福大命大的小狗子已經平安長大，也不枉雨桐當年捨命救他了。

「可恨那泯滅天良的秦軍，殺了我娘，我也差點命喪在郢都，幸好路過的秦大叔救了我，還收我為義子，賜名為秦沐，這才有的今日。」

重生的小狗子雖然已經改名為秦沐，但並沒有忘記當年的殺母之仇，回憶起過往，咬牙切齒的他，至今仍恨不得將那些秦軍千刀萬剮。

秦沐為了救人於亂世跟著名醫學習多年，在當地已經是小有名氣。近來才隨著義父到陳郢做起茶莊生意，也順道打聽了宋玉的不少消息，但就是不知道雨桐的狀況如何。今日有幸得以見到宋玉，秦沐便急著問道：「敢問大人，姐姐呢？當年姐姐冒死救小狗子一命，小狗子還沒能向姐姐報答救命之恩呢！」

宋玉當然知道小狗子指的姐姐是誰，可是……「我也在找她。」斂下眸光的宋玉，難掩愧色道：「十年前，雨桐就被秦軍抓走，至今下落不明。」聞言的秦沐瞠目，激動得雙拳緊握，「姐姐，都是我害了妳，都是我！」宋玉拍了拍秦沐的肩膀，安慰道：「雨桐本性善良，相信上天會庇佑她平安無事，你就無須自責了。」

幾乎淚下的秦沐點點頭，「希望上蒼保佑姐姐，讓姐姐早日平安歸來。」

景差既然向莊辛口頭上提了親，自然就要準備好禮品，挑個良辰吉日正式登門拜訪，才顯得有誠意。雖然雨桐的身分不明，但莊辛好歹與景差同朝為官，納他的女兒為貴妾，也不算抬舉。

提筆擬單的景差，一想到那丫頭用手指著他，怒目而視的表情，便暗笑不已。

這幾年，景差在安逸的陳郢過得實在枯燥膩味，難得遇到這麼有趣的姑娘，往後共同生活起來一定很熱鬧。一頭熱的景差，實在有點迫不及待想把雨桐納進門。

「大人，有莊府送來的書信。」

景府的管事張伯拿著竹簡，等著給景差過目。

「這麼快就回了？」

揚揚眉的景差接過竹簡，打開一看，果然如他所料想。

「看來，這個丫頭沒弄清楚我子逸想要的東西，從沒有得不到的，她以為有莊辛當靠山，便可以拒我於千里之外？」

訕笑的景差，將莊辛回絕親事的竹簡放在一旁，順便把自己那份剛擬好的禮單交給張伯，並吩咐張伯儘快置辦。

景差雖然娶了屈氏的嫡女旋玥為妻，也納了昭氏的庶女淑媛為妾，但那都是政治聯姻，根本談不上有什麼感情。

搬到陳郢後，景差又納了一名小官的女兒穎兒為侍妾，也仍不改風流本性，經常到秦樓楚館風花雪月，飲酒作樂。

楚國的民風開放，高官貴族納妾室、養男寵比比皆是，因此，張伯並沒有刻意隱瞞自家大人好事將近的歡喜。所以，景差欲納雨桐為貴妾的事，很快便透過商家傳到莊府奴僕的耳裡。

本來，莊辛還打算等景差回覆後再做下一步打算。誰知那廝，不僅對他的拒絕不理不睬，居然還對外放起風聲，難道是打算把納妾的事給坐實了嗎？

「大人怎麼不想想辦法？難不成，真的要把女兒嫁給景大人嗎？」

謠言傳久了，就怕沒有的事都會變成真的，莊夫人不能讓景差毀了雨桐清譽，急著催莊辛。

「如今除了讓雨桐嫁給宋玉，怕也沒別的辦法了。」

雖然，雨桐並沒有表明願意給宋玉作妾，但事已至此，莊辛這個老人家再不推雨桐一把，恐怕，宋玉就真的要抱憾終生了。

於是，這日下了朝後，莊辛便邀宋玉一起到家中議事，待把人請到書房後，莊辛就找了個理由離開，獨留宋玉一個人在書房。宋玉經常往來莊辛府邸，所以並不介意莊辛丟下自己離去，見書房裡還有很多書籍是他未曾看過的，當下便埋首研讀了起來。

時值盛夏，烈日炎炎、暑氣薰蒸，幸好院子裡的草木繁茂，為這間書房擋去不少陽光的曝晒。種在門前的幾株茉莉花，不時飄來一陣陣淡雅輕盈的香味，不僅在單調的翠綠中落下點點清新的雪白，也令書房裡的宋玉感到格外的舒適安然。

迴廊裡，在簷下嬉戲的夏風，拂過一襲粉色長裙，使得繫在腰際上的翡翠流蘇，發出「窸窸窣窣」的細微聲響，一頭如瀑青絲在肩後隨風揚起，散發女性溫柔婉約的氣息。

急著找莊辛的雨桐一踏進書房，赫然發現裡頭竟站著一個男子正背著她，認真地翻閱書架上的竹簡。

有了景差的教訓後，擔心再惹事的雨桐不敢驚擾，於是悄悄地向後退了兩步打算默默離開，誰知心慌的她沒算準距離，後腳跟硬是踢上了厚重的門檻，痛得她忍不住慘叫。

「啊！」雨桐雖連忙捂住嘴，可聽到異聲的男子已經緩緩回身。

剎那間，那抹鐫刻在心底十年的身姿倩影，像是宋玉朝思暮想出來的幻象般，出現在他眼前。呀然的宋玉瞬時感到胸口一陣悸動，差點停住了呼吸，而雨桐則是動也不動地回眸看他，仿若一座雕像。

傾瀉的日光靜靜流淌，像遙遠九天落入凡間的塵光，恍然的宋玉，不自覺向前走了兩步。這十年來，宋玉把雨桐想得太久、太久，久到自己都忘記雨桐到底是他曾經的經歷，又或者只是恍惚中的回憶。

見女子白皙臉上的櫻脣輕啟，皓齒微露，一對黑白眸子璀璨如星，卻泛著思念的紅光，猶疑的宋玉不禁凝眸，要將她看得更仔細、更深刻一些。

這些年，宋玉對雨桐的牽掛不僅僅是魂魄，還有心心念念、難以忘卻的情意啊！

想當年在郢都城外，宋玉曾親口對雨桐許下承諾，待救了郢都百姓後，定會回去找她。沒料想楚軍戰敗，雨桐被秦兵擄走，他也被迫跟著熊橫逃到陳城。

生生的別離讓宋玉日夜悔恨，也讓他嘗盡了十年的相思之苦。宋玉曾以為此生自己注定要對雨桐抱憾，不想，居然還能再見到自己心愛的女子。

而自從再度穿越到古代後，雨桐幻想過很多次與宋玉再次相見的場景。記得猶處在現代的雨桐，一心只想回到宋玉的身邊陪著他、安慰他，就算將來宋玉會被楚考烈王放逐鄉野，雨桐也不願見宋玉一個人孤苦伶仃的過日子，那時的雨桐何曾計較，是否有別的女子伴他左右？

可宋玉是個有責任感的男子，對於自己的妻子也一定如莊辛對他的夫人一樣，愛護有加。過去的雨桐，無論在宋玉的心目中曾經如何的重要，也敵不過那朝夕相處十年的結髮，而今的雨桐要用什麼心態，去面對與宋玉同床共枕的另一個女子呢？

再者，時隔多年，就算宋玉仍記得她、念著她，然而，當年執手白頭的深情還會在嗎？若不是因著這些顧忌，那個日思夜想的愛人近在眼前，雨桐為何還要掙扎，為何還要猶豫不決？

「妳是雨桐？真的是雨桐嗎？」

宋玉抬起顫抖的手，欲撫過那張令自己魂牽夢縈的臉，對方氤氳的眸光積累了太多委屈，令他不捨，就讓臉上滑落的淚珠鞭撻自己的愧疚，這是自己欠她的。

宋玉輕輕將雨桐擁入懷裡又緊緊抱住，心疼她的委屈，也心疼她的難受，曾以為的失去如今又再度得到，宋玉有多歡喜、有多高興。

不管經歷多久，離開多遠，宋玉始終都沒有把雨桐忘記。

啜泣的低語，無法傾盡雨桐對宋玉的眷戀，即使雨桐才離開他短短幾個月，如今卻已人事全非。雨桐揪著宋玉的衣襟，將自己的臉埋進他的懷裡，感受他的溫暖和擁抱，那是自己在夢裡都渴望得到的真切。

泣不成聲的雨桐，就由著宋玉像心疼孩子一樣抱著自己。要說她任性也好、依賴也罷，在古代飄泊許久的雨桐，現在只想與宋玉這樣天長地久、海枯石爛，不再理會其他紛擾，遠遠離開永無止境的戰事與喧囂。

如果宋玉仍在乎她、仍像過往那樣愛她，就應該實踐當年的諾言，帶著自己一起逃出陳郢。雨桐想要自私一點，再自私一點！胡謅也好，哭求也罷，哪怕自己會成為歷史上人人唾棄的罪人，她也要帶著現在的宋玉，遠走高飛。

然而簷上飛鳥的啞吒一啼，讓差點喪失理智的雨桐猛地驚醒，宋玉已經是有妻兒的人了，她不能不顧及另一個女子的感受。再者，即使雨桐無法扭轉歷史，也必須讓宋玉在這個混亂的時代，安穩地活下去，這才是自己來到古代真正的目的，不是嗎？

抹掉淚，雨桐將緊擁自己的宋玉緩緩推開，但不忘對相隔多年的愛人，再次打量。

雖然，在古代的宋玉已經過了十年，少了年輕的俊美秀逸，卻添了幾分成熟穩重的丰采，只是原本修長的身軀竟是更加消瘦了。

「覺得我老了嗎？」

就算雨桐沒說，宋玉也從她的眼神裡讀出來了。再次伸手抱緊她，宋玉不懂雨桐為何一點都沒變，兩相對照之下，宋玉的心竟是有些慌亂了。

「是，是老了。」又哭又笑的雨桐嬌嗔道：「像個大叔了。」

「是，是大叔了。」低頭的宋玉，再次細看那日夜眷戀的眉眼，越發難以置信。之前宋玉就懷疑過雨桐是否為降世的巫山神女瑤姬，否則，怎麼能預知鄢郢即將失守於秦？現下又如何得知到陳郢來找他呢？但如果雨桐真是瑤姬轉世，為何要隔這麼久才來尋自己？雨桐真的願意，與他這個凡夫俗子相守白頭嗎？

「那妳還……還記得與我之間的誓約嗎？」

越想留的越怕留不住，宋玉明白自己已經沒有資格讓雨桐委身於自己，可他又怎麼能再次承受失去雨桐的椎心痛苦。

原本晶亮的雙眸瞬時變得黯淡無光，聞言的雨桐，從久別重逢的浪漫幻境裡再次回到現實。她輕輕推開宋玉的懷抱，推開那不僅僅屬於雨桐一個人的溫暖。

「如今你已經有妻有子，那誓約……就忘了吧！」

既然相愛何必一定要占有，只要宋玉過得好，只要知道宋玉心裡還有自己，就算只能默默守護在宋玉身邊，雨桐也覺得夠了。

「我與她僅有那麼一次，就那麼一次。」失措的宋玉緊緊拉住雨桐，急辯道：「並非我忘了與妳的約定，而是酒醉，誤把麗姬當成了妳。」

宋玉怕雨桐不信，再解釋道：「我是奉了母親遺命才娶了麗姬，在認識妳之前從未與她有過夫妻之實，那誓約，當真是子淵的肺腑之言，子淵此生只視妳為妻子。」

「那又如何？」

落淚的雨桐微怒道：「就算你說的都是真的，就算你十年來為我守身如玉，但世人只知道你的妻子另有其人，你能給我什麼名分，妾嗎？」

雨桐其實不是對宋玉生氣，反倒是在氣自己，剛才經宋玉這麼一解釋，雨桐才明白命運有多麼捉弄人。

當年，若不是自己洩露了白起將引水攻城的事，宋玉也不會因此離開她，那之後的一連串種種事情或許就不會發生，自己也不至於在宋玉的身邊，沒有了立足之地。

歷史的事實讓雨桐幫了宋玉，卻也將雨桐遠遠地推離了宋玉，而今說什麼都晚了，都晚了。

宋玉明白以雨桐對感情的執著，是絕不會給人做妾的，可如今他也不能因此休了麗姬，畢竟麗姬是靈兒的生母，是陪著自己吃苦受罪的糟糠。

「雨桐……」

宋玉看著激動落淚的愛人，卻不知道該怎麼安慰，當下一惱，便拔下髻上的髮簪，猛然地朝自己的左臂刺下。

「你、你這是做什麼？」

大驚失色的雨桐連忙拉過宋玉的手，但見髮簪尖端已沾染上殷紅血漬。

「是子淵辜負了妳，就算不能以死謝罪，我也不能輕饒自己。」

披散的墨髮遮不住宋玉對雨桐的愧疚，懺悔的話猶在口中，潸然淚下的雨桐就已經伸手摀住。

「我不怪你，這都是我的錯，是我的錯！」扶著宋玉因傷而微微發抖的手臂，雨桐心痛難忍。

「該贖罪的人是我，是我才對！現在的我得罪了景差，如果嫁給你便會連累了你，我不能。」

「妳，得罪了子逸？」宋玉近日埋首在書堆中，自然對這件事一無所知。

「詳細情形晚些再告訴你。」

雨桐見那簪扎出的傷口血流不止，心下不免抽痛，於是趕緊喚來萍兒，拿止血傷藥為宋玉包紮。

萍兒當然識得經常出入莊府的宋玉，但見小姐親暱地扶著宋大人，而生性素潔的宋玉仿若也不以為意，心下不免為兩人的關係感到一陣吃驚。

宋玉本就清瘦，髮簪刺下的傷口更深可見骨，足見宋玉為了贖罪真是對自己下狠手。揪心的雨桐一邊抹淚，一邊趕緊為愛人上止血的藥，就希望傷口不要受到感染才好。

刺骨椎心的痛從手臂上傳來，令宋玉的額上冒出密密的汗珠。

萍兒見雨桐專心上藥，大人這一身的冷汗要是受了涼怕是不好，於是便拿起布巾欲為宋玉擦汗，誰知宋玉將布巾接了過來，反為雨桐拭淚。

瞧這景象似乎容不下第三者在場，識相的萍兒見狀，轉身默默離開。

「妳上藥的手法如此熟稔，可是學過醫？」

當年，雨桐被秦軍抓走後便音訊全無，如今多年不見，宋玉當然想對雨桐多瞭解一些。

「出門在外病痛難免，所以學了一些包紮、上藥的法子。」

宋玉已經夠內疚了，雨桐不想再跟他說自己被司馬靳抓到秦軍裡的事。

「這些年，苦了妳了。」

雨桐才剛包好傷口，宋玉便緊緊握住她的手，就怕這相聚來得太短也太急，更怕雨桐會在他不經意的時候，又飛走了。

「別再離開我了，好嗎？」

十指緊扣的掌心相貼，讓雨桐剛止住的淚又落了下來。

再次回到古代的雨桐，是如何誓言要和宋玉共進退的？更別說現在的她，根本無法眼睜睜地看著宋玉一個人孤苦終老。因此妾也好，第三者也罷，雨桐都不想和宋玉再分開了，再也不要！

莊辛這頭忙為宋玉和雨桐牽紅線，景差那頭也沒閒著。上大夫景氏欲納莊辛之女為貴妾的消息，在陳郢傳得沸沸揚揚，眾人皆笑嘆楚國堂堂陽陵君，居然也要嫁女兒來與景氏聯姻，可見光靠宋玉一個盟友，實在難成氣候。

稍晚，雨桐便把如何與景差結識，以及景差如何到莊府威脅她一事，鉅細靡遺地說給宋玉聽，知曉前因後果的宋玉，與莊辛商議了一整個下午，直到日落才回家。

麗姬當然也從蘭兒口中聽到景差納妾的事，麗姬一直都認為景差與宋玉情同手足，兄弟納妾是喜事，所以正打算與宋玉商量，要送什麼賀禮給景差才好。誰知，宋玉一進門就把自己關在書房裡，還不許任何人打擾。

這日，景差遣人送了拜帖給莊辛，欲親自登門拜訪，沒料想又被莊辛拒絕，訕笑的景差暗自思量：「既然你敬酒不喝，那就別怪我不敬重你老人家。」

於是翌日早朝，景差趁著宋玉監督城牆修復外出，莊辛又勢單力薄時，對莊辛發難，

「臣稟大王，陳郢近來各國的奸細出入頻繁，臣請大王下令加強徹查，以免讓秦國奸細有機可乘。」

熊橫本來就已經嚴查出入陳郢的外國人士，以避免有人傷害到宋玉，只是景差一提到秦國奸細，讓膽小的熊橫又緊張了起來。

「查！一定要仔仔細細，確確實實檢查，一隻秦國的蒼蠅，都不准飛進陳郢來。」手指著景差的熊橫下令道：「即刻起，景愛卿與令尹共同維護陳郢安危，遇到可疑人等，無須審問，先關起來再說。」

「臣，遵旨。」

揚揚眉的景差一笑，有了大王的這道旨意，日後在陳郢城內，誰可疑誰不可疑，還不是他景差說了算？

立在一旁的莊辛本以為，景差會將雨桐是自己私生女一事拿來說嘴，沒料到，他唱的居然是這一齣。

聞言的莊辛暗忖：「看來景差這廝明的、暗的都要扯上老夫一腿，陰謀大著呢。好哇！想玩？老夫陪你！」

「啟稟大王，老臣內子日前返國之時，在城郊救了一個女子，內子可憐那女子聰明伶俐，卻孤苦無依，便收她為義女，在家中和內子作伴。雖然這是老臣的家務事，但為了避免有人造謠生事，搬弄是非，老臣還是先呈報給大王知曉為好。」

莊辛作揖，故意瞥了身後的景差一眼。

擰眉瞧著堂下的這一幕，熊橫又不是笨蛋，當然看得出這是莊辛和景差二人的角力。聽司宮說，景差欲納一名貴妾，正是莊辛新收的義女，如今看來，莊辛這老人家並不想把女兒嫁給景差。

熊橫雖然不喜歡莊辛，但莊辛畢竟對楚國有功，幾次三番出謀劃策的力抗秦國，景差身為貴族，要納什麼樣的女子都可以，何必與莊辛為難？在心下計較了番的熊橫，決定挺挺莊辛這個老臣。

「無妨。莊愛卿博愛廣澤天下，莊夫人自是見不得可憐的人流浪街頭，況且，愛卿的兩位公子都遊學他國去了，有女承歡膝下，也可與夫人共享天倫。」

不疑有他的熊橫，一轉眼便把景差方才的上奏全然拋在腦後。

「那是。只不過小女日前剛接進門，竟發現青梅竹馬的情人也在陳郢，老臣為了避免耽誤女兒青春，打算幾日後便將她嫁與心愛之人，令老臣與內子實在不捨。」

一臉感傷的莊辛，說得好似真是自己要嫁女兒。

「原來，是有緣千里來相會啊！愛卿應該高興才對……」

言不由衷的熊橫臉上堆著笑，私下卻暗忖：「莊辛飽讀詩書，能讓他認作義女肯定才貌俱佳，這麼快就急著把義女嫁出去，實在有點可惜啊！」

然而，這個消息對景差而言卻是極大的震驚，他瞪大的雙眼宛若要殺人，緊握的十指把關節都掐白了。莊辛對景差為何會露出這樣唐突的表情，有些訝異，卻也極為滿意。

「但不知……女公子的青梅竹馬是哪家公子？」

擰眉的景差，當然認為這是莊辛自己故意編造出來的，所以要問個清楚。

景差明白，他若直接跟大王討一道旨，把雨桐要過來那是輕而易舉的事，但景差卻想要雨桐心甘情願地嫁給他，而不是迫於大王的旨意。可景差萬萬沒想到，莊辛居然在短短時間內，就為雨桐找了個青梅竹馬的情人藉口來搪塞。只是無論莊辛要把雨桐嫁給誰，景差都絕不會允許這樣的事發生。

「是啊！愛卿快說，寡人也好給新人賜婚。」

熊橫既然吃不到，那做做錦上添花，拉攏老臣這種小事也無不可。

只是，還在苦思莊辛會把雨桐嫁給誰的景差，猛然回神，剛要阻攔大王的賜婚時，一臉欣悅的莊辛已經搶先跪下，「老臣叩謝大王！」

其實，莊辛要的就是賜婚的旨意，大王金口一開，宋玉和雨桐的婚事，就再也無人敢置喙。

得意的莊辛回看景差一眼，隨即面向大王繼續說道：「小女千里迢迢來到楚國，為的就是尋找當年失散的青梅竹馬宋玉，宋大人有情有義，日前與小女相認後，願意納小女為妾。」

「你胡說！宋玉從未說過他有什麼青梅竹馬，莊大人切勿為了讓某人脫身，就妄想要欺君。」

聞言的景差大怒，「啟稟大王，那女子明明是莊辛的私生女，莊大人急於將女兒嫁出去，無非是為了遮掩自己的過失。」

「私生女？景大人此言差矣，你何以證明她是老夫的私生女？」

果然年紀輕就是耐不住性子，莊辛見平日總是皮笑肉不笑的景差，氣得青筋都上臉了，暗笑原來他也會有猴急的時候。

「大王！」景差不理會莊辛，雙手一揖，正想跟熊橫再辯。

「好啦！」揚聲的熊橫止住，「這是家事，兩位愛卿有什麼好吵的。」

「可是……」景差急了，無論莊辛要把雨桐嫁給誰，就是不能嫁給宋玉。

「寡人都說好啦！」熊橫滿臉不耐，揮袖道：「無事退朝。」

立身站起的熊橫，面色不善地轉入內殿。

「退朝——」聽得正起勁的司宮聞言，知道又有好戲看了，便喊得大聲。

「恭送大王！」

朝臣們雖然與莊辛不睦，但大王說要給莊辛的義女賜婚，這可是天大的榮耀。不知，莊辛的義女到底是有著沉魚落雁之貌，還是傾國傾城之姿，竟能讓景差和宋玉兩位朝中重臣，同時為那女子較勁。

莊辛嫁女兒來拉攏宋玉不難理解，反正他倆本就是一條道上的，但向來與莊辛不相為謀的景差，何故來蹚這個渾水？

況且，日前景差欲納莊辛之女為貴妾的事，才在陳郢傳得人盡皆知，結果一轉眼，莊辛就在大王面前請旨賜婚要將女兒嫁給宋玉，這不擺明了讓輿頭上的景差難堪嗎？

就一個妾室身分，也值得堂堂陽陵君，這麼大費周章張羅？

再說了，莊辛平日最厭惡三姓王族以聯姻方式行勾結之實，而今，他還不是得靠一個女子來拉攏朝臣？於是譏諷的譏諷，訕笑的訕笑，大家都等著看這齣好戲會怎麼演下去。

不過大王賜婚是事實，既然宋玉不在，眾人只好在莊辛面前做做樣子，所以一下朝，恭喜道賀聲不斷。

「恭喜莊大人！」

「恭喜恭喜啊！」

「謝謝，謝謝！」

莫名其妙多了個女兒的莊辛，從未體驗過受眾人道賀的欣喜，一時竟是得意得不知所以。

「大人……」

景差待朝臣們都散去後，向前攔住莊辛欲打道回府的馬車，「子逸有事，可否請大人一敘？」

「景大人有事，儘管在朝堂上和大王說去，老夫還忙著給女兒置辦嫁妝，沒那麼多閒功夫。」

莊辛在車內聽是景差的聲音，理都不理，直趕車夫起程。

「雨桐不能嫁給子淵，他早已經娶妻生子，大人怎麼忍心讓自己的女兒，嫁給子淵做個小妾？」

顧不得旁人在場，景差見攔不下，只好高聲對著車內的莊辛勸道。

「停！」

莊辛止住車夫，掀開布簾，見這大熱的天，讓向來矜貴的景差急得滿頭大汗。大王已經不追究雨桐的身分，景差這小子吃錯什麼藥，要這般胡攪蠻纏？

「老夫方才說得很明白，小女與宋大人是青梅竹馬，她千里迢迢來到陳郢，為的就是尋找宋玉。」莊辛說得理直氣壯。

「不可能！子淵從未跟在下提過雨桐的事，況且子淵從小孤身一人，哪來的青梅竹馬？這分明是大人布的局，為了掩飾雨桐私自進城的事實，便逼著她與子淵成親。」

景差按下心中的焦急，冷靜下來講出自己的分析。

「在下可以不追究雨桐的出身，也不想因為此事牽連大人，但是大人須答應不要逼她嫁與子淵。」

景差沒料到自己的一時衝動，竟惹得莊辛下這麼狠的棋，當真是懊悔不已。

「方才在朝堂之上，景大人還頤指氣使說老夫的不是，如今這般低聲下氣，到底是為了老夫，還是為了小女？」口口聲聲雨桐雨桐，難道他以為自己跟雨桐很熟嗎？

見景差情急的臉瞬間變紅，也有過青春年少的莊辛，不覺大笑，「窈窕淑女，君子好逑。沒想到不拘小節的小女，竟也能入得了上大夫你的眼，只可惜，小女雖是未嫁之身，卻已經名花有主。再說景大人，你也是有妻妾的人，勸老夫不要讓女兒作宋玉的妾室，說這話未免自打嘴巴。」

無論小妾、貴妾都是妾，永遠是一人之下，日日要對著當家主母跪拜的。

莊辛見景差被堵得無話可回，只覺得現下的他，與自己所認識那個猖狂的上大夫，判若兩人。

「小女與宋老弟是兩情相悅，並非老夫逼她，否則以雨桐的性子，怎麼可能願意委屈自己當一個小妾？依老夫之見，大人你還是斷了念想，早點看開吧！」

語畢的莊辛放下簾子，車夫見景差愣在一旁不再阻攔，當下揮起鞭子，揚長而去。

為什麼，為什麼自己想要的宋玉都要搶走？雨桐明明與自己認識在先，為什麼她要嫁的人，卻是後來居上的宋玉？

景差不服，袍袖下的雙拳緊握，這次自己絕不放手，絕不！

第四十二章

青梅竹馬

炎炎夏日的一場午後大雨，讓平時烈焰燦燦的陽光都躲了起來，迴廊兩處的大樹高聳參天，使得沒點燈的深處，顯得有些幽暗。

待在小書房的雨桐練了一下午的字，直到身子都挺不起來，才發現自己腰酸背也疼。楚國的鳥蟲文字，雖不若秦國的小篆好寫，但字型優美生動，也是讓雨桐樂此不疲的主要原因。微微伸展四肢，累極的雨桐捶捶腰邊兩側，決定先回房小憩一會。

起風了，院子裡挺拔的樟樹葉，被風吹得沙沙作響，屋後的竹影婆娑，卻像鬼魅似的打在薄透的簾子上。從小就不喜歡黑的雨桐打開房門，正要點上燭火，誰知身後的門「砰！」一聲，猛地關上。

這一下差點讓雨桐驚喊了出來，她撫了撫胸口定定神，想這莊府實在太大，沒有萍兒在身邊，總覺得自己連膽子都變小了。

深吸口氣的雨桐，拿起桌上的火摺子點亮燭火，火光才剛這麼一閃，她便發現房裡有個陌生人影，又驚得大叫。

「啊！」聲音一出，嘴巴就被人從身後捂住，驚恐萬分的雨桐奮力掙扎，身子卻絲毫動彈不得。

「姑娘若不叫喊，在下就放手。」

即使看不到，但光聽來人低沉的嗓音，雨桐便知道是誰。無奈此刻自己的腰被男子摟住，雨桐只好伸出雙手作勢要打，沒想到身後的男子卻將她縛得更緊了。

「在下只是想說幾句話，無意傷妳。」

男子能待的時間不長，見雨桐仍要反抗，語氣竟是有些急。

聞言的雨桐想了想，猜男子說的應該是真話，於是慢慢鬆開手，不動了。

「姑娘若是出聲，定會把事情鬧大，妳明白這事的輕重。」

男子把摟在腰上的手勁緩緩放開些。

雨桐猶豫了下，怕萬一真驚擾了莊府的人，還不知道這個男子會使出什麼樣的手段，只好點頭。

捂在脣上的手感滑膩軟嫩，淡淡的髮香芬芳，男子用鼻尖輕觸了下，才戀戀不捨地放開。

感覺到縛在腰上的手一鬆，雨桐急忙轉身跳開，怒瞪著眼前的男子。

「為何每次見到我都像見到仇人一樣？在下從不記得，得罪過姑娘。」

雨桐笑起來的樣子一定極美，為何總不對他笑？

「有什麼話說完趕緊走，讓人看見了不好。」

大王都已經賜了婚，這個人還來做什麼？雨桐想起莊辛和莊夫人的疑慮，也為了宋玉著想，確實不應該再見他。

「不能嫁給子淵。」

燭光下的美麗更勝於初見之時，意亂情迷的景差向前一步，不忘警告，「會有危險。」

這個人哪根筋不對了，自己嫁不嫁給宋玉，又關他什麼事？難道就因為他凡事都要跟宋玉唱反調嗎？

「婚是大王賜的，不嫁就是抗旨了。」與莊辛相處久了，雨桐也跟著裝起官腔。

「大王只是隨口說說，他絕不會賜妳與子淵的婚事。」

情急的景差眉頭深鎖，暗忖這丫頭，根本不瞭解事態的嚴重性。

「大王是一國之君，一言既出，駟馬難追，怎麼能反悔？況且，賜臣子婚事有助於籠絡朝臣，當了半輩子國君的大王，不會出爾反爾吧！」單純的雨桐說道。

「姑娘不瞭解，大王的一句話可以令妳生，也可以令妳死，妳根本沒有必要冒這個險。」

景差見雨桐挑眉睨著自己，擺明了不信自己。

「我那天說的話是嚇妳的，子逸無意傷害姑娘，妳大可不必賠上一生幸福，勉強自己嫁給子淵。」

「沒有勉強。我跟子淵很早就認識了，子淵一直在等我，等我來陳郢找他。」

雨桐就不懂了，景差憑什麼認定她是被迫嫁給宋玉？

不過瞧景差說得認真，好似這個熊橫有多恐怖一樣，雨桐記得歷史上的楚襄王，不就是個好色昏庸的糊塗蛋而已嗎？

「我自小與子淵一起長大，從沒聽他提起過妳，況且妳小小年紀，就算與子淵認識也不可能有感情。什麼青梅竹馬，都是莊辛教妳說的吧？莊辛是老糊塗，他會害死妳的！」即便景差分析符合常理，但景差不知道雨桐是穿越來的，根本無法用正常的邏輯去衡量雨桐的年紀。

然而景差的這些話，還是及時點醒了雨桐。他與宋玉都是屈原的弟子，自幼就在一起，宋玉認識雨桐時已經二十歲，說雨桐和宋玉是青梅竹馬，自然是騙不過景差的。

瞧著一旁默然不語的雨桐，景差便以為自己料中了莊辛的詭計，情急的景差抓住雨桐的手腕，再次勸道：「我可以帶妳走，保妳一命。」

豁然開朗的雨桐瞇眼看著景差，原來，這才是重點。

「景大人冒著被誤以為是賊的風險，如此大費周章闖進我的房間，只是為了保住，對你從無好感的小女子一命？你見不得子淵好就算了，還非得用這種手段騙人嗎？」

見景差的臉瞬時變得慘白，雨桐心想這不就是被自己說中了他的詭計，心虛了？

「你自詡和子淵親如手足，卻老是跟他唱反調，子淵不告訴你關於我的事情，就是不想讓你無事生非，找我的麻煩。我總以為，你只是嫉妒子淵文采好，比你受大王喜歡，偶爾扯扯他的後腿就算了，沒想到你這麼卑鄙，連好友鍾愛的人也要拐走？」

雨桐見緊抓住自己的手在微微顫抖，猜景差也想不到她居然知道這麼多。見那陽剛的劍眉像打了死結一般，雨桐更加得意地欺近。

「仗著你的家世好、人又長得俊俏，便以為所有女子都要為你神魂顛倒，是嗎？若要人不知，除非己莫為。景大人，縱使你把機關算盡，騙得了別人也騙不了我。」

原來，雨桐之所以仇視他，全是因為宋玉。所以，景差暗自與宋玉較量之事，雨桐都知道！

這丫頭，究竟是何許人？桃李年華的雨桐看起來聰明伶俐，說起話卻老氣橫秋，彷彿諸事皆逃不過她的法眼一般，連宋玉和莊辛一直隱忍不說的事情，雨桐也敢對景差明言。更慘的是，雨桐居然是這樣看待景差的，枉費景差如此費心為她謀一條生路。

鬆開手，景差那張鐵青的臉，驟然變得肅冷，「妳很聰明，是在下小覷姑娘了。」

見雨桐得意勾起脣角，露出兩側的小小梨渦，黑白眸光瞬間變得耀眼，熠熠生光。景差從未見過這樣的神情，狡黠、靈動，活生生是噬人心的妖精，然而，這妖精不日便要落入他人的懷裡，教高傲的景差怎麼能甘心？

「既然被妳識破，在下也沒什麼好說的，總之，出入要小心，自求多福。」

再繼續和雨桐糾纏下去，恐怕連景差自己都難以抽身。況且，是福是禍還未可知，希望一切都是景差多慮了。

「不送了，景——大——人。」雨桐轉身，趕緊開門請景差出去。

見景差大搖大擺朝後院走去，完全不像作賊般鬼鬼祟祟，讓原本就顧忌甚多的雨桐，更加擔心起來。

雨桐本來就懷疑，莊府有人給景差通風報信，沒想到，景差就連她的房間都可以這樣來去自如，根本無視莊府裡眾多把守的侍衛，這個人的大膽行徑實在太囂張。

看來不趕快把內賊抓出來，還不曉得要傳多少內幕出去，萬一讓熊橫真懷疑起雨桐是奸細就慘了。這通敵叛國、欺君罔上的罪名，不僅要連累莊辛，就連無辜的宋玉也跑不掉。

下過雨的夜晚溼熱難耐，陰沉沉的雲朵後面，月眉勾魂似的躲著、窺著、笑著景差這樣失意的人，失了魂的人。

原以為，像雨桐那樣單純又不解世事的小丫頭，得以攀上景氏的門第，成為景差的貴妾，應該無上歡喜。

即使雨桐只是莊辛收養的義女，但景差並未因此就輕忽或委屈於她，納妾應有的規矩景差設想得周全，一樣也無疏漏，都是因為——景差在乎她。

剛開始的景差對雨桐確實只是好奇，一直以來，景差所認識的女子，不是為了討好自己而阿諛諂媚，就是畏於景氏的權勢屈意奉承，從沒有一個女子，敢像雨桐那般大刺刺正面挑釁他。

景差貴為楚國上大夫，又受大王和令尹大人的器重，想要攀上他的女子，就算沒有前仆後繼，也絕不會笨到放棄飛上枝頭的機會。可是，雨桐那個傻丫頭，竟敢如此赤裸裸地羞辱他！

猛地灌下大碗的黃湯，兩道劍眉擰了下，景差從沒喝過這麼難以入口的酒，又苦、又嗆，一肚子怒火的景差像發洩般，舉手奮力地砸了整壺的酒，而後看著滿地的破碎，輕蔑一笑。

「什麼青梅竹馬？生性孤僻的宋玉，除了和屈太傅、莊辛兩個人談得來以外，就連一個能風花雪月的女子都沒有，都沒有……」

猶疑的景差忽然瞇起了眼，想起十年前在郢都城外，宋玉的老家，曾聽到宋玉和一個陌生女子談話，而那女子的聲音，和今日的雨桐幾乎一模一樣。

當時的女子，要宋玉多告訴她一些楚國的事，興許，她可以幫宋玉出點主意，而宋玉則說女子識的字太少，還得再用功一點。那時的景差，還曾派人打探過女子和宋玉的關係，可探子說，他們兩人並無什麼親暱的行為。

「並無親暱的行為？」難道是因為那個時候的雨桐年紀還小，所以，宋玉才隱忍沒有將雨桐給納進門，可是莊辛這個老糊塗，為了拉攏和宋玉的關係，竟然把失散多年的雨桐給找了回來。

現今想來，雨桐小小年紀便已經如此聰慧，難怪連自詡為屈原弟子，性格乖僻的宋玉，不惜枉顧道德倫理，也要將雨桐藏在自己城外的老家。甚至連自己這個親如手足的兄弟都不敢知會一聲。

興許，宋玉也擔心，像雨桐那樣清麗又奇異的女子，景差會喜歡上吧。

是啊！是喜歡，生性風流的景差，從未如此心悅一個女子，即便景差經常流連在風月場所，即便他閱女無數，即便，雨桐對他一點好感也沒有。

「大人。」

女子嬌嗔的諂媚聲，打斷景差的冥想，娉婷又婀娜的身姿在薄如蟬翼的輕紗下，顯得分外誘人。

女子是景差的侍妾穎兒，自從景差欲納貴妾的消息傳出後，地位不高的穎兒就驚惶不已。以往景差三、五日就往她的房裡窩，現如今，都半個月了還不見人影，實在令穎兒擔心至極。

雖說，穎兒也知道以丈夫的性子，自己絕對不會是景差的最後一個妾室，但只要自己能生下個兒子，往後在景氏的地位就穩固了，景差即便再納幾個妾室她也不怕。

可惜，現下的穎兒尚無一男半女，萬一景差不再進她的房，那穎兒可就沒有翻身之地了。因此，在新寵還沒入府之前，穎兒得趕緊讓自己懷個孩子才行。

這晚，穎兒見丈夫獨自一人在院子裡喝酒，便想來幫他解解悶。扭著纖腰豐臀的穎兒，輕輕偎進景差的懷裡，塗得濃郁的胭脂粉香撲鼻，她親暱地將一隻藕臂環在景差身上。

「大人，酒醉傷身，還是讓穎兒侍候您回房歇息吧！」

小妾就是這般體貼入微，難怪得景差寵愛。

只是景差沒醉，眼裡的人兒怎麼瞧得陌生？

「穎兒？」

揚揚眉的景差杵著頭，伸手撓了下坐在腿上的美人的小蠻腰，勾起脣角狡笑道：「穎兒是誰？」

「大人……」

禁不住搔弄的穎兒，被景差逗得腰肢亂顫，銷魂似的倒在他身上。

薄醉的景差情慾翻湧，他一手抱起小妾，將那嬌軟的身軀壓在涼亭的石桌上。穎兒沒想到景差的反應會如此劇烈，雖然自己很想要一個孩子，但府裡的奴僕眾多，若讓人瞧見了，還以為她這個小妾為了勾引大人，連禮教都不顧了。

「大人，回房吧！這裡……不，不可以。」

穎兒推著景差，就希望酒醉的他能克制一點。

「不可以？我子逸想做的事，有什麼是不可以的？」

粗喘著氣的景差用虎口掐著身下美人兒的下顎，怒問。

「痛……大、大人，好痛！」

皺眉的穎兒有些不明所以，向來溫柔的大人鮮少這樣粗暴地對待她，難道是今晚喝多了嗎？

「痛？是痛。」

雙目赤紅的景差抬頭，一字一句地咬著，「妳可知，我也從來沒有這樣痛過？」

為什麼，為什麼雨桐先遇到的是宋玉，而不是景差？想當年，若是景差在郢都城外先截下雨桐，並將她占為己有，那雨桐和宋玉就不會有今日，景差也就無須，因為要眼睜睜看著雨桐嫁作人婦，而感到這般痛苦。

憤憤丟下穎兒的景差回身，盛怒的腳步，甚至還有些踉蹌。拿起桌上的一壺酒，景差邊走邊朝失溫的心口灌下，溢出的濃烈澆得他溼透了衣襟，「沒有，從來沒有！」

「大人……」如此失常的景差，讓侍候多年的穎兒嚇極，完全搞不清楚狀況的她，連忙包好身子，趕緊向夫人報告去。

宋玉要納雨桐為妾的事，自然不能瞞著家裡人，所以，在監督完城牆的修復工程返家後，宋玉就對麗姬、靈兒和兩個奴婢宣布了此事。

雖然，宋玉把雨桐視為自己唯一的妻室，但他既然已經與麗姬有了夫妻之實，又生下靈兒，宋玉就不能任意動搖麗姬身為宋家主母的地位。可為了不讓後來進門的雨桐覺得委屈，宋玉親自張羅婚禮的諸多事宜，只是唯獨宴請的賓客名單，宋玉斟酌許久仍拿不定主意，便想著再與莊辛商量。

雖然宋玉只是納妾，但迎的可是楚國陽陵君的義女，現下又榮得大王賜婚，斷不能在婚宴上忽略了重要的朝臣，免得引人非議。另一邊，自從宋玉說了要迎雨桐進門的事後，身為正室的麗姬，就感到惶恐不已。

麗姬當然不會忘記，嫁給宋玉多時的她，之所以能與丈夫圓房，全是因為宋玉酒醉誤把自己當成雨桐，才得以生下嫡子靈兒。然而這麼多年都不曾有過消息的雨桐，為何突然神不知、鬼不覺出現在陳郢呢？

再說之前景差欲納的貴妾，不正是莊辛之女嗎？而現在宋玉要納的，也是莊辛的女兒，難不成，景差和宋玉這兩個人，都想納雨桐為妾？

這個雨桐到底是誰？明明要嫁給景差的她，為何又突然改變了主意？而她又是如何與宋玉見上面的？身為宋玉妻子的麗姬，竟然對丈夫的一舉一動毫不知情。

諸多揣測令麗姬終日惴惴不安，只好叫蘭兒去打聽，就在得知莊辛為了讓雨桐順利嫁給宋玉，甚至不惜到大王面前請旨賜婚後，擔心至極的麗姬終於病倒了。

「夫人，您要保重身子啊！」

見麗姬日日為即將進門的妾室憂心，蘭兒終也禁不住勸慰。

「大人心愛的女子就要進門了，日後我在這個家，再無容身之處了。」

淚流不止的麗姬泣訴。

「不會的，大人絕不會丟下您這個正妻不管的。」

雖然，蘭兒知道宋玉對麗姬沒有情意，但也覺得宋玉絕非負心之人。

「十年前，我不顧爹爹的反對逃家，甚至委身下嫁，生下靈兒後，這才成為一家的主母。現下，若是大人納了妾，也生了孩子，那我和靈兒該何去何從呢？」

「夫人，您想多了。」

雖然蘭兒侍候麗姬的時間長，但對麗姬如此多慮的性子也是莫可奈何。

失去娘家庇佑的麗姬，只能對這個貼心的奴婢訴苦，麗姬抓住蘭兒的手哀求道：「絕不能讓那個雨桐進門，一定要想辦法阻止，蘭兒，妳須得幫幫我。」

「大人要納妾，奴婢能怎麼幫？」蘭兒面有難色。

思前想後的麗姬這才說道：「明日大人不在，妳去跟景大人傳個口信，說我病了，請他找宮裡熟識的卜尹，來家裡驅鬼避邪。」

到陳郢後的麗姬因為身子不好，又要照顧體弱的靈兒，經常足不出戶，宋玉也鮮少與她提及自己在朝中的情形，所以，麗姬對宋玉的事知之甚少。朝中除了莊辛和衛馳，偶爾會來家中與宋玉議論政事外，其他朝臣均很少與宋玉往來。

景差因為救過麗姬，偶爾也會跟麗姬說些有關宋玉的小道消息，因此麗姬便以為，景差才是宋玉唯一的知心好友，肯定會願意幫她。

「可我們家，從未聽過有什麼鬼邪啊！」摸不清楚麗姬意欲何為的蘭兒直言。

「莫要再問，妳去請就是。」

見蘭兒躊躇不決，麗姬掩面哭道：「難道連妳也不願幫我嗎？」

「幫，蘭兒明日就去找景大人。」

心軟的蘭兒，將雞湯遞給麗姬，勸道：「大人已經讓人去請了大夫，夫人莫要再多想，先睡會兒吧！」

渾身虛脫的麗姬讓蘭兒蓋好被後，終於安心睡上一覺。

翌日，擔心麗姬舊疾復發的宋玉，請了熟識的大夫來為她看病，經常替麗姬看病的大夫，本以為宋夫人的身子虛弱，只要再補一補就好，誰知把了脈後才發現，主因竟是憂慮過多。

既然經常出入宋府，大夫也猜得出這位宋夫人是因何而病。嘆了口氣的大夫，照例開了幾帖安神湯給蘭兒，並交代麗姬一定得好生靜養，方可復元。

然而焦慮不已的麗姬躺不住，她等著前日讓蘭兒託景差找來的卜尹。

麗姬對外謊稱是身體不適，要在家驅鬼避邪，但實際上，麗姬偷偷要卜尹幫宋玉斬桃花，求夫妻倆恩愛和睦。

在宮中任職的卜尹自然也聽說了，大王賜婚莊辛之女，要給宋玉為妾的事。

大丈夫三妻四妾本是尋常，尤其陽陵君之女還是下嫁為妾，宋夫人為了這等小事，便要找人作法給丈夫斬桃花，未免顯得不夠大度。更何況，宋玉是楚國出了名的美男子，多少女子因為垂涎宋玉的美貌而相思成疾，宋玉能守著一位夫人多年，已經是難能可貴的了。

只不過，收人錢財還是要給人消災，卜尹當下行了巫術、占了卜，直說宋玉桃花正盛，要作場更盛大的巫術才能斬得了。

麗姬向來不管錢，更不敢因為這種事跟宋玉要錢，心下一急，便把當時逃家攜帶出來的少數首飾都拿了出來。卜尹一看那手鐲、髮簪各個作工精巧，又以為宋玉受大王寵愛，家中珍藏定是不少，自是把麗姬當寶山似得搜刮一空。

桃花斬是斬了，不過，能不能見效還未可知。

這日，提早返家的宋玉，正要幫院子裡的橘樹澆水時，發現地上留有些碎裂不全的龜甲，像是有人刻意焚燒過。疑惑的宋玉不解，又將屋子四周仔細搜了個遍，居然還找到幾張燒過的符咒和被斬斷的桃枝，這才驚覺有人在家裡施巫術。

宋玉雖然信巫，但並不認為家中有什麼需要行巫之事，況且，再過不久雨桐就要進門了，現在發生這種莫名其妙的事，萬一傳出去，豈不是要教人看笑話？

怒不可遏的宋玉，把家中的兩個奴婢——蘭兒和小翠都叫來問話。

「這是怎麼回事？」拿出龜甲和符咒，肅冷著臉的宋玉問道。

兩個奴婢對視一眼，隨即低下頭，小聲說道：「夫人說家裡不乾淨，所以請卜尹來驅鬼避邪。」

宋玉見奴婢言詞閃爍又支吾其詞，便知是假話。

「家裡怎麼就不乾淨了？這是要咒誰呢？」

臉色驟變的宋玉要找麗姬問個明白，這才剛走到房裡，見麗姬正在與靈兒說話，怒道：「靈兒，你先出去，為父有話要和你娘親說。」

靈兒長這麼大，還未見過爹爹如此疾言厲色，孝順的他正想挺身護著娘時，馬上被後來跟上的蘭兒給帶開，「小公子，快隨奴婢走吧！」

麗姬瞧宋玉滿臉漲紅，雙拳緊握，心下也猜到七、八分，緩緩起身的她，倒了杯茶想給丈夫消消氣，但宋玉沒有領這個情，他長袖一揮，將滿杯的熱茶潑了麗姬一身。

「最好能給我一個正當的理由。」

因為心中有愧，宋玉對麗姬從來沒有發過脾氣，也因為麗姬溫和恭順，所以宋玉總是對她禮讓三分，如今宋玉想不透，麗姬為何要做出這種事？

「麗姬身體不適，卜尹說是院子裡有厲鬼，所以才使巫術……」

在家裡祭巫這麼大的一件事，麗姬也猜到瞞不過宋玉，因此早就想好了說詞。

「這些年妳的病時好時壞，皆是因懷胎時顛簸驚嚇所致，哪來的厲鬼？再說，大夫開的藥不吃，如何能治得好病？」

麗姬這次病得突然，本就讓宋玉疑心，因此，還特別囑咐蘭兒要好好看著她吃藥。蘭兒因為顧及麗姬的病況，不敢對宋玉有所隱瞞，只好將夫人偷偷倒藥的事，一五一十告訴了宋玉，只是，宋玉從未在麗姬面前揭穿而已。

麗姬沒料到，已經有了新歡的宋玉，居然還會如此關心自己，心裡自然又是喜、又是氣，便道：「那藥，實在太苦了……大人只在麗姬生病時才會來，於是麗姬便想，若是一直病著……」

積累的酸苦在心中翻攪，才剛滿溢至胸口，淚便已奪眶而出，哽咽的麗姬掩袖，不願讓丈夫見到她如此難堪的一面。

不曾想是因為這個原因，宋玉一時心軟，方才沸騰的怒氣，瞬時消了大半。

「妳明知做這些都是徒勞，何必苦了自己。」

宋玉將地上那些破了的茶杯拾起，心想是自己過火了。

「麗姬也是女子，也想得到丈夫的疼愛，即使知道這樣的作為只會讓大人不齒，甚至感到輕賤，但還是想試試。」

麗姬走到宋玉身前，伸手將丈夫抱住。

「麗姬沒有顯赫的家世，又不如歌妓們懂得取樂，只知道守著大人、守著孩子。大人即使討厭麗姬，但看在靈兒的份上，就不能當麗姬是你唯一的妻子嗎？」

屬於愛人的溫暖麗姬得不到，難道連家庭的溫暖都不能擁有嗎？

「我不看重家世，也不喜歡青樓女子，妳是知道的。」宋玉緩緩推開麗姬，明白她是為了納妾的事憂心。

拭去麗姬眼中的寂寞，宋玉勸道：「我早和妳說過，雨桐是我心中唯一的牽掛，倘若妳覺得跟著我辛苦，何不早早斷了念想，我不會阻攔妳的。」

聞言的麗姬咬脣，宋玉怎麼還是不懂自己想要什麼，現在有了雨桐後，宋玉居然急於將自己趕走，「麗姬說過，就算露宿街頭，此生也要跟著大人，大人若不要麗姬，麗姬唯有一死……」

「難道除了我，妳也不要靈兒了嗎？」

宋玉見麗姬眼中的不捨瞬時放大，兩串淚珠兒又撲簌簌落下，便安慰道：「靈兒只有妳這個親娘，妳是宋家主母的地位不會有絲毫動搖，我唯一給不起的，就只有我的心。妳恨也好，怨也罷，子淵這輩子都是注定要負妳的了，還望妳能體諒。」

將虛弱的麗姬扶到榻上坐好，宋玉慎重地說：「以後別再做這種傻事，否則，就是逼我了斷我們之間唯一的情分。養好妳自己的身子，靈兒還小，別讓他像我一樣，當個沒爹沒娘的孤兒。」

性情向來敦厚的宋玉如今把話說得決絕，令呀然的麗姬抬頭瞠視，為了雨桐那個女子，宋玉居然連妻子、兒子都可以不要了嗎？

驚惶的麗姬還想再辯，可惜宋玉傲然冷絕的背影，已經離她而去。

然而，麗姬本以為透過景差找的卜尹，必定是可以信得過的人，沒想到，卜尹在宋府大撈了筆橫財後，便興沖沖地拿去與景差炫耀，根本忘了麗姬交代他，對外務必說是因為治病才使的巫術。

而這件事，聽在同樣想納雨桐為妾的景差耳裡，實在很不是滋味。斬桃花這種事，虧麗姬想得出來，她若真的把雨桐這枝桃花給斬斷，豈不是要宋玉背上抗旨不遵的罪名？

令景差更想不到的是，麗姬堂堂一個議政大夫的夫人，素日裡一副溫良賢淑的模樣，居然容不下自己丈夫納的一名妾室，那往後即將進宋家大門的雨桐，在麗姬這個主母的欺壓下，還會有好日子可過嗎？

再說了，大王賜婚不過是嘴上說說，莊辛和宋玉就被眾人捧上了天，那宋夫人在背後斬桃花的醜聞，要是傳了出去，還不知道會在陳郢鬧出多大的笑話。

勾起脣角的景差暗忖：「看來，雨桐能不能進得了宋家大門，現在還未可知呢！」

第四十三章

一波三折

為了不辜負麗姬的這番苦心，景差便派人暗中將卜尹到宋府斬桃花一事，傳得人盡皆知。果然，這種八卦一經喧嚷，便成了滿朝文武和陳郢百姓，茶餘飯後的趣談。

「原來，那個看似正氣凜然的宋大人，實則是個懼內的男子，連要納個妾室，妻子都不許。」

「那可不是嗎，聽說宋夫人還請了卜尹斷姻緣，難怪，宋大人成婚至今一個妾室都沒有。」

「可憐那些一心想嫁與宋玉為妾的女子，殊不知，緣分都是這樣被斬斷的，真是冤得莫名啊！」

「如此軟弱之人，如何成為我楚國的士大夫？簡直可恥。」

無故被家人扯後腿的宋玉，臉上自是怎麼都掛不住，麗姬對他說是因病才找卜尹，可傳出來的居然是斬桃花這樣荒謬的消息。勃然大怒的宋玉趕回家，正要對麗姬興師問罪，卻遇上站在迴廊下的蘭兒，阻斷宋玉的去處。

「求大人放過夫人吧！夫人找卜尹並沒有惡意，全是因為太愛大人您了啊！」

日日上市集採買的蘭兒，也聽說了這件事的眾多傳言，於是見到如此生氣的宋玉頓感惶恐至極，隨即便擋在宋玉面前，怕宋玉一怒之下，將麗姬給休了。

「讓開！」

厲聲的宋玉揮動長袖，惱怒非常地繼續向前。

「夫人都是因為不想失去您，才這麼做的。」

忠心護主的蘭兒，對著宋玉雙膝一跪，哭求道：「夫人身子不好，近日吃少、睡少，人已經瘦了一圈，大人若要怪罪，就儘管懲罰蘭兒吧！都是蘭兒自作主張，請景大人找來的卜尹，都是蘭兒的錯。」

跪在地上磕頭啼哭的蘭兒，驚動了隔壁房裡的靈兒。孩子聽到蘭兒的哭聲，也跟著出來一起跪倒。

「靈兒懇求爹爹原諒娘親的不是，爹爹千萬不要與娘親置氣。」

這是怎麼了？真正被蒙在鼓裡，受朝臣恥笑、委屈的人是宋玉，為何他們一個個看起來更像受害者？

麗姬既然知道雨桐的存在，也明白她在宋玉心目中的分量，為何還要大肆張揚請卜尹作法，斷了他和雨桐的情分？難怪，麗姬會說自己不如歌妓們懂得取樂，她把雨桐當什麼了？

宋玉恨恨地吸了口氣，這又跪又哭的景象並非他所願，打從他說了要納雨桐為妾的事情後，家中如今已生了不少風波，那在雨桐進門以後，還會發生多少事，宋玉心裡已沒了著落。

原來，雨桐早已看出現在的他不再是單純的一個人，而是有妻室家累的父親，此刻的宋玉才明白，雨桐之前為何始終堅持不介入他生活的決定。

納妾本就是家務事，但嫉妒宋玉，等著看他出錯的朝臣，怎麼可能放棄攻訐宋玉品德瑕疵的大好機會？一個懼內的男子，如何擔待得起楚國議政大夫如此重要的頭銜，因此宋玉的醜聞，很快便被有心人傳到熊橫的耳裡。

熊橫雖然不甚歡喜，卻也不動聲色，當下擬了一道旨，就說淮北之地水患嚴重，定要宋玉親自趕往處理，硬是將宋玉遣離出陳郢。

驚聞這道旨意的宋玉，當然也發現了點端倪。大王這麼多年都不讓他出陳郢，為何挑在此時將他派去往來需十幾日的偏遠之地？

況且，淮北是莊辛的封地，水患也應該是地方縣尹要處理的事，與宋玉這個管理朝政的議政大夫，實在扯不上什麼關係。難道是大王也聽信了旁人的謠言，而開始懷疑他了嗎？

然而聖意既下，又是攸關淮北百姓眾生的安危，這旨意宋玉如何能違抗得了？

宋玉微嘆了口氣，眼看著和雨桐成親之日即將到來，自己這個新郎官卻要遠去他鄉，內心實在煎熬。

拿著手上的這道難題，宋玉只好和雨桐慢慢說去，盼賢德的雨桐，能夠多多體諒了。

自從景差跑到莊府找雨桐後，她連一個人待在房裡，也常感到擔驚受怕，幸好，宋玉偶爾就把項江找來莊府和雨桐湊熱鬧，化解了雨桐不少的恐懼。只可惜，秦沐和他的義父到齊國辦事去了，否則，雨桐一定會更高興。

雨桐當初還想著，只要熬到和宋玉成親，景差就不會再來騷擾她，不料，宋玉竟被熊橫派到幾百里外的淮北去出差，還得十多日後才能回來，讓雨桐簡直急得想哭。

即使宋玉保證水患一除就會立即趕回陳郢，但誰知道，日後熊橫還會再派什麼任務給宋玉呢？古代沒有婚假可以請，更不能把離職信一扔，說聲老子不幹就離開，那她還要等多久，什麼時候才可以和心愛的人，真正在一起？

愁腸百結的雨桐雖然傷心又生氣，然而世代不同，想必等了她十年的宋玉，比自己更難受，於是轉而安慰宋玉道：「此去淮北不若陳郢方便，你要好生照顧自己，我會在這裡等著你回來。」

見雨桐的兩串淚珠就要落下，卻還是勉力止住，宋玉本來還擔心她又要氣惱，沒想到竟如此體貼。

捧起那張日夜牽掛的小臉，原本明媚的眸光飽含著霧氣，甚是惹人憐愛，宋玉心疼道：

「想要什麼，我買回來給妳。」

除了雲夢賜地，宋玉從未收過大王的賞賜，為官多年的他即使俸祿不少，但除了養那座大王給的宅子，還經常拿去資助貧困學子，因此，能買給雨桐的首飾自是有限。然而，即使宋玉要雨桐多挑些髮簪步搖、錦纙綢緞好裝飾自己，但雨桐仍是穿得一身素淨，與在神女峰時的盛裝，全然不同。

宋玉想起，那年在巫山初遇雨桐之時，她穿的繡衣上滿是精美的祥雲圖案，還鑲嵌著五顏六色的綴飾，就連插在髮髻上，那對活靈活現的鳳凰珠飾，其做工之精細，連在王室中也難以得見。

可惜的是，當年莊辛雖然把雨桐的包袱拿給宋玉，但秦軍攻陷郢都之時，宋玉卻來不及把包袱帶走，如今，也只剩下雨桐那塊隨身的玉佩，還留在身邊。

但在聽了莊夫人救雨桐的經過後，宋玉才知，現下的雨桐，已經不再是神女峰上的那個雨桐了。此時的她就像個平凡的女子，需要有堅強的臂膀依靠，所以只要雨桐開口，哪怕再多、再難的東西，宋玉都願意買來滿足她。

「怎麼說得好像在哄小孩。」在心底竊笑的雨桐嘟囔著。

「因為，越發覺得妳像個孩子。」

伸手將心愛之人抱進懷裡，宋玉忍不住低頭，輕吻了下那微俏的紅潤一口，回味十年前，曾經熟悉的淡雅脣香。

自小獨立慣了的雨桐，不喜歡被人當孩子看待，尤其在這個三十歲的宋玉面前，更覺得像對老夫少妻，於是當下耍性子要推開，哪知宋玉手一撈，卻將嬌軟的她摟得更緊了。

想想這一去不知幾十日，難耐的相思恐怕就要聚沙成塔，教宋玉如何捨得，如何放得下？

不忍離開的宋玉吻著他的眷戀、他的心肝，巴不得將雨桐食進腹裡，化成己身的骨血一起遠去。被吻得渾身無力的雨桐，環著宋玉的手不禁抓得緊了。

想起自己不過回到現代短短幾天，便被思念折騰得無處可逃，那宋玉這孤獨又漫長的十年，到底是怎麼熬過來的？

感覺腰際上的大手像著了火般的滾燙，隔著衣物逐漸融化她的理智，雨桐啟開脣瓣接受宋玉的熱情，只覺得唯有此時，才能真切感受到，兩個人的靈魂是在一起的。

宋玉將那纖細的腰身，摟得更貼近自己一點，即使是如此短暫的慰藉，也比在夜裡想著雨桐時的空虛，好過許多。

就在雨桐被宋玉吻得意亂情迷時，隱隱聽見迴廊處，傳來不疾不徐的腳步聲，這才想起自己的房門沒有關，情急之下趕緊推開宋玉，並抹了抹滿是溼意的脣。

「別擦了，欲蓋彌彰。」一握著雨桐掌心的宋玉止住，笑得一臉狡黠。

瞧這楚國的大才子，原來也有使壞的時候，羞紅臉的雨桐啐了宋玉一口。

來人正是莊辛和莊夫人，沾得一身喜氣的莊辛朗聲道：「宋老弟放心，我們夫婦倆一定照顧好雨桐，不讓她出絲毫差錯，你就放心去淮北治水吧！」

一聽這話的雨桐驟然嗤笑。

「義父，我又不是三歲孩童，難不成，您要把女兒豢養在鳥籠裡嗎？」

「雨桐，怎可對莊大人無禮。」

雖然莊辛夫婦收養了雨桐，但畢竟宋玉才是最瞭解雨桐的人，對愛人這種單純直白的性子，宋玉還得多加提點。

「無妨無妨，老夫不在意這些禮俗。」

見宋玉教訓起這個未過門的丫頭，揮揮手的莊辛不忘拆臺，「不過女兒啊！聽萍兒說妳連刺繡的圖樣都描不會，還把鴛鴦畫成了水鴨，這樣的女紅可真要好好加強啊！」

莊辛此話一出，但見莊夫人掩面失笑，就連宋玉都禁不住抿起嘴，免得失儀。

「義父，女兒只是不擅長女紅，不代表不會別的啊！」

羞紅臉的雨桐急忙為自己辯駁，「比起女紅，女兒更想學習禮儀，鑑別珠寶、玉器和布匹、首飾，這才是我想學的東西。」

聞言的宋玉面有難色，莊夫人低頭不語，但見莊辛雙眼瞪得老大，直嚷嚷：「女兒，妳只須在府裡好好等著做新嫁娘，學這麼多東西，莫不是要當官還是要經商？」

「這個義父就有所不知了，雖說女子無才便是德，可太過無才與人談起話來，終究是言不及義。再說了，雨桐閒來無事，又不擅長女紅，總要學個能與大人們說得上話的東西吧！」

見女兒說得有理，莊辛不禁點頭撫鬚，「確有幾番見地。」

於是，莊辛轉而拍拍宋玉的肩膀，開懷道：「宋老弟好眼光，待老夫請人好好調教調教，不出幾日，定教出個知書達禮的好娘子給你。」

苦笑的宋玉無語，雨桐這丫頭還是跟以前一樣，耐不住閒，只希望不要因此再生出什麼事端才好。

為了早日完成大王交付的使命，宋玉馬不停蹄地趕路，終於到了水患嚴重的淮北之地。那裡是淮河的中上游，水多渠雜，每逢盛夏雨季來臨，水位就極易暴漲，漫過河堤，流入農田。

此處剛從秦軍的手上收復不久，新派的官員又不諳治水之道，幸好莊辛給了宋玉不少好建議，讓他向舊鄉里打聽到幾個好幫手，才把原來治水的部屬都給找了回來。

但眼下看來，這不是兩三天就能了結的任務，微嘆了口氣的宋玉，趁著月色還亮，趕緊修書一封，讓人送去陳郢給雨桐知曉，免得她為自己掛心。

就在宋玉離開陳郢五天後，雨桐便又開始思念起情郎了，「唉……沒有手機就是不方便，要不然，飛鴿傳書也可以啊！」

萍兒見小姐又說些奇奇怪怪的話，便問道：「手機和飛鴿傳書是什麼東西？萍兒怎麼從未聽聞。」

手機是兩千年後的文明產物，萍兒這個古代人自然是沒聽過，而鴿子直至漢代才被訓練成傳送資訊的工具，所以在戰國時期，自然沒有人知道飛鴿可以傳書。

「正確來說，你們這個時代應該稱為鴻雁傳書。」

鴻雁有遷徙的習性，早期也曾被秦軍用來傳遞書信，待過司馬靳身邊的雨桐自然知曉。

「哦。」還是不懂的萍兒，輕回一聲。

隨著相處的時日增長，萍兒對這位經常出人意表的小姐，越發覺得有趣。小姐的舉止，不若一般貴族千金那樣端莊、嬌貴，言詞也絲毫不懂得修飾，然而，行事風格卻非常獨特，凡是經過小姐處理的事物，各個都有條不紊。

就像之前夫人交代要清理一些庫房裡的東西，好挑幾樣給小姐當嫁妝，可庫房裡的東西堆積如山，若要每個都從頭找起，還真是一件麻煩事。整理庫房的夜兒雖然都有列冊，但寫得並不詳實，還是要一樣樣找出來看。

但這樣的事情到了小姐手上，無論是金銀的樣式重量，上面鑲的珠寶玉翠，無一不登錄得清清楚楚。即使是難以形容標注的東西，小姐也會用圖案表示，畫得有如製工圖樣那般嚴謹。

這讓萍兒對雨桐極度崇拜，也因此在莊夫人面前，大大誇讚了雨桐好幾番。

「看不出女兒做事這般心細，想必日後定是持家有方的賢內助，宋老弟有福啦！」

其實莊辛也發覺，打從雨桐來了以後，原本冷清的家裡頓時熱鬧不少，就連沉默寡言的妻子，也比以往開朗許多。

「唉！我們的兩個孩子長年不在家中，即使在也總是埋頭苦讀，不若雨桐，總有說不完的趣事，也會陪我說說體己話。現在反倒覺得，雨桐更像我們的孩子。」

莊夫人輕嘆了口氣，終究是女兒更貼近娘心，可惜女大不中留，雨桐不日便要嫁作人婦，莊夫人又要孤單一個人了。

「怎麼？捨不得啦！雨桐既是嫁給宋老弟，將來不愁沒機會陪著妳，我們兩家住得近，叫女兒常回來不就得了。」

莊辛說實在的，也有些喜歡和雨桐說說笑笑，在和雨桐說笑的過程中，常能使自己忘卻上朝的不開心。

「可惜了我們的兒子，沒有宋大人這樣的好福氣，雨桐若是留下當兒媳婦，不知該有多好。」

出嫁的女兒老回娘家，還不知道旁人會怎麼說，莊夫人可不想害了宋大人和女兒的名聲。

莊夫人愛屋及烏，自是替雨桐夫妻想得周全，只是，好不容易有個貼心的女兒承歡膝下，轉眼卻又要嫁人了，感嘆不已的莊夫人，竟然忍不住傷心落淚。

「說什麼呢！女兒和宋玉早就有情，我們即使要留，也留不住啊！只能說，妳能遇上雨桐是緣分，否則天下之大，宋玉還不知道要痴痴等到何年何月，才得以見上雨桐一面。我們就當是積福、做善事，讓有情的人都能成眷屬。」

莊辛見妻子一臉神傷，當真是和雨桐有了母女之情，看來，是時候讓兩個在外的兒子歸國了。

都說姻緣本是天注定，否則，雨桐一個弱小女子，如何能平平安安尋到陳郢，又如何能在荒野處巧遇莊辛的夫人，繼而和相隔十年的宋玉相見？

所以，聽莊辛這麼一說，拭淚的莊夫人微笑點頭，就當是自己做善事，為雨桐這個善良的孩子，覓得一段好姻緣吧！

淮北水患除了先天的不良，後天的人為疏通也是問題，上游的泥沙經年累月淤塞，災情才會變得異常嚴重，宋玉即使有才，短期內也很難把水患治好。況且，這幾年淮北的天候驟變，經常一下雨就難以止息，當地居民都認為河裡有妖物在作怪，於是縣尹經常請巫覡作法，用來斬妖除魔。

楚人崇巫，重視民生的宋玉理當順應民情，除了請來治水的工匠研究治理方針外，也讓當地有靈的巫者設壇祭天拜神，以示大王對淮北百姓的看重。

祭祀當日，著官服的宋玉鄭重其事地吩咐縣尹，務必要將祭祀的物品都準備妥當。但有鑑於水患多年的淮北財政困窘，宋玉並未以高規格來置辦這場祭典，僅以肥羊、美酒以及蘭、桂、椒等香草，作為祭祀之禮。

主祭的巫者見縣尹及宋大人就位後，即示意隨侍的小童焚香擊鼓，開始高音浩唱。

「吉日兮辰良，穆將愉兮河伯。撫長劍兮玉珥，璆鏘鳴兮琳琅。瑤席兮玉瑱，盍將把兮瓊芳；蕙肴蒸兮蘭藉，奠桂酒兮椒漿。揚枹兮拊鼓，疏緩節兮安歌；陳竽瑟兮浩倡。靈偃蹇兮姣服，芳菲菲兮滿堂。五音紛兮繁會，河伯欣兮樂康。」

戴面具的巫者唱畢，便隨著鼓聲揮動廣袖舞了起來，河岸邊的數條小船，緩緩駛向河中央。

宋玉見船上載著數個童男童女，拿著淮北的各種米食朝河裡撒下，正覺得奇怪。往常祭祀河神都是在典禮之後，將祭品擺放在浮木之上，隨水漂去，或用葉子包裹，沉入河裡，甚少在祭祀當中向河裡撒放米食的。難道，是淮北居民的祭祀習慣有了改變？

凝於祭典尚未結束，宋玉又是代表大王主祭，這些細枝末節他也不好隨即細問，只好斂下心神，誠心祭拜。

鼓聲仍「咚咚！咚！」繼續行進，宋玉見遠處千巒披，翠色疊，飄渺山色倒映在碧綠的河水之中，彷彿天地都融合在一起般，分不出彼此，頓時感到心中一蕩。

如此的大好河山，為何淪落至窮途末路的地步，究竟是天意？還是人禍？

想起雨桐多年前預言秦國將一統天下後，宋玉無時無刻，不在為楚國的千萬百姓擔心。以白起屠殺鄢、郢兩城的殘暴與凶狠，宋玉真不敢想像，落入秦軍之手的楚國人，下場會有多慘烈。

「小巫祝，小巫祝！」

就在宋玉為楚國多舛的命運，感到痛心與惋惜時，耳邊突然傳來莫名的呼喊聲。凝神的宋玉回眸一看，才發現草木繁盛的河邊，竟站著一位老人，對著自己猛招手。那老人滿頭的銀髮披肩，在河水的映照下閃閃發光，臉上的紅光卻彷若青年男子。但令宋玉不解的是，他裸著的身子有一半都浸在水裡，萬一不小心滑倒，不是要人命的嗎？

祭典雖已接近尾聲，但眾人都還有事在忙，情急的宋玉擔心老人家發生什麼意外，於是趕緊走到河邊欲將老人救起。誰知，老人的氣力比宋玉還大，竟笑著反把宋玉給拉進水裡。

「小巫祝，你讓河伯好等，河伯想死你啦！」

老人家話還沒說完，就把溼了一身的宋玉抱個滿懷。

巫祝？雖然宋玉穿得一身官服，但鄉下百姓不識得也算正常，只是三十年紀的他仍被老人家喚小，還是有些不自然，更何況，還被誤認為是巫祝。

宋玉對著自稱為河伯的老人澄清道：「老人家錯認了，我不是巫祝。這湍急的河水暗潮洶湧，我看您還是先上岸，有話慢慢再說。」

「嗄！什麼老人家，你不識得河伯我啦！」

有些心傷的老人作勢抹掉淚，但其實一滴也沒落下，很快又恢復了乍見宋玉時的欣喜。堆著笑臉的河伯道：「沒事，我識得小巫祝你就好。」

即使夏日炎炎，但站在水裡說話實在不便且危險，宋玉以為老人家糊塗，便直想要把他給拉上岸。沒料想，老人光裸的下半身一離開水面，宋玉這才看清，竟是一條蛇尾！

「你、你是……」

宋玉信巫，自然也信鬼神。雖然老人異於常人的樣子很嚇人，但飽覽各種書籍的宋玉，並未因此丟下他逃走，反而對老人產生了一種很特別的熟悉感，就像在巫山見到神女瑤姬那時一樣。

「怎麼，想起來了嗎？」

見到宋玉眸光裡的變化，有些雀躍的老人欺身向前，碩大光滑的蛇尾，還不停在水裡搖擺，似有若無。

有些為難的宋玉搖搖頭，他是真的一點都想不起來兩人何時見過面。

「唉……都怪我沒用，平白無故讓碧姬那妖女欺負了你，不僅連累了火神祝融，還惹得凡間出這麼大的亂子。只是，那憋了一肚子怨氣的祝融，被西王母娘娘打下凡間，肯定不會就此善罷甘休，你在他身邊，自個兒可要當心一點啊！」

說完話的河伯拍拍宋玉的肩膀，依依不捨地轉身，游向河中央。

「河伯！」

雖然宋玉完全聽不懂老人說的話，但見他要走，還是情急大喊：「淮北的水患嚴重，可否請您幫個忙？」

「小巫祝既然都下了這麼大的功夫，找人來整治，又好吃好喝招待，河伯我一定不會拂了你的面子。還有，我已經安置好屈原的處所，他在水裡，肯定會過得比陸地上開心快活，你就放心吧！」

河伯莫名丟下的最後一句話，讓一頭霧水的宋玉思量許久，宋玉本想再問，誰知河伯把頭一沉，就在河裡消失不見了。

河伯答應幫忙處理淮北水患，讓肩頸一鬆的宋玉感到欣喜，但失去消息多年的屈太傅，河伯怎麼說他已經安置好太傅的住所了呢？

「難道，太傅也識得河伯？」

滿是疑惑的宋玉才剛走上岸，縣尹就急急來找，宋玉想起自己在祭祀時看到的景象，為更加瞭解淮北居民的風俗習慣，便請教道：「不知百姓們，為何要向河裡撒放米食？」

「大人有所不知，屈左徒在郢都被攻破之後，便絕望地投汨羅江而亡。百姓之所以讓小童丟米食到河裡，是為了避免河裡的魚蝦，食掉屈左徒的骨肉啊！」

說到感傷處，縣尹也不禁落下淚。

「什麼！太傅投江而亡了？」全然不知情的宋玉驚問。

見抹淚的縣尹點頭嘆息，愴然涕下的宋玉悲痛欲絕，雙腳一跪仰天泣道：「太傅，是學生宋玉無能，無法保住楚國的宗廟和基業，還讓太傅遭受如此大的打擊與災厄。學生不忠不孝，無法跟隨您老人家而去，只能傾盡一生之力輔佐大王，以保佑我楚國河山。」

手按地面的宋玉將頭一磕，泣血誓言。

第四十四章

危機再起

一直待在陳郢的莊辛，為了避免景差再來搗亂，也擔心宋玉和雨桐的婚事日久生變，只好奏請大王讓宋玉先回陳郢成親，再攜眷去治水，但熊橫不僅閉口不提此事，就連賜婚也當沒說過似的裝傻。

知道這件事後的雨桐呀然不已，不禁聯想起景差之前對她說的話。

「大王絕不會賜妳與子淵的婚事。」

「大王的一句話可以令妳生，也可以令妳死，妳根本沒有必要冒這個險。」

難道，景差早就知道大王的賜婚，不過是說著玩玩而已？

可是楚國堂堂的一國之君，怎麼能對臣子言而無信？更糟糕的是，如今宋玉被熊橫遠派他鄉，會不會因此就不將他調回來了？這件事，該不會是景差使的詭計吧？

坐困愁城的雨桐越想越覺得詭異，決心要把事情弄清楚的她，悄悄吩咐萍兒一聲後，便匆匆出了莊府。

為避免莊辛和莊夫人多慮，雨桐沒跟萍兒說要去找景差，也沒敢帶人同行，待到了景府大門，那守門的侍衛見雨桐獨自一人，連個隨行的丫鬟都沒有，既無拜帖，又沒頭沒腦地說要見大人，硬是將雨桐趕得遠遠的。

從沒拜訪過人的雨桐，哪裡知道官場的規矩這麼多，再加上自己出門時太趕，沒帶錢來疏通關係，又被兩個不講理的侍衛氣極，只好遠遠站在正對大門的街上，等景差出來。

焦急萬分的雨桐擔心和景差錯過，便站在一個什麼遮蔽物都沒有的地方緊盯著大門，炎夏的日頭毒，一身長袖、長裙的她又熱又悶，晒得渾身冒汗。這一站將近一個時辰，雨桐都快被太陽晒成人乾了，才見景差一臉悠哉從府裡走了出來。

大門兩側的侍衛見大人要出門，自是恭敬地讓路，神情愉悅的景差搖著扇子，正要向那輛豪華馬車走去，沒預料前方突然竄出個小女子，面色赤紅瞪視著自己，頓時感到有些吃驚。

身後的兩名侍衛見這女子又來搗亂，大聲欲將雨桐喝退，但見斂下面容的景差舉手攔阻，隨後拉著雨桐的手，不由分說踏進馬車。

莊辛雖貴為楚國的陽陵君，門客上千，乘坐的馬車卻沒有景差的這輛奢華，更別說節儉的宋玉，連大王親賜的馬車也婉拒不要。

跟著景差坐上馬車的雨桐，感覺裡面的坐墊厚實柔軟卻不悶熱，車簾上薄透的紗還繡有精緻的蝴蝶和牡丹圖飾，隨著風動顯得栩栩如生，果然是懂得享受的貴族子弟，連代步的馬車都裝飾得如此精美。

好奇的雨桐正想伸手觸摸薄紗，餘光就瞥見冷冷的景差，正盯著自己瞧。這個人平時總像痞子似的笑，怎麼今日像是落到冰窖裡的水，還帶了點寒氣？

「我，有事找你。」

馬車動了許久，雨桐才乾咳兩聲，過於沉悶的空間，令雨桐有些難以呼吸。

過了好一會兒，見直視前方的景差還是不搭理自己，雨桐尷尬得不知道怎麼接下去。她能直接問景差，大王為何反悔賜婚的事嗎？還是，乾脆挑明著問是不是他在搞鬼？但瞧景差現在這副掉進冷凍庫似的表情，自己要真把景差惹惱了，他會不會發火？

「沒想到，伶牙俐齒的妳，也有說不出話的時候。」

景差冷笑了下，內心說不出是喜還是怒，將臉轉向車外的他刻意不去看雨桐，而後甩開扇子替自己搧涼。

「我怎麼知道說了，你會不會老實告訴我。」

肩膀略縮了下的雨桐將上身微傾，這輛馬車寬敞，但偏偏景差跟她並肩坐著，雨桐感到有些擠，何況道路還不平坦，讓車子總是搖搖晃晃的。

「聰明如妳，還有什麼事不知道？」

景差換了個姿勢，搧扇子的動作更大了些，滿室生風。

「義父說，這幾年大王從不讓子淵出陳郢，為何這次把他派去淮北那麼遠的地方？是不是——因為我？」

雨桐心下一急，終於還是問了出口。

緩緩回頭的景差，仍舊冷得面無表情，雨桐不懂，看起來風流不羈的他，什麼時候變得像個陰沉又陌生的老男人？

「在下上次已經說得很明白，姑娘也應該聽得很清楚，沒有必要再多費脣舌。」

雨桐心裡唯有宋玉嗎？甚至不惜撇下顏面來找討厭的他？即便景差心裡這麼想，卻仍不願意承認。

「就算你說得很清楚，可是我卻聽不明白。你說義父會害死我，到底是什麼意思？而且大王明明已經賜婚了，為什麼現在又反悔呢？」景差今天是怎麼回事，就不能直接把答案告訴她嗎？

「妳我非親非故，在下又何必為姑娘多生事端？」

景差微微傾近，聞著她身上的馨香，景差知道宋玉家裡總是養著橘花，跟雨桐身上的味道一樣，兩個人果真是意氣相投。

景差如此冷漠的面孔令雨桐有些害怕，連忙將上身與他又拉開了一些距離。

雨桐和景差僅有數面之緣，對現在才二十歲的雨桐而言，高居楚國上大夫的景差，究竟是怎麼樣的一個人，雨桐是一點也不瞭解。光靠歷史上隻字片語的介紹，她根本無法在現實世界與這樣的男人周旋。

「你想怎樣？」

雨桐認真而嚴肅地直視著景差。對方雖是楚國有權又有錢的貴族，雨桐也很難想像自己有什麼籌碼可以與景差談條件，但至少得試一試。

「以身相許，或看著子淵永遠流派在外，姑娘任選一樣。」

即便雨桐如此地厭惡自己，景差卻還是被她吸引，明知道這麼做只會令雨桐更憎恨自己，景差也依然要賭上一賭。

「果然，都是你使的詭計。」

噁心至極的雨桐掀開車簾，朝車夫大喊，「停車！」

然而車夫是景差的人，怎麼可能聽從一個陌生女子的號令，所以，無動於衷的車夫依舊駕車前行。

雨桐見車夫不理，執拗地拉高裙襬，扶著門板就要跳下車。

雨桐的這一激烈舉動，讓坐在一旁的景差大驚失色，他連忙拉住雨桐的手喊道：「妳瘋了嗎？還要不要命了？」

懊惱不已的雨桐揮開景差的手，回道：「對，我就是瘋了才會來找你，因為我從沒有見過像你這樣不要臉的人，暴取豪奪，卑鄙無恥！」

未曾見過有人敢在大人面前如此放肆的車夫，聽見車裡的兩個人僵持不下，擔心大人因此出什麼意外，車夫趕緊拉住馬繩，將馬車止住。

談判破裂的雨桐跳下馬車，張望了左右才知，自己已經到了距離市集很遠的地方。她從未到過這麼陌生的地方，也不知道能向誰詢問回莊府的路，可不管怎麼樣，都比跟景差這種小人在一起來得好。

不一會兒，額冒青筋的景差也隨之躍下，見那丫頭果真頭也不回地離開，不禁勃然大怒。虧得這幾日，景差還在為這個丫頭的安危想方設法，憂心難眠，誰知雨桐不僅不領情，還如此不知好歹。

怒指著雨桐的景差，在她身後喊道：「雨桐，不要奢望卑鄙無恥的我，會給妳第二次機會，永遠不會！」

在家等了許久的萍兒見雨桐遲遲未歸，心下不免著急，怕出什麼意外的萍兒，便把小姐獨自出門的事，告訴了剛下朝的莊辛。

莊家二老一聽說雨桐不見了，趕緊吩咐府裡的小廝們到處去找，幸好，雨桐遇到一位好心村婦，指引她回莊府的路，這才得以平安歸來。

莊夫人一見雨桐回來，忙不迭地趕上前去，對女兒不住地上下打量，憂心道：「如今世風日下，人心不古，即使是戒備森嚴的陳郢，也偶有盜匪出沒，女兒長得這般好看，萬一遇到不長眼的賊人對妳心懷不軌，怎麼是好呢？」

「義母放心，女兒沒那麼嬌貴，也沒那麼好唬弄。」

經雨桐這麼一說，莊夫人這才放下那顆擔驚受怕的心。

「有一件事，女兒還得跟義父商量，晚些再來陪義母用膳。」

見莊夫人點頭，雨桐便扶著她回房，再趕往書房找莊辛，並把與景差的對話，都與莊辛重複了一遍。

「若真如此，景差這廝膽子也恁大了，居然敢左右大王的旨意，干涉朝中要臣的去向。」

莊辛想不到景差為了排擠宋玉，竟用上如此卑鄙的手段。

「義父，萬一大王真的不讓子淵回陳郢，怎麼辦啊？」無法可想的雨桐也開始著急。

「宋老弟在淮北待得越久越不利，老夫還得趕緊想個辦法，讓他儘快回陳郢，否則，就真要如景差所言，將永遠流放他鄉了。」

莊辛想起之前的唐勒，因為景差的陷害被指派到黔中郡後，至今仍回不了陳郢。他心中頓感不妙，於是快步走回書房修書一封，叫下人趕緊送到淮北之地去。

幾年前，楚軍被秦兵打得潰不成軍，以致屢屢失了淮北之地。幸好，熊橫聽從了莊辛的建議與秦國議和，又讓太子熊完待在秦國當人質，才使楚國將這一大片的國土給收復，也因此，熊橫大方地將淮北這塊寶地，贈與莊辛。

但是，為貪圖安逸躲在陳郢的熊橫，並沒有積極經營管理這處邊境要塞，反而任由這裡的百姓自生自滅。莊辛沒有分派地方官員的實權，導致淮北的眾多百姓，至今飽受秦兵的騷擾。

而熊橫之所以長年將宋玉困守在陳郢，是因秦王嬴稷耳聞宋玉的才華，要白起活捉宋玉回秦國。現下，熊橫借著治水之名將宋玉遣至淮北，無疑是送羊入虎口，讓嬴稷有了再次虜獲宋玉的機會。

宋玉為治水遠赴淮北的消息，楚國百姓自然是不會透露給混居在淮北的秦兵知曉，然而若是有人存心傳遞風聲，想必瞞都瞞不了。

不到三日，淮北的探子便密集地向熊橫匯報，說秦兵的奸細又開始潛入淮北，四處打聽宋玉的消息。聞言的熊橫大驚，連夜快馬加鞭，下旨要宋玉立刻返回陳郢。

當然，這是莊辛的一招險棋，大王若是猶豫不決，晚些下旨召宋玉回朝，或是讓秦兵捷足先登，把宋玉捉了去，那後果不堪設想。可為了壓制景差的肆無忌憚，也不想耽誤宋玉和雨桐的婚事，莊辛不得不冒險走露消息。

只是，熊橫召宋玉回陳郢的舉動，卻使不知道前因後果的景差，措不及防。

景差本以為，大王此番將宋玉調離陳郢，便不會輕易地讓宋玉回來，那和雨桐成親一事，自然能拖多久算多久。但是一旦宋玉回到陳郢，原先景差以為能緩和的危機，便會轉移到雨桐的身上，近來宮中御衛的動作頻頻，逼得景差不得不立即回府，做好相對應的準備。

月黑風高，參天的樟樹擋住微弱的星光，令滿天的星兒若隱若現。雨桐剛收到遠行的宋玉寄來的竹簡，連忙拿到燭火下攤開來看，那種沉浸在戀愛中，歡喜欣悅的心情，怎麼都藏不住。

「陟彼高岡，析其柞薪。析其柞薪，其葉湑兮。鮮我覯爾，我心寫矣。高山仰止，景行行止。四牡騑騑，六轡如琴。覯爾新昏，以慰我心。」

已熟背《詩三百》的雨桐，當然知道這首詩想要表達的，正是新郎翻山越嶺，急著去娶自己心愛女子的喜悅之情。

原來，這就是古人寫情書的意境啊！雨桐萬萬沒想到，看似古板又嚴肅的宋玉，是個如此浪漫又幽默的男子，還懂得寫情書來安慰她的相思之苦，果然很貼心。

「小姐，夜深了，當心熬壞眼睛。」

萍兒將梳洗的水盆放好，不忘提醒著榻上的雨桐早點睡，卻見盯著竹簡傻笑的小姐半天不語，便抿嘴偷笑。

「萍兒，我是看著子淵的竹簡笑，那妳又是在笑什麼？」

雨桐和萍兒相處得好，感情像兩姐妹，雨桐見萍兒無緣無故發笑，還以為她有什麼好事瞞著自己。

「小姐，妳人都還沒有嫁呢，一顆心就全飛到宋大人的身上去了，光看著大人送來的竹簡就一臉開心，萍兒能不為小姐高興嗎？」

「我哪有？」

害羞臉紅的雨桐揚聲，隨即把竹簡仔細地收了起來。

「我只是覺得子淵的字寫得好看，純粹欣賞而已。」

即便萍兒說中了自己的心思，但雨桐畢竟是女孩子，怎麼好隨便承認。

「欣賞也好，思念也罷，總算，大王已經下旨讓遠行的宋大人回朝，小姐妳很快就可以和大人成親，不用讀著竹簡，辛苦得兩地相思了。」

欣喜握拳的萍兒講得一臉陶醉，好似要與宋玉成親的是她一樣。

「這全都是義父的功勞，要不是義父想辦法，那壞心眼的景差，還以為他真的可以一手遮天，繼續得意下去。」

冷哼一聲的雨桐揚起眉，終於找到一個可以制衡景差的對手。

「那是，待過幾日宋大人一回朝，肯定馬上就要將小姐給迎回家，所以，小姐還是早早上床就寢，興許明日開始，大伙就要為小姐忙嫁妝、添衣裳，小姐就可要辛苦了。」將雨桐身上的被子拉好，體貼的萍兒不忘提醒。

經萍兒這麼一說，為了避免睡眠不足的黑眼圈嚇到人，戀戀不捨的雨桐，只好將竹簡收進櫃子裡，接著梳洗完後，甜甜作著美夢去了。

隔日，主僕二人上街採買，雨桐想起以前宋玉曾經買桂花糕，犒賞她和小狗子，於是，便打算給即將回來的宋玉一點驚喜。雨桐耐著性子逛了好幾家店，終於找到與宋玉喜歡的口味相近的桂花糕。

「這個好，幫我包幾塊。」

歡喜的雨桐像沾了蜜似的蜂兒，又貪吃了好幾口。

「小姐喜歡桂花糕，萍兒做就是，何必花錢買？」有些不服氣的丫鬟嘟囔著，「這外頭做的又沒家裡的好吃。」

「妳會做？」

不可思議的雨桐瞪大眼，拉著萍兒的手興奮的說：「教我吧！」

「小姐，宋大人將來是要迎妳進門享福的，小姐喜歡吃什麼，只須開口讓丫鬟們替妳做，不必親自動手。」這讓萍兒不禁又心想：「小姐什麼都好，就是太不像個千金。」

「那不一樣。女子最重要的是要抓住丈夫的胃，這才能留住他的心。」

揚了揚眉的雨桐，驕傲地向萍兒闡述現代夫妻的相處觀。

見怔怔的萍兒不懂，雨桐正想再教萍兒一些女性的新觀念時，竟有人冷不防從後面用力撞了她。全然沒有防備的雨桐，被撞得幾乎趴倒，登時感覺半側的身子都在吃痛，幸好，站在她身邊的萍兒及時扶住。

「小姐，您沒事吧？」萍兒急問道。

「沒事。」

被撞得有些莫名的雨桐，揉揉被撞疼的肩胛，忽然發現袖子裡的重量沒了，這才對著萍兒驚喊：「糟了，我的錢被偷了！」

嫉惡如仇的雨桐，最見不得這種搶人錢財的無恥盜賊，她連忙鬆開萍兒扶著的手，拉起裙襬拔腿就追。

「臭小偷，別跑！」

「小姐，危險！不能追，小姐——」

處事機伶的萍兒心想不妙，在原地急得直跺腳，可放眼望去，也不知道能找誰來伸援手，只好趕緊跟上雨桐的腳步。

雖然大街上人來人往，但雨桐的眼力極好，沒讓那賊人離開自己的視線。遠遠見賊人拐進一條小巷，雨桐想也沒想直接跟了上去，結果一轉進巷口，才發現前方已經空無一人。

有些狐疑的雨桐明眸望向左右，正想回頭再找時，才發現，那個賊人已經站在自己的身後，手上還拿了柄鐵灰色的短劍，黝黑的臉上露出邪惡的詭異。身形魁梧的陌生男子步步進逼，將孤身一人的雨桐，逼進巷弄深處。

先別說這巷子偏離市集太遠，但憑那賊人手上的鋒利短劍，就算雨桐大喊救命，恐怕都沒有人敢挺身相救。

看來這個賊人打的主意，並非唯有搶錢這麼簡單，心驚的雨桐見情況不妙，只好冷靜安撫賊人。

「我身上的錢都給你，我不報官，你走吧！」

聞言的男子冷笑卻不多言語，原本就不甚和善的臉孔，在騰騰殺氣下更顯猙獰，劍眉直豎的他舉起手上的短劍，「喝」的一聲，就要朝眼前的雨桐刺下。

「啊——」失措的雨桐驚喊，轉身沒命奔跑。

巷子裡堆放的雜物多，雨桐一面跑，一面將成堆的竹簍、木板給推倒，可那個賊人根本不在乎，孔武有力的他大腳一踢，輕輕鬆鬆便把那些阻礙給踢飛。

「救……救命啊！」驚惶恐懼的雨桐，這才真正感覺到害怕，眼看宋玉就要回來了，她不想還沒跟心愛的人成親就死在古代啊！

「受死吧！」狠毒的賊人毫不留情再次舉劍，打算給雨桐致命一擊，可劍尖才剛觸及雨桐的髮梢，手腕即被突來的暗器給打中。

憑空而出的暗器，硬生生刺進賊人的手骨，登時血流如注。可那個賊人忍住了痛，隨即將短劍換成了左手，再次向雨桐揮來。

就在雨桐伸手掩面，不甘心就死之時，「咻、咻！」劃破空氣的兩支鏢，一支已經刺進賊人的喉嚨，另一支正中其胸口。受此嚴重傷害的賊人再也動彈不得，不甘的他將雙眼瞪得老大後，倒地不起。

「小姐！」腳程完全跟不上雨桐的萍兒，這時才遠遠追了過來。見一向膽大的小姐抱頭蹲在地上，壞人又死得難看，萍兒哆嗦上前抱住雨桐，大哭道：「小姐嚇死萍兒了，幸好沒事，幸好沒事。」

「他死了嗎？」渾身顫抖的雨桐撐開五指，隔著指縫偷瞄著那賊人，見他脖子和胸口的大量鮮血，汨汨湧動，這才趕緊站起身來躲開。

「他死了。小姐，我們快走，免得他的同伙追來。」機警的萍兒扶起兩腿虛軟的雨桐，逃難似的離開。

預告

莊辛義女在大街上遇刺的事，立即在陳郢傳得人盡皆知。由於死者身分不明，而且似乎是有意針對雨桐下手，使得整個莊府瞬時進入警備狀態，加派了許多侍衛，將府邸裡裡外外保護得嚴嚴實實，滴水不漏。

這件事發生得突然，那個欲置雨桐為死地的賊人是誰，莫名出手相救的英雄，又是誰？讓在官場縱橫多年的莊辛，也完全尋不到著落，官府礙於死人無法呈供，現場又查不出個蛛絲馬跡，只好加派人手，保護大人一家安全。

當傳言裡的殺人劫財，成為真刀實劍的殺戮，讓雨桐又想起之前差點被送上戰場的恐怖，還有項江為她擋箭時的血腥。這些血淋淋的事實，是連閉著眼睛，都能看到可怕猙獰。

本以為成為莊辛義女的雨桐，從此可以安穩度日，為何還會生出這樣的意外，這到底是單純的殺人劫財？還是有人蓄意謀害？

「難道，又是他？」在回想種種事件之後，雨桐又想起了那個人。如果真是這樣，那景差就太可怕了。他不僅能慫恿大王，干涉朝臣去向，還可以派殺手除掉自己得不到的，這樣的陰險小人，還高居楚國上大夫之職！

雨桐現在才懊惱自己不該這麼早跟景差撕破臉，在戰國這種古老的封建社會，平民百姓想要與貴族高官們鬥，無疑是拿雞蛋碰石頭，自尋死路。即便她有莊辛這個陽陵君做靠山，可明槍不敵暗箭，更何況，現在的大王終究還是偏愛景差多一些，否則也不會聽信景差的話，將宋玉趕去淮北。

如此一來，等宋玉回到陳郢後，會不會有更多的危險在等著他？雨桐究竟該怎麼辦，她該如何提防景差的暗算呢？

都說：「蒼生浮雲須臾間，溯世百年若飛煙，千帆過盡方回首，恍然一夢皆因緣。」可惜，世人總在詩辭歌賦裡心心念念，縱使難以盼到所謂的天長地久，也願意在無數的字裡行間，追逐那敵不過的眼前朝夕。

回到現代後，雨桐才發現了自己對宋玉的情意，然而再次穿越回古代的她，真能如自己所想，幫助宋玉解救楚國這沉重的歷史包袱嗎？

而對雨桐用情漸深的景差，會成為宋玉致命的仇敵，還是成全雨桐，放棄對她的懸念呢？

越楚記（中）：戰亂驪歌

作　　者　是風不是你
發 行 人　林敬彬
主　　編　楊安瑜
編　　輯　林佳伶
封面設計　蔡致傑
行銷經理　林子揚
行銷企劃　徐巧靜
編輯協力　陳于雯、高家宏

出　　版　大旗出版社
發　　行　大都會文化事業有限公司
11051 臺北市信義區基隆路一段 432 號 4 樓之 9
讀者服務專線：(02)27235216
讀者服務傳真：(02)27235220
電子郵件信箱：metro@ms21.hinet.net
網　　　址：www.metrobook.com.tw

郵政劃撥　14050529 大都會文化事業有限公司
出版日期　2025 年 01 月初版一刷
定　　價　420 元
I S B N　978-626-7284-79-7
書　　號　Story-50

First published in Taiwan in 2025 by Banner Publishing,
a division of Metropolitan Culture Enterprise Co., Ltd.

4F-9, Double Hero Bldg., 432, Keelung Rd., Sec. 1, Taipei 11051, Taiwan
Tel:+886-2-2723-5216 Fax:+886-2-2723-5220
Web-site: www.metrobook.com.tw
E-mail: metro@ms21.hinet.net

國家圖書館出版品預行編目（CIP）資料

越楚記（中）：戰亂驪歌/是風不是你　著-- 初版. -- 臺北市:大旗出版社出版:大都會文化事業有限公司發行, 2025.01 ;384面;14.8×21公分. (Story-50)
ISBN 978-626-7284-79-7(平裝)

863.57　　113017233